grafit

Dieses Buch ist ein Roman. Handlungen und Personen sind frei erfunden.
Ähnlichkeiten mit lebenden oder toten Personen sind nicht gewollt
und rein zufällig.

Bibliografische Information der Deutschen Nationalbibliothek
Die Deutsche Nationalbibliothek verzeichnet diese Publikation
in der Deutschen Nationalbibliografie; detaillierte bibliografische Daten
sind im Internet über http://dnb.d-nb.de abrufbar.

© 2024 by GRAFIT in der Emons Verlag GmbH
Cäcilienstraße 48, D-50667 Köln
Internet: http://www.grafit.de
E-Mail: info@grafit.de
Alle Rechte vorbehalten
Dieser Roman wurde vermittelt durch die Agentur für
Autoren und Verlage, Aenne Glienke, Massow.
Umschlaggestaltung: Leonardo Magrelli
Gestaltung Innenteil: DÜDE Satz und Grafik, Odenthal
Lektorat: Lothar Strüh
Druck und Bindearbeiten: CPI – Clausen & Bosse, Leck
ISBN 978-3-98659-021-5
1. Auflage 2024

Die automatisierte Analyse des Werkes, um daraus Informationen
insbesondere über Muster, Trends und Korrelationen gemäß § 44b UrhG
(»Text und Data Mining«) zu gewinnen, ist untersagt.

Andreas Neuenkirchen

Ein Toter lag im Treppenhaus

Kriminalroman

grafit

Andreas Neuenkirchen, geboren in Bremen, arbeitet seit den frühen 90ern als Journalist, zunächst frei im Feuilleton Bremer Tageszeitungen und Stadtmagazine, später als Redakteur in Münchner Redaktionen online und offline. Er ist der Autor mehrerer Sachbücher und Romane mit Japan-Bezug, darunter der Bestseller »Gebrauchsanweisung für Tokio und Japan« (Piper) und die hochgelobte Krimi-Tetralogie um Inspector Yuka Sato (Conbook). Außerdem arbeitete er als Autor, Berater und Redakteur an über dreißig internationalen Film- und Fernsehproduktionen mit. Er lebt mit seiner japanischen Frau und der gemeinsamen Tochter in Tokio.

Für Junko, die mir die Idee aufdrängte.
Und für Hana, die lieber etwas mit Piraten gehabt hätte.
Nächstes Mal, versprochen.

Prolog
Westfriedhof Wild Style

Er liebte den Geruch frischer Sprühfarbe am frühen Morgen. Besonders wenn sie an Hauswänden trocknete. Dann wusste er, was er die Nacht über geleistet hatte.

Nicht dass man sein Werk ausschließlich riechen konnte. Der junge Mann im Kapuzenpulli trat einen Schritt zurück, um seinen eigenen Namen in bunten, geschwungenen Lettern an der Wand des zuvor viel zu grauen Miethauses am Anfang der Feldmochinger Straße zu bewundern:

WFH Boi

WFH wie Westfriedhof, Boi wie Knabe. Darunter eine dynamische Darstellung eines Zuges der Linie 1, der blitzschnell durch die Eingeweide der Stadt schoss. Jene Eingeweide wurden symbolisiert durch Gullydeckel, ein paar Spinnweben und flatternde Fledermäuse mit großen, glänzenden Manga-Augen.

Als ob diese Züge das jemals täten, blitzschnell schießen. Das war halt künstlerische Freiheit. »Der nächste Zug in Richtung Mangfallplatz hat zwölf Minuten Verspätung« war kein allzu aufregendes Thema für ein Graffiti. Auf der Darstellung des Zuges hatte WFH Boi eine weitere Darstellung seines Namenslogos platziert. Sehr meta.

Gerade als er sein Smartphone in Anschlag brachte, um seine Arbeit mit der Welt zu teilen, öffnete sich die Tür des Hauses. Ein alter Mann trat heraus. Um diese Zeit? Nun begriff WFH Boi, dass eher er ein bisschen spät dran war als der andere zu früh. Er hatte in der Nacht angefangen zu sprühen und dann nicht mehr auf die Uhr geschaut. Völlig die Zeit vergessen. Und die Welt obendrein. Das passierte schon mal, wenn man so in seine Kunst vertieft war und der Bass elektrisierend aus den Earbuds pumpte.

WFH Boi hatte diesen alten Mann hier schon öfter gesehen,

aber nicht so. Er trug die Kleidung einer jungen Frau. Zwar nicht Minirock und bauchfreies Top, doch die Art von glänzender, eng anliegender, neonfarbener Pellkleidung, in die sich junge Frauen oft zum Zwecke sportlicher Ertüchtigung zwängten.

Der Aufzug hatte seinen Grund. Der alte Herr Niedermeyer war tatsächlich drauf und dran, sich sportlich zu ertüchtigen. Und das durchaus in der Gesellschaft junger Frauen. Man war immer nur so alt, wie man sich fühlte, fand er.

Als er sah, was der junge WFH Boi da an seiner Hauswand hinterlassen hatte, fühlte er sich sehr alt. Ohne den Künstler, den er sehr wohl wahrgenommen hatte, eines Blickes zu würdigen, monologisierte er extra laut und deutlich: »Ich sehe: Narrenhände beschmierten diese Wände.« Dann ging er von dannen. Leuchtend, quietschend, mit seinen Walking-Stöcken einen strengen Rhythmus auf dem Asphalt vorgebend.

WFH Boi funkelte ihm böse hinterher. Der Alte hatte den Moment ruiniert.

Kurze Zeit später sollte er nicht mehr leben.

1
King of Feldmoching-Hasenbergl

Dieser Tage hatten nicht viele Mitglieder von Cem Aslams Familie den Mut, offen und ehrlich über Cem zu sprechen. Doch die, die nichts mehr zu verlieren hatten, hätten auf Anfrage vielleicht zu Protokoll gegeben, dass Cem in seiner Kindheit nur einen richtigen Freund hatte: den Fernseher. Käme Cem das zu Ohren, würde er auf seine ganz spezielle, sehr leidenschaftliche, oft dramatische Art und Weise Einspruch erheben. Er würde klarstellen, dass er zur fraglichen Zeit, als kleiner Bub in Hasenbergl, gleich zwei sehr gute Freunde hatte: »Yo! MTV Raps« und »Polizeirevier Hill Street«. So war ihm früh bewusst gewesen, dass für ihn einer von zwei Wegen vorgezeichnet war: Bulle oder Gangster.

Mit seinem Naturell, seinem Umfeld und seinen Talenten hatte sich einer dieser Wege schnell als weitaus unbeschwerlicher herausgestellt als der andere.

Der frühe Morgen war nicht Cems liebste Tageszeit. Schon gar nicht, wenn es so früh bereits um Leben und Tod ging. Vor allem natürlich um Tod. Wie an diesem speziellen frühen Morgen. Doch seine Stimmung besserte sich, als er viel zu schnell durch den ländlichen Teil Feldmochings in Richtung Süden bretterte, sich um ihn herum zusehends mehr städtisches Grau ins grüne Einerlei mischte und aus den Boxen seine übliche Aufwachmusik dröhnte. Ice-T schrie: »*I got my twelve-gauge sawed off… I got my headlights turned off… I'm 'bout to bust some shots off… I'm 'bout to dust some cops off… I'm a cop killer, better you than me… cop killer, fuck police brutality!*«

Deutschen Gangsta-Rap hörte Cem nie. Weil er wusste, dass kein deutscher Gangster es mit ihm aufnehmen konnte, und ein Gangsta-Rapper schon gar nicht. Ice-T hingegen … Okay, der machte heute Werbung für Kfz-Versicherungen und honigsüße

Frühstückscerealien. Aber einer wie er durfte das. *Keeping it real* musste halt jeder für sich selbst definieren.

So beeindruckend das Soundsystem im Innern war, so wenig machte der braune Audi A4 von außen her, und so sollte es auch sein. In seiner Branche war die Unauffälligkeit oft zielführender als der große Auftritt, der ihm so lag. Nicht dass es irgendjemand wagen würde, Cem Aslams Wagen anzurühren, egal ob Audi oder BMW. Die Leute wussten, wer er war. Was er war. Sie hatten Respekt. Oder Angst. Für seine Belange war das eine so gut wie das andere.

Die Felder und Äcker von Feldmoching wichen endgültig den Neubauten und nicht mehr ganz so neuen Bauten von München-Moosach. Als er sein Ziel fast erreicht hatte, stellte er die Musik leiser. Er parkte den Wagen im Halteverbot direkt vor dem fraglichen Haus in der Feldmochinger Straße.

Es war kein schönes Haus. Es war kein neues Haus mehr, aber es war noch nicht alt genug, um als charmant durchzugehen. Wenn überhaupt, hatte es einen gewissen, sehr subtilen Nachkriegscharme für Mieter mit ganz besonderem Geschmack. Oder ganz besonders wenig Geschmack. Oder einer sehr anspruchslosen Definition von nostalgischem Flair. Weder das frische Graffiti an der Wand noch das rot-weiße Absperrband vor der Haustür konnten den Gesamteindruck positiv beeinflussen. Die beiden Polizeiwagen, die die Tür flankierten, schon gar nicht.

Cem stellte die Musik ganz aus und stieg aus dem Wagen. Ein hagerer uniformierter Polizist wartete bereits auf ihn. »Morgen, Toni«, sagte Cem.

»Guten Morgen, Kommissar Aslam«, antwortete Toni.

Cem blieb vor dem Graffiti stehen und atmete theatralisch ein. »Ah, ich liebe den Geruch von frischer Sprühfarbe am Morgen!«

Toni zuckte mit den Schultern. »Ich rieche nichts.«

»Geh mal ganz dicht mit der Nase dran«, forderte ihn Kriminalkommissar Cem Aslam auf. »Das ist noch nicht lange da.«

Toni beugte sich vor, schnüffelte an der Wand, richtete sich wieder auf. »Nichts.«

»Dann fehlt dir vielleicht die Erfahrung.« Cem knuffte Toni in die Seite, was den nur noch mehr verunsicherte. »Nie in tiefer Nacht deinen B-Boy-Namen an graue Wände gesprüht, Toni?«

Toni erschrak. »Sie etwa?«

»Waren wir nicht alle mal jung?«

»Äh …«

Cem schlug ihm auf die Schulter. »Passt schon, Digger. Locker bleiben. Also, was haben wir hier?«

Er war bereits bestens informiert, ließ sich aber dennoch von Toni den mutmaßlichen Tatort referieren, während er sich in der Praxis ansah, was er in der Theorie schon wusste. Der alte Albrecht Niedermeyer hatte allein im zweiten und damit obersten Stock des Hauses gewohnt, nun lag er allein im Zugang zum Keller, mit mehreren gebrochenen Knochen, darunter einige lebenswichtige in Hals und Rücken. Toni lüpfte das weiße Tuch, das andere Beamte über die Leiche gelegt hatten.

Cem runzelte die Stirn. »Was hat er denn da an?«

»Sportklamotten, würde ich sagen«, sagte Toni. »Laufen oder so.«

Cem fischte aus den Taschen seiner übergroßen Kapuzenjacke mit Camouflage-Muster ein paar Latexhandschuhe, die er sich quietschend überzog. Er hob etwas vom Boden auf, das wie ein zerbrochener Stock anmutete. »Skilaufen vielleicht. Dafür dürfte es allerdings noch zu früh sein.«

Tonis Gesicht erhellte sich in Erkenntnis. »Nein, diese Dinger sind für Nordic Walking. Meine Mutter macht das auch.«

Cem las weitere Gehstockteile vom Boden auf. »Anscheinend nicht sehr stabil.«

»Meine Mutter sagt immer, man darf nicht die billigen kaufen.«

»Ich sehe mir mal die Wohnung an.«

Im Gegensatz zum Erdgeschoss und ersten Stockwerk, die sich jeweils zwei Mietparteien teilten, gab es im zweiten Stock nur ein einziges Apartment. Vor der Tür leuchteten und pinselten bereits die Kollegen von der Spurensicherung ganz in Weiß nach

Erklärungsansätzen. Die Tür selbst war geschlossen. Cem grüßte und fragte: »Schon drin gewesen?«

Eine Beamtin sah auf und zeigte auf den Schlüssel, der in der Nähe der Fußmatte mit Bergmotiv auf dem Boden lag. »Er war unmittelbar vor seinem Sturz gar nicht in der Wohnung gewesen. Er muss gerade nach Hause gekommen sein, wollte aufschließen, verlor das Gleichgewicht und fiel über das Treppengeländer den ganzen Weg hinunter in den Keller. Dabei ist er mehrmals mit den Treppenrändern zusammengestoßen.«

Cem sah durch den Spalt der gewundenen Treppe in den dunklen Abgrund. An den Außenkanten einiger Stufen klebte Blut.

»Keine Ahnung, was der alte Mann so früh schon draußen gemacht hat«, sagte die Frau von der Spurensicherung.

»Nordic Walking«, sagte Cem. »Macht Tonis Mutter auch.« Mit seinen kunststoffüberzogenen Fingern hob er behutsam den Schlüssel auf. »Ich schaue mich trotzdem mal drinnen um.«

»Ich glaube nicht, dass Sie da etwas finden werden. Seien Sie bitte dennoch vorsichtig und ziehen Sie sich Überschuhe an.« Sie reichte ihm ein paar weiße Einwegfüßlinge mit rutschfester blauer Sohle, mit denen er mühselig seine übergroßen Sportschuhe umkleidete.

Durch eine Überanzahl sperriger Möbel wirkte Niedermeyers Wohnung dunkler und kleiner, als sie eigentlich war. Eine typische Altherren-Schrankwand-Einrichtung. Allerdings mit recht moderner Elektronik, musste Cem feststellen. Großer Flachbildfernseher und sogar einer von diesen modernen Lautsprechern, die man mit Namen anreden musste. Sah man denen gar nicht an, aber die hatten ordentlich Bass. Überall Walking-Ausrüstung, wie er mit seinem neu gewonnenen Sachverstand sofort erkannte. Dem Niedermeyer schien es mit der Sache ernst gewesen zu sein. Sehr ernst. Ansonsten war auf den ersten Blick nichts Ungewöhnliches auszumachen. Den zweiten Blick würde er der Spurensicherung überlassen. Doch er hatte schon jetzt den Verdacht, dass der Fall schnell abgeschlossen sein würde beziehungsweise dass er sich nicht mal als ein solcher herausstellen würde. Alter Mann nimmt sich sportlich etwas zu viel vor, nach dem Treppensteigen wird ihm schwindelig, und holterdiepolter geht's abwärts. Die Autopsie würde das bestimmt bestätigen, so überhaupt eine für nötig erachtet wurde.

Cem verließ die Wohnung wieder. Er wollte ein paar Nachbarn zur Befragung aus dem Bett klingeln, falls die durch den Polizeieinsatz nicht eh schon wach waren. Die Kollegin im Treppenhaus fragte er: »Irgendwelche Spuren von Gewalt? Ein Kampf oder so?«

Sie schüttelte den weiß verpackten Kopf. »Bislang nicht. Und wenn ich ehrlich bin, rechne ich auch nicht damit, etwas in dieser Richtung zu finden.«

Cem Aslam nickte. Er sah sich im hellen Treppenhaus um. »Schönes ruhiges Haus«, sagte er. Er würde es bestimmt nicht wiedersehen.

Zwei Tage später hatte er genügend Expertenunterschriften gesammelt, um den Fall als Nicht-Fall zu den Akten zu legen.

2

Amadeus Wolf, Frau Loibl und ein extrem braves Kind

Erst hatte ihn Silke verlassen, und dann war auch noch ein Mord geschehen. An manchen Tagen wäre Amadeus Wolf am liebsten unter der Decke geblieben. Aber das konnte er sich nicht erlauben. Sein Boss würde ein Riesengeschrei veranstalten.

Ohnehin war »verlassen« relativ und die Sache mit dem Mord nur eine Flause, die ihm die Frau aus der Wohnung gegenüber in den Kopf gesetzt hatte. Darüber hinaus war beides nicht erst heute geschehen, doch sein Gehirn begann beides erst jetzt zu verarbeiten. Ganz langsam. So wie es dieser Tage alles nur ganz langsam verarbeitete.

Weder mit der längst entfernten Leiche im Keller und den wirren Theorien seiner Nachbarin noch mit dem irrationalen Verhalten seiner Ehefrau konnte er sich jetzt genauer befassen, obwohl er wusste, dass er sich zumindest mit Letzterem früher oder später würde befassen müssen, und zwar dringend, also eher früher. Jetzt allerdings musste er an die Arbeit. Die Zeit war günstig. Er schwang die Füße auf den Boden, tat ein paar Schritte vom Doppelbett zum Babybett, in dem die kleine Maxine ausnahmsweise engelsgleich schlief. Hätte sie das nur mal in der Nacht getan. »Guten Morgen, Boss«, flüsterte Wolf, nicht ohne Zärtlichkeit. Wer konnte schon bei diesem Anblick nachtragend sein? Dann ging er in das Wickelzimmer, das laut Steuererklärung sein Arbeitszimmer war.

Wie die Wände des Flurs und des Schlafzimmers waren auch die in diesem Raum vollgestellt mit Bücherregalen. Ein Zugeständnis an Silke. Bevor sie in sein Leben getreten war und seine Wohnung umgestaltet hatte, bevor sich mehr als eine Person durch diese Wohnung manövrieren musste, hatte Wolf seine Bücherregale in Neunzig-Grad-Winkeln an den Wänden orientiert, sodass er sie beidseitig benutzen konnte. So, wie die Natur es vorgesehen hatte. Aber Silke hatte gesagt, sie wolle nicht in einer Bibliothek leben. Er hatte herzhaft gelacht, aber sie im Gegenzug klargestellt, dass sie das ernst meinte. Ein Mensch, der nicht in einer Bibliothek leben wollte. Sicherlich ein erstes Warnsignal, dass bei ihr irgendetwas nicht stimmte. So mussten die Regale flach an die Wände und die Hälfte der Bücher in den Keller. Die meisten der Exemplare, die in den Regalen verblieben waren, waren an ihren Rücken leicht als Veröffentlichungen von Verlagen zu erkennen, die von der literarischen Intelligenzia in abgöttischer Weise verehrt und vom Rest der Bevölkerung unangenehm mit schulischer Pflichtlektüre assoziiert wurden. Doch er hatte auch ein paar DeLillos und Walsers eingestreut, als Konzession an die leichte Muse, die sündigen Freuden. Um sich als volksnah zu inszenieren, falls mal Besuch käme, der nicht sein Besuch war.

Frohen Mutes und hoch motiviert vom zumindest einigermaßen bibliophilen Ambiente stellte Amadeus Wolf seinen Laptop auf die Wickelunterlage, setzte sich auf den Sitzball und schrieb nichts.

Vielleicht lag es am Sitzball. Silke hatte ihn auf Anraten ihrer Schwangerschaftskursleiterin gekauft und dann weder in der Schwangerschaft (zu gefährlich) noch danach (zu albern) jemals darauf gesessen. Sie hatte ihn schließlich am Schreibtisch ihres Mannes platziert, weil dort am wenigsten los war.

Er verbannte den Ball ins Wohnzimmer und tauschte ihn gegen eine richtige Sitzgelegenheit. Doch es half nichts.

Es lag am fehlenden Kaffee. Ganz bestimmt. Er brauchte Kaffee. Hörte man ja immer wieder. Schriftsteller brauchen Kaffee. Ohne Kaffee konnte er einfach nicht arbeiten. Er stand auf. Er ging in die Küche. Er öffnete die Kaffeedose. Hätte er sich sparen können, das Dosengewicht hatte die Notlage bereits verraten. Er schloss die Kaffeedose. Er öffnete den Vorratsschrank. Er hatte keinen Kaffee. Jede Menge Milchpulver, aber keinen Kaffee. Er musste einkaufen gehen. Und zwar schnell, bevor Maxi aufwachte. Er schnappte sich die Manduca.

Als sie die Babytrage gekauft hatten, hatte Wolf nie erwartet, dass ihm das Anlegen inklusive Kind jemals so geschmeidig gelingen würde wie das Anziehen seiner eigenen Socken. Anfangs schien es hoffnungslos, ein endloses Geruckel und Gezerre, schmerzhaft für beide Beteiligte plus Publikum. Oft genug hatte er vorzeitig aufgegeben und Silke gefragt: »Kann ich Maxi nicht einfach so tragen?« Woraufhin Silke geseufzt und dann das Kind und die Trage mit wenigen Handgriffen und ohne hinzugucken selbst angelegt hatte. Wieder einmal. »Aber das nächste Mal bist wirklich du dran«, hatte sie jedes Mal gesagt.

Vielleicht war sie deshalb gegangen.

Nein, Silke war nicht gegangen, weil Wolf motorische Probleme beim Anlegen der Manduca-Babytrage hatte. Sie war nämlich gar nicht gegangen. Nicht für immer. Nicht gegangen-gegangen. Sie kam an den Wochenenden. Zumindest an manchen Wochenenden. Zumindest hatte sie es sich an manchen Wochenenden ganz fest vorgenommen. Das sagte sie, und das musste er glauben.

Wenn sie ihn jetzt sehen könnte. Routiniert hatte Wolf seine Tochter vor seiner Brust vertäut, sogar ohne sie aufzuwecken. Schneller, als Silke es je hinbekommen hatte.

Er schaffte es sicher durchs Treppenhaus. Er schaffte sicher den kurzen Weg zum Rewe an der Ecke Dachauer Straße. Er schaffte es sicher am Bäckertresen vorbei in den Supermarkt hinein. Gerade als eine Kundin mit einem Blick auf den Babykopf zum Gurren ansetzte, begann Maxine zu schreien. Die Kundin gurrte aus Pflichtgefühl trotzdem etwas, begleitet von einem jovialen »Ja, die Kleinen müssen auch mal schreien, ja, ja«, und dann war sie blitzschnell in einem anderen Gang.

Die anderen im Laden teilten offenbar nicht die Meinung, dass die Kleinen auch mal schreien müssten, und mieden Vater und Kind mit missbilligenden Blicken.

Hat durchaus Vorteile, das Geschrei, dachte Wolf. Er sah sich in aller Seelenruhe im Laden um. Prompt wurde ihm sein Fehler bewusst: So viel er sich auf seine Manduca-Virtuosität einbildete, der Kinderwagen wäre hier angesichts seines Zusatznutzens als improvisierter Einkaufswagen praktischer gewesen. Die anderen Mütter wussten das natürlich. Aber so eine Profi-Mutter würde er schon auch noch werden. Er lud Würstchen, Käse, Brot, Joghurt, Kartoffelchips, Zahnpasta, Saure Sahne, Küchenpapier, die aktuelle »Zeit« und Currykochsoße in seinen Wagen. Fast hätte er den Kaffee vergessen, besorgte ihn dann aber noch und machte sich nach dem nicht sehr zeitaufwendigen Zahlvorgang auf den Rückweg.

Als sie wieder im Treppenhaus waren, hatte Maxi sich ausgeschrien und schaute nun neugierig und unschuldig aus ihrer Vertäuung. Da ging Frau Loibl zum Angriff über. Wie immer kam sie scheinbar aus dem Nichts. »Die Kleine ist immer so brav!«, jubilierte die alte Dame in der Schürze. Dabei warf sie einen so genauen Blick auf das Baby, als suche sie nach unveränderlichen Merkmalen, die Wolfs Vaterschaft bewiesen. Vielleicht war tatsächlich genau das ihr Ansinnen. Sie war genau diese Art von Nachbarin.

»Die ist nicht immer brav, die kann sich nur hin und wieder dreißig Sekunden am Stück zurückhalten«, erklärte Wolf. »Das sind zufälligerweise oft, wenngleich nicht immer, die dreißig Sekunden, in denen uns jemand über den Weg läuft, der mir prompt zuflötet, was für ein braves Kind ich hätte. Später, wenn ich mit ihr allein bin, verwandelt sie sich wieder in Linda Blair in ›Der Exorzist‹. Aber dafür gibt es dann keine Zeugen.«

»Ja, ganz brav, nicht?« Es war schwer zu sagen, ob Frau Loibl schwerhörig oder schwer von Begriff war oder nur so tat, als träfe eines von beidem zu. Offenbar war lediglich das Wort »brav« zu ihr durchgedrungen. Jetzt sah sie den Vater mit einem gewissen Misstrauen an. »Sollten Sie um diese Zeit nicht auf der Arbeit sein? Herr … äh …«

»Wolf. Amadeus Wolf.«

»Richtig, Herr Wolf. So ein Name ist so schwer zu merken. Was machen Sie gleich beruflich?«

»Ich bin Schriftsteller.«

»Schriftsteller? Das ist ja interessant. Kann man denn davon leben?«

»Nein. Deshalb arbeitet meine Frau ebenfalls.«

»Ach, wie modern! Das finde ich gut.« Ihr Ton, ihr Gesicht und ihre Haltung sagten das Gegenteil. »Wo arbeitet Ihre Frau denn?«

»Momentan in Luxemburg.« Er glaubte nicht, dass Frau Loibl alle Details wissen musste. Dass seine Silke als EU Mobile Evangelist für das Unternehmen Buystuff.com arbeitete und momentan für ein strategisches Gipfeltreffen der globalen Mobile-Marketing-Experten in der Firmenzentrale weilte anstatt in der Münchner Dependance, in der ihr eigentliches Büro war. War auch schwierig zu erklären, warum sie nicht so genau erklären konnte, dass niemand so genau wusste, wie viele Monate dieses Gipfeltreffen in etwa dauern würde.

»Luxemburg! Himmlisch!« Frau Loibl startete einen Vortrag über dichte Wälder und reizende Mittelalterarchitektur, der zu einem Monolog ohne Publikum wurde, als Wolf, Einkäufe und Kind umständlich balancierend, seine Wohnungstür auf- und hinter sich wieder verschloss. Er legte Maxine sanft unter ihr vielfach preisgekröntes Mobile und kochte sich den Kaffee, der alles verändern würde. Er begab sich an seinen Schreibtisch. Er setzte gerade die Tasse an die Lippen, als Maxine dem ganzen Haus ihr Erwachen verkündete. Auf das dämliche Mobile war sie noch nie reingefallen.

3

Holly McRose, der Highlander und ein mutmaßliches Mordopfer

Magnus McLuv schob den Dudelsack zurecht, sodass er auf seinen nackten, muskulösen Schenkeln zu liegen kam. So konnten Magnus' starke Arme Miriam bequem an seine breite Brust ziehen. Die untergehende Sonne spielte sinnlich in den seidigen, wogenden Haaren des Highlanders, als er in einem dunklen, warmen Bariton sagte: »Oh, Miriam, auch wenn wir aus unterschiedlichen Welten und unterschiedlichen Zeitaltern kommen, so hat uns das Schicksal doch zusammengeführt, und dem Schicksal kann man nicht entfliehen. Es kann für mich nur eine geben. Und das bist du!« Miriam schmolz in seinen Armen dahin wie ein Esslöffel Butter in einer vorgeheizten Pfanne, als sie seufzte: »Boah, Alter, wenn dieses Kind die ganze Zeit schreit, kann ich mich echt nicht konzentrieren!«

Jetzt schrie es schon wieder. Durch Wolfs geschlossene Wohnungstür hindurch in das Treppenhaus, wo das Geschrei an Hall gewann, dann durch Hollys geschlossene Wohnungstür hindurch in ihr Arbeitszimmer mit seinen bunten, zerlesenen, ungeordneten Taschenbücherstapeln und beidseitig genutzten Taschenbücherregalen, Motto-Katzenpostern und schottischen Landschaftskalendern direkt in ihr Mark und Bein.

So konnte sie nicht arbeiten. Ihr nächster Roman musste bis Freitag fertig werden, damit sie sich am Samstagvormittag in aller Ruhe den übernächsten ausdenken konnte. Und dann war da noch dieser Mordfall, den sie lösen musste, wenn es sonst schon keiner tun mochte. Wegen der Gerechtigkeit. Aber auch zur Inspiration. So ein Mord hatte ja meistens nicht nur Nachteile.

Amadeus Wolf aus der Wohnung gegenüber konnte bestimmt ebenfalls ein wenig Inspiration gebrauchen. Selbst wenn das Babygeschrei sie bei der Arbeit störte, konnte sie ihrem Nachbarn nicht böse sein. Der arme Mann. War den ganzen Tag allein mit dem Kind, die Frau Gott weiß wo. Wahrscheinlich kam er noch weniger zum Schreiben als Holly. Sie würde ein weiteres Mal versuchen, ihn für ihr investigatives Projekt zu gewinnen. Sicher, er hatte schon einmal abgelehnt, in wenigen wie unmissverständlichen Worten, aber manche Menschen wollten eben zu ihrem Glück gezwungen werden. Er war einfach ein bisschen schüchtern. Einer von diesen Schriftstellern, die allein im stillen Kämmerlein vor sich hin brüteten. In seinem Fall natürlich nicht ganz allein und in einem momentan alles andere als stillen Kämmerlein. Holly hingegen gehörte zu der Sorte, die keine Convention ausließ und über ihre multiplen Social-Media-Kanäle in ständigem Kontakt zu ihren Leserinnen stand, um stets die neuesten Mehrheitsmeinungen zu Figurenentwicklungen, Handlungswendungen und Covermotiven einzuholen. Das war sie ihren Fans schon schuldig.

Und ihrem Nachbarn war sie es schuldig, ihn aus seiner alleinerziehenden Misere zu befreien, zumindest vorübergehend. Und natürlich rein platonisch. Sie erhob sich von ihrem Sitzball, wuschelte sich die roten Haare zurecht, rückte die runde Brille gerade und überlegte, ob sie aus ihrem Trainingsanzug in etwas Formelleres wechseln sollte. Sie entschied sich dagegen. Die Leute erstarrten oft in überhaupt nicht angebrachter Ehrfurcht, wenn sie vor so einer berühmten Wortschmiedin standen. Wenn sie an Wolfs Tür klingelte, wollte sie nachbarschaftlich und nahbar wirken, um ihn nicht einzuschüchtern.

Das Kind hörte trotz aller babysprachlichen Beschwichtigungsversuche des Vaters und seiner körperlichen Nähe nicht auf zu schreien, und nun klingelte es auch noch an der Tür. Durch den Spion sah Wolf das türspiontypische Zerrbild seiner Nachbarin von gegenüber. Holly McRose. Schnulzenautorin. Äußerst produktiv. Selbstverständlich nicht ihr richtiger Name. Wahrscheinlich in seinem Alter, sah aber jünger aus. Ihr Problem. Sah außerdem so aus, als käme sie gerade vom Sport. Erst recht ihr

Problem. Nur unwesentlich angenehmere Gesellschaft als die alte Frau Loibl. Er öffnete die Tür einen Spaltbreit und fragte, was es gäbe.

»Darf ich reinkommen?«, fragte Holly.

»Warum?«

»Ich war noch nie bei Ihnen drin.«

»Das ist doch kein –«

»Danke.« Schon war sie hereingeschlüpft. Irgendwie hatte sie unmerklich den Türspalt vergrößert und ihren kleinen, schmächtigen Körper hindurchgemogelt.

»... Problem. Frau McRose ...«

»Ach, nennen Sie mich Holly.«

»Gut. Holly. Nennen Sie mich Amadeus, wenn es sein muss.« Sie lachte. »Ganz bestimmt nicht. Ich bleibe bei Wolf.« Das war ihm recht. Er mochte seinen Vornamen nicht sonderlich. Der erinnerte ihn nur daran, welcher Versager er in den Augen seiner Eltern war. Seine literarische Karriere verstanden und billigten sie nicht. Sie hatten sich so sehr ein musikalisches Genie gewünscht. Leider war das schon in frühen Jahren an der Blockflöte gescheitert.

Angesichts der personellen Veränderung in ihrem unmittelbaren Umfeld hatte Maxine ihren Schreikrampf aufgegeben und war in großäugiger Neugier erstarrt. Wolf entschuldigte sich, ließ Holly im Flur stehen und ging ins Schlafzimmer, um seinem Kind die Flasche zu geben.

Holly sah sich um. So viele Bücher. Fast wie bei ihr zu Hause. Nur dass sie keines dieser Bücher kannte. War eigentlich klar, dass ihr Nachbar viele Bücher hatte. Er war schließlich auch ein Schriftsteller. Er hatte zwar nicht so viel geschrieben wie sie, aber das konnte ja noch kommen. Jeder fing mal klein an. Sie hatten so vieles gemeinsam. Sie konnte ihn unmöglich wegen des bisschen Babygeschreis rügen. Sie war doch nicht die alte Frau Loibl. Und überhaupt, es war schon wieder vorbei. So ein braves Kind.

Als Maxine auf absehbare Zeit zu voll zum Schreien war, kehrte Wolf zu seiner ungebetenen Besucherin zurück. Sie sah sich de-

monstrativ erneut um und sagte:»Wow, hier sieht es fast aus wie in einer Bibliothek!«
»Leider nur fast.«
»Darf ich Ihnen einen Tipp geben? Benutzen Sie Ihre Bücherregale beidseitig.«
»Warum gehen wir nicht ins Wohnzimmer?«
Das Wohnzimmer war der Ort der Wohnung, der am wenigsten nach Bibliothek aussah. Es war vom weißen Ecksofa bis zu den beleuchtbaren Glasvitrinen komplett von Silke gestaltet worden. Sie hatte Wolf zugestanden, ein paar ausgewählte Bücher auch hier unterzubringen, solange sie »schön« seien. Nach derlei frivolen Kriterien konnte er natürlich nicht aussortieren. Beziehungsweise er konnte die Ordnung in den anderen Räumen nicht zerstören, indem er ausschließlich ansehnliche Ausgaben in eine Vitrine im Wohnzimmer transplantierte. Also hatte er für diesen Zweck lediglich ein paar seiner Bildbände über Nordkorea abgestellt.
»Oh, Sie haben auch einen Sitzball!«, rief Holly. »Sind die Dinger nicht toll, gerade beim Schreiben?«
»Nein.«
»Wie bitte?«
»Ja. Vielleicht. Muss wohl. Hört man ja immer wieder. Sollte ich mal ausprobieren.«
Nachdem sie sich gesetzt hatten (keiner auf dem Sitzball), Wolf ohne großen Enthusiasmus Kaffee angeboten und Holly mit großem Enthusiasmus angenommen hatte, Wolf wieder aufgestanden war und sich schließlich mit zwei großen Bechern wieder gesetzt hatte, fragte er: »Also: Was verschafft mir heute die Ehre Ihres Besuches?«
»Wussten Sie, dass die Polizei die Ermittlungen im Mordfall Niedermeyer offiziell eingestellt hat?«
Das schon wieder. »Meines Wissens ist es nie ein Mordfall gewesen, sondern ein tragischer Unfall.« Tragischer Unfall, dachte Wolf. Ich klinge wie jemand aus einem Unterhaltungsroman mit zu vielen unnötigen Adjektiven. Vielleicht einem McRose.
»Das glauben Sie doch selbst nicht. Einer wie Niedermeyer fällt

nicht einfach so die Treppe runter. Der stirbt mit hundertzwanzig im Schlaf oder wird vorher ...« Sie machte eine Geste mit dem Daumen vor ihrer Kehle und ein albernes Geräusch. »Der hatte viele Feinde.«
»Wie kommen Sie nur auf diese Ideen?«
»Wie kommen gerade Sie nicht auf solche Ideen?«
»Ich dachte, Sie schreiben Liebesromane.«
»Ich arbeite gerade an einem Mystery-Spin-off meiner Serie ›Ich liebe einen Highlander‹. Ich nenne sie ›Ein Highlander ermittelt‹.«
»Ist das derselbe Highlander? Der, der geliebt wird, und der, der ermittelt?«
»Na klar, es kann nur einen geben.« Sie lachte schallend, als hätte sie einen Witz gemacht.
Wolf schaute dumm aus der Wäsche.
»Das ist ein Highlander-Witz«, half Holly ihm auf die Sprünge.
»Tut mir leid, ich habe Ihre Bücher noch nicht gelesen.« *Und ich gedenke, das auch in diesem Leben nicht mehr zu tun, selbst wenn Sie mir weiterhin jeden neuen Schmöker mit Widmung aufs Auge drücken, sobald er erschienen ist und Sie mich im Treppenhaus wittern.*
»Das ist aus dem Film.«
»Dazu gibt es schon Filme?« Das erinnerte ihn schlagartig an etwas. Etwas so Erfreuliches, dass er unkontrolliert lächeln musste. Es war etwas, das seine finanzielle Eigenständigkeit zumindest für eine Weile sichern und ihm eine Galgenfristverlängerung für die Fertigstellung seines nächsten, bislang imaginären literarischen Meisterwerks verschaffen konnte.
»Ich meine den Film ›Highlander‹!«, erläuterte Holly. »Mit Christopher Lambert.«
»Ach, den. Habe ich nie gesehen. Neumodisches Zeug. Bei Filmen, muss ich gestehen, bin ich in den Siebzigern stehen geblieben.«
»Siebziger finde ich auch total stark. ›Star Wars‹ und so.«
Wolf stieg ein Hauch von Zornesröte ins Gesicht. »Das meine

ich gerade nicht. ›Krieg der Sterne‹ hat alles zerstört. Eine vielleicht unbewusste, gleichwohl verheerende infantile Gegenreaktion auf das erwachsene New-Hollywood-Kino von Altman, Scorsese, Friedkin, Coppola, Bogdanovich. Quasi Old Hollywood in neuen, kunterbunten Schläuchen. Mit Lucas und Spielberg haben die Nerds das Filmgeschäft übernommen und es von Nerd-Generation zu Nerd-Generation weitervererbt. Deshalb gibt es seit Jahrzehnten nur noch geistloses Spielzeugverkaufskino für ewige Riesenbabys.«

Hollys Augen strahlten. »Ich weiß! Nerds sind so cool!«

»Kann man so oder so sehen. Wenn ich jedenfalls von den Siebzigern spreche, dann meine ich eher die frühen Siebziger.«

»In den frühen Siebzigern waren Sie doch noch gar nicht geboren«, gab Holly zu bedenken.

»Man kann sich kulturell zurückentwickeln. Oft ist das eine Weiterentwicklung.« Er musste das schnell aufschreiben, bevor er es vergaß. Vielleicht steckte da ein Roman drin. Oder zumindest der Beginn einer Aphorismensammlung.

Sie zwinkerte. »Man ist immer so alt, wie man sich fühlt, was?«

»Das wäre schön.« Wolfs größter Traum war es, zwanzig Jahre älter zu sein, sodass er die Kultur, die er verehrte, noch in ihrer Entstehung hätte miterleben können. Andererseits wäre seine heutige Zuneigung dann kaum mehr als Nostalgie, und Nostalgie war Opium für den Pöbel. Das Leben machte es einem manchmal nicht leicht.

»›Highlander‹ ist jedenfalls ein Klassiker«, sagte Holly. »Wie ›Matrix‹ oder ›E.T.‹«

Wolf zeigte mit dem Finger auf sie. »Das fällt mir in letzter Zeit immer häufiger auf, dass die Leute ›Klassiker‹ sagen, wenn sie in Wirklichkeit meinen: ein seelenloser 08/15-Blockbuster, den ich als minderbemittelter Minderjähriger so toll fand, dass ich selbst heute, als mündiger Erwachsener, ums Verrecken nicht zugeben mag, dass er eigentlich ausgemachter Quatsch ist. ›Im Zeichen des Bösen‹ ist ein Klassiker. ›Das indische Grabmal‹ ist ein Klassiker. Natürlich das Original von 1921, nicht der neumodische Quatsch von 1959. ›Matrix‹ ist bloß lärmendes Popcornverzehrrahmenprogramm.« Er atmete tief durch. »Apropos Film. Ich muss dringend wohin.«

»Gut, ich wollte Sie auch gar nicht lange aufhalten. Ich wollte nur fragen, wie wir im Fall Niedermeyer weiter vorgehen.«

»Wie Sie schon sagten: Die Polizei ermittelt nicht mal.«

»Wie ich schon neulich sagte: Dann sollten wir beide es tun!«

»Wir? Wir beide?«

»Warum nicht? Frau Loibl ist zu alt, und der Herr Wagner ist ... Sie wissen schon. Schwer zu sagen. Wir sind beide Schriftsteller. Beste Voraussetzungen.«

Es gefiel ihm nicht, dass Holly ihn und sich selbst auf ein und derselben Ebene verortete, nur weil sie beide als Haupterwerb Sätze produzierten. Sie momentan wahrscheinlich mehr als er. »Ich schreibe keine ... Krimis.« Er bemühte sich, so wenig offenkundig verächtlich wie möglich zu klingen. Falls er sich mal irgendwann Milch oder Eier oder Baldrian leihen musste. »Ich gäbe kaum einen großen Ermittler ab.«

Sie sah ihn von oben bis unten an, als ob sie sich gerade zum ersten Mal begegneten, was leider nicht der Fall war. »Ich hatte Sie mir in der Tat größer vorgestellt. Hab ich schon gedacht, als ich Sie zum ersten Mal in echt im Treppenhaus gesehen hatte.«

Dabei fanden die meisten Menschen ihn ziemlich groß. Holly überragte er auf jeden Fall, wie ein unheilvoller Riese das Mädchen in einem Märchen. Oder wie der etwas tumbe, von der Dorfbevölkerung missverstandene Riese, mit dem das Mädchen sich anfreundet. Er hoffte, dass sein Bart in Kombination mit seiner Glatze ihn zusätzlich imposant erscheinen ließ. Wenn möglich zehn bis zwanzig Jahre älter, erfahrener, selbstsicherer. Ein Titan. Ein literarischer, vielleicht.

»Auf welcher Grundlage haben Sie denn Überlegungen über meine Körpergröße angestellt? Meiner Arbeit?« Eigentlich mochte er den Gedanken. Ein großes Werk muss von einem großen Mann geschrieben worden sein. So dachte sie wahrscheinlich.

»I wo, ich habe Ihr Buch ja gar nicht gelesen. Sie haben mir schließlich nie eins gegeben. Ich habe Überlegungen auf Grundlage Ihres Autorenfotos angestellt.«

»Wie kann man denn kleiner sein als auf seinem Autorenfoto? Haben Sie das Foto auf einer großformatigen Außenwerbung gesehen?«

»Das hätten Sie wohl gerne. Ich meine nur: Sie wirken darauf größer.«

»Aber auf dem Foto sind doch überhaupt keine Anhaltspunkte zum Schätzen meiner Größe. Keine Giraffe neben mir, und ich halte auch kein Streichholzheftchen in der Hand.«

Holly lachte. Stünde Wolf dieser Angewohnheit nicht grundsätzlich kritisch gegenüber, hätte er zugeben müssen, dass es kein unsympathisches Lachen war. Womöglich sogar ein diffus intelligentes. »Stellen Sie sich das mal vor, ein Autorenfoto mit beidem: Giraffe und Streichholzheftchen.« Sie stellte das Lachen abrupt ein. »Oje, das wäre gar nicht gut. Sie hätten sofort die Tierversteher am Hals. Peta-Shitstorm allererster Güte. Warum wollen Sie denn der armen Giraffe etwas antun?«

»Ich will keiner Giraffe irgendetwas antun!« Nun bekam er das Bild nicht aus seinem Kopf, wie er mit einem brennenden Streichholz eine Giraffe durch die Steppen jagte. Irgendwie hatte sich noch ein Kanister mit einer brennbaren Flüssigkeit ins Bild gemischt. Wahrscheinlich würde er in der Nacht davon träumen. Falls Maxine ihn schlafen ließ. Immerhin steckte vielleicht ein Roman drin. Vielleicht sogar ein kontroverser, Holly McRose mochte recht haben. »Ich meine nur, man kann von einem Autorenfoto, das wirklich nur den Autoren zeigt, nicht auf dessen Körpergröße schließen!«

»War halt nur so ein Eindruck von mir, dass Sie darauf größer wirken.« Sie musterte sein Gesicht. »Das Foto scheint ja auch schon etwas älter zu sein.«

»Ich bin seitdem stark geschrumpft. Genau wie meine Verkaufszahlen.«

»Dann schreiben Sie halt mal was Neues. Am besten einen Bestseller.«

»Ich …«
»Wissen Sie, was Sie mal schreiben sollten?«
»Nein …?«
»So eine Netflix-Serie. Die nehmen jetzt jeden. Ich arbeite gerade an zweien. Eine natürlich über die Liebe in den Highlands, basierend auf meinen Erfolgsromanen. Die andere ist ein Originalstoff. Eher leichte Muse. Dystopische Rural Romantasy für junge Zuschauerinnen.«
»Okay, mach ich.« Seine Antwort war sarkastisch gemeint, doch der Vorschlag war nicht so weit von dem entfernt, was ihm gerade durch den Kopf ging. Die Sache, die ihm tatsächlich genügend Zeit kaufen konnte, bis ihm der nächste Bestseller einfiel. Die Sache, auf die Holly ihn gebracht hatte. Das musste er ihr lassen. »War es das dann?«
»Ich sehe, Sie wollen mich loswerden. Sie können sich das mit der Mordermittlung ja noch mal durch den Kopf gehen lassen.« Sie stand auf.
»Das werde ich tun. Und ich unterbreche unser schönes, bereicherndes Gespräch nur ungern, aber ich muss nun meine Tochter weiterfüttern und dann gleich wieder weg.« Er erhob sich ebenfalls, um seine Besucherin in Richtung Tür zu manövrieren.
»Ach, wie schön«, sagte sie im Gehen. »Was isst denn die Kleine am liebsten?«
»Milch.«
»Und wo müssen Sie dann so dringend hin? Schon wieder?«
»Schon wieder?«
»Sie sind doch gerade erst vom Einkaufen zurückgekommen.« Vielleicht machte sie sich wirklich nicht so schlecht als Ermittlerin, dachte Wolf. »Netflix«, sagte er.
»Ganz, ganz liebe Grüße!«

Als Holly wieder auf der anderen Seite der nun geschlossenen Tür stand, konnte sie sich ein Lächeln nicht verkneifen. Sie wusste, dass sie ihn hatte. Eine Frau spürte so etwas. Dabei hatte sie ein bisschen auch ein schlechtes Gewissen. Sie wusste, dass sie diesen

Mann benutzte. Sie benutzte diesen guten, harmlosen Mann als Hilfe. Nicht nur bei der Aufklärung eines Mordfalls. Das würde sie zur Not auch allein hinkriegen. Er würde ihr ebenso bei einer viel heikleren Aufgabe helfen. Einer, die ihr nach wie vor mehr Schwierigkeiten bereitete, als sie sich selbst eingestehen wollte. Er würde ihr dabei helfen, herauszukommen. Aus dem Haus und aus allem.

4

Das Buch zum Film

Wolf und Maxine waren nicht auf dem Weg zu Netflix, sondern zu Wolfs Agenten. Das Kind schrie verlässlich die gesamte U-Bahn-fahrt vom Moosacher St.-Martins-Platz bis zur Münchner Freiheit, was nicht unbemerkt blieb. Sobald sie die Agentur Schmidbauer in einer üppig begrünten, verkehrsberuhigten Seitenstraße erreicht hatten, war sie ein mucksmäuschenstiller Sonnenschein.

»So ein braves Kind, beneidenswert!«, sagte Udo Schmidbauer, als er Wolf an seiner Bürotür abholte und mit übertriebener Geste hereinbat.

Wolf bezweifelte, dass er ihn wirklich beneidete. Schmidbauers Kinder waren beide lange erwachsen, hatten eigene Agenturen in Hamburg und Berlin eröffnet. Die schliefen vermutlich die Nacht durch, mussten nicht mehr gewickelt werden und bekamen auch bei Tag keine Schreikrämpfe mehr. Obwohl natürlich hinsichtlich des Schreikrampfs selbst im Erwachsenenalter viele nicht drüberstanden, vor allem in Führungspositionen.

Doch wenn die jungen Schmidbauers nach dem Alten kamen, mussten sie recht umgängliche Gesellen sein. Möglicherweise würden sie irgendwann die Klienten ihres Vaters übernehmen, wenn er sich zur Ruhe setzte, womit er seit Jahren drohte, ohne jemals Anstalten zu machen, diesen Drohungen Taten folgen zu lassen. Fürs Erste blieb er, wo er war und was er war. Der Pferdeschwanz, den er seit fast fünfzig Jahren für unkonventionell hielt, eher weiß als grau, jede Bewegung des dürren Körpers in Tweedsakko und leger gemeinter Jeanshose ein einziges Schlottern, aber der Verstand messerscharf wie eh und je, der Enthusiasmus für seinen Auftrag ungebrochen. Wolf konnte sich nicht vorstellen, sich von einem anderen vertreten zu lassen. Ob er nun etwas zu vertreten hatte oder nicht.

Wolf nahm im angebotenen Sessel vor Schmidbauers Schreibtisch Platz, der so bequem war, wie er antik aussah. Der Agent selbst setzte sich hinter den Tisch, vor die hohen Fenster, die einen idyllischen Ausblick in den sonnendurchfluteten Garten erlaubten, unter dessen Bäumen nach legendären Feierveranstaltungen schon manche literarische Größe zwangsgenächtigt hatte. Die geschäftsmäßige Sitzordnung beruhigte Wolf. Das bedeutete, dass Schmidbauer nach wie vor davon ausging, dass es zwischen ihnen Geschäftliches zu besprechen gab. Für einen ungezwungenen Plausch, vielleicht sogar für ein sanftes Gehenlassen, hätte der Agent seinen Autor in die Sitzecke vor den Bücherregalen nahe dem Kamin gebeten. Der Sommer war bereits gekommen, da musste im schwarzen Schlund kein Feuer lodern.

Mit einem Blick in das prominenteste Regal im Büro stellte Wolf erleichtert fest, dass er dort weiterhin gut sichtbar präsentiert war. Mit seinem ersten Kurzgeschichtenband »Touristen in der Horrorsozialwelt«, der zwei Förderpreise gewonnen hatte und schließlich in einem Braunschweiger Kleinverlag erschienen war, und natürlich mit seinem großen Wurf, »Nirgendwoland«, dem Romanepos einer Generation, die sich gemeinhin nicht als Generation sehen mochte und auf Romanepen eher allergisch reagierte. Als der in mehr als einer Hinsicht sperrige Wälzer erschienen war, war Wolf kurz vor Mitte zwanzig gewesen. Da war er gerade noch als Wunderkind durchgegangen. Diesen Bonus hatte er nun verspielt.

Die Männer erlaubten sich ein bisschen unverbindlichen Small Talk über Leid und Freud der Vaterschaft, über Bücher, die sie unlängst gelesen hatten, zu lesen beabsichtigten oder dem anderen unbedingt zu lesen anrieten. Schließlich brachte Schmidbauer das Gespräch feinfühlig auf Wolfs eigenes Schreiben. Dabei war Wolf gar nicht so direkt wegen seines eigenen Schreibens gekommen. Zumindest nicht wegen gegenwärtigen oder zukünftigen Schreibens. Er legte seine Schwierigkeiten dar und erwähnte, dass seine umtriebige Nachbarin, die im allerweitesten Sinne ebenfalls literarisch tätig war, diese Schwierigkeiten offenbar nicht hatte. Er seufzte. »Vielleicht sollte ich auch auf dystopische Rural Romantasy umsatteln.«

Schmidbauers Gesicht leuchtete auf. »Das könntest du?«
Wolfs Miene verfinsterte sich. »Das möchtest du?«
»Ich habe da keine Berührungsängste. So funktioniert das Geschäft, bei Verlagen wie bei Agenturen. Einige wenige erfolgreiche Titel finanzieren die guten und wichtigen. Der erotische Historienbestseller ›Die Radldirne‹ hat es mir ermöglicht, zwei oder drei experimentelle Lyriker unter Vertrag zu nehmen, von denen man nur hoffen kann, dass sie irgendwann irgendwelche Preise gewinnen, von denen dann in der Zeitung berichtet wird und einige der zwei bis drei letzten Zeitungsleser diese Bücher kaufen. Falls du es mal mit Young Adult versuchen wolltest, würde ich lediglich zu einem Pseudonym raten, um dein Branding nicht zu verwässern. Irgendwas Englisches, vielleicht was Weibliches. Oder Fluides. Kommt auch auf den Stoff an.«

»Das war es eigentlich nicht, weshalb ich …«

Schmidbauer drehte sich um und schaute verträumt aus dem Fenster. »Und wenn erst mal der Film zur ›Radldirne‹ rauskommt, hole ich mir vielleicht noch ein paar Lyriker mehr.«

Wolf räusperte sich. »Film. Gutes Stichwort. Darüber wollte ich mit dir sprechen.«

Schmidbauer winkte mit großen, wedelnden Bewegungen ab. »Ich weiß, du bist nicht interessiert. Das Vetorecht für dich hätte ich niemals durchboxen dürfen. Aber es konnte ja keiner ahnen, dass ›Nirgendwoland‹ so ein Erfolg wird.«

Wolf lächelte anerkennend. »Keiner außer dir.«

Schmidbauer grinste spitzbübisch.

Wolf entgleisten die Züge. »Du meinst, ich bin einer von deinen … experimentellen Lyrikern?«

»Das darfst du als Kompliment auffassen. Weißt du, warum ich dich damals aufgenommen habe?«

»Weil dir mein Manuskript gefallen hat … habe ich die längste Zeit gedacht.«

»Das hat es. Sehr sogar. Es war schwierig, post-avantgardistisch und deprimierend. Ich war sofort verliebt! Ich schätzte es außerdem als schwer vermittelbar ein. Schwer bis unmöglich. Aber zu unser beider Glück hatte gerade Uwe ›Kalle‹ Kalkowski bei mir unterzeichnet.«

»Sagt mir nichts.«

»Der Auswanderer-King. ›Von Wuppertal nach Winnipeg‹. Eine ganz große Nummer auf RTL2. Kein todsicherer Literaturnobelpreiskandidat, doch der Name allein bewegt Einheiten. Besonders zu Weihnachten, wenn die Leute verzweifelt sind. Er hat jetzt ein Reisebuch, ein Kochbuch und eins über Autotuning veröffentlicht. Seine Autoren arbeiten gerade an etwas ganz Persönlichem über seine Katzen.«

»Wahrscheinlich sollte ich ihm dankbar sein. Ihm und seinen Autoren.«

»Erstaunlicherweise hast du noch mehr Bücher verkauft als er.«

»Ich weiß nicht, ob das ein Kompliment ist.«

»Du weißt genau, was du geleistet hast. Alle im Literarischen Quartett liebten ›Nirgendwoland‹.«

»Alle außer Biller.«

»Ach, der fühlte sich nur bedroht. Du weißt doch, wie er sein kann.«

Wolf hatte keine Ahnung, wie Biller sein konnte. Er bemühte sich dennoch, Schmidbauers verschwörerisches Grinsen wissend zu reproduzieren. »Ich weiß, du wartest auf ›Nirgendwoland 2‹. Alle warten auf ›Nirgendwoland 2‹. Aber …«

Tatsächlich war Schmidbauer die Enttäuschung darüber, dass Wolf offenbar nicht mit erfreulichen Fortschrittsberichten gekommen war, kaum anzumerken. Als Profi wusste er, dass man Autoren in dieser Lage besser aufbaute, als sie unter Druck zu setzen. Andererseits war inzwischen, nach allzu vielen solcher Treffen, jede »Ach, du schaffst das!«-Phrase längst jenseits aller Glaubwürdigkeit. Also sagte er: »Hey, wenn bei dir selbst gerade die Einfälle nicht so sprudeln, kannst du gerne für einen meiner Reality- oder YouTube-Klienten ghosten. Wir haben noch keinen für die Lebensbeichte von La Veroniqua, der Styling-Queen aus dem Hostessen-Camp. Ihre Catchphrase ist: ›Alte, ich mach

dich Laufsteg!‹ Wahrscheinlich wird eine geistreiche Variation davon der Titel ihrer Autobiografie. Aber das überlasse ich euch beiden.«
»Ich habe nicht gesagt, dass ich den Auftrag annehme.«
Schmidbauer sah ihn mitleidig an. »Vielleicht solltest du das. Wenn du nicht gerade ein brillantes, fertiges Überraschungsmanuskript in deiner Wickeltasche hast ...«
»Habe ich nicht.«
»Dann solltest du dich nach neuen Einnahmequellen umsehen.«
»Keine Sorge, Silke verdient genug bei Buystuff.« Nur wie lange Silkes Geld noch Familiengeld war, stand in den Sternen.
»Aber wie lange kannst du daran noch teilhaben? Jetzt, wo sie dich verlassen hat.« Man konnte ihm nichts vormachen.
»Sie hat mich nicht verlassen! Außerdem bin ich gekommen, um dir die frohe Kunde zu bringen: Ich werde die Verträge für die Filmrechte doch unterschreiben.«
»Nein!«
»Doch!«
»Oh!«
»Oh?«
»Ich wusste nicht, dass es dir *so* schlecht geht.«
»Es geht mir nicht schlecht. Ich dachte mir nur: Sei's drum. Der Film wird das Buch ja nicht ersetzen. Ich muss mir den nicht mal angucken. Ich muss nichts damit zu tun haben. Ich muss keine Interviews geben, gar nichts. Nur das Geld einstreichen. Quasi Gratis-Geld.«
Schmidbauer beugte seinen zierlichen Körper über seine gewaltige Tischplatte, kratzte sich verlegen im straff gebundenen Haar. »Tja, das ist so eine Sache ... Laut Vertrag müsstest du für Promo-Interviews zur Verfügung stehen und Sachen sagen wie ›Das ganze Team war wie eine große Familie‹ und ›Ich hätte mir keinen besseren Regisseur und Hauptdarsteller wünschen können‹.«
Aus Wolf entwich alle Luft. »Das kann ich nicht.«
»Du darfst auf jeden Fall nicht wieder sagen: ›Dieser große

grinsende Dummvogel hält sich für den Retter des deutschen Kinos, dabei ist er dessen aasstinkender Totengräber.‹ Also nicht so wie letztes Mal, als du die Verhandlungen hast platzen lassen.«

»Vielleicht können wir uns darauf einigen, dass ich mich komplett raushalte? Sag nichts Böses und muss nicht lügen?«

Schmidbauer seufzte. »Wir müssten den Vertrag neu aufsetzen. Prinzipiell kein Problem. Dauert allerdings eine Weile, bis alle Parteien wieder drübergesehen haben. Eine Entschuldigung für den ›aasstinkenden Totengräber‹ wäre bestimmt prozessförderlich. Es könnte trotzdem ein bisschen weniger rausspringen. Ganz ehrlich, der Titel ist nicht mehr ganz so heiß wie letztes Jahr.«

»Aber so ein Film wird sich bestimmt noch mal positiv auf die Buchverkäufe auswirken.«

Schmidbauer nickte. »Besonders wenn eine Neuausgabe mit Filmplakatmotiv und einem ›Das Buch zum Film‹-Sticker auf den Markt kommt.«

»Nur über meine ...«

Schmidbauer biss sich auf die Unterlippe. »Du musst dir unbedingt bewusst machen, dass du nicht mehr am längeren Hebel dieser Verhandlungen sitzt ...«

»›Das Parfum‹ wurde erst Jahrzehnte nach der Buchveröffentlichung verfilmt. Ich glaube nicht, dass da jemand dem Süskind gesagt hat, er säße nicht mehr am längeren Hebel der Verhandlungen.«

»Ich sag das nicht gerne, aber: Du bist kein Süskind, und dein Buch ist nicht ›Das Parfum‹. Noch nicht. Wenn du ein paar Jahrzehnte keine Interviews gibst und allen Kameras aus dem Weg gehst und sich dein Buch trotzdem weiterverkauft, ließe sich da vielleicht etwas machen. Aber in Zeiten von BookTok würde ich von solchen konterintuitiven Vermarktungsstrategien abraten.«

»Wissen Pynchon und Süskind das?«

»Frag doch mal einen BookToker, wer Thomas Pynchon ist.«

»Die denken wahrscheinlich, er wäre der Typ von ›Das Leben des Brian‹, haha.«

»Nicht mal das, mein Lieber.«

Wolf wollte sich nicht anmerken lassen, dass er nicht wusste, was ein BookTok beziehungsweise ein BookToker war. »Na ja, wenn so eine Buch-zum-Film-Ausgabe Leser zum Buch führt, die normalerweise solche Bücher nicht lesen würden, weil sie vielleicht gewohnheitsmäßig nur Bücher zu Filmen lesen, dann möchte ich mich da nicht querstellen. Dann tun wir damit ein gutes Werk.« Und bessern mein Konto anständig auf. »Sag mal, ist Netflix nicht auch an diesem Deal beteiligt?«

»Ja, warum?«

»Nur so. Hab gute Sachen über die gehört.«

»Der Film würde trotzdem ein Alibi-Kinofenster bekommen, allein, damit er sich für die ganzen Preise qualifiziert.«

Das machte die Sache ungleich interessanter. Wolf liebte die Vorstellung, mit großem Gestus Preise abzulehnen. Nicht dass ihm das schon einmal gelungen wäre bei einem der vielen Preise, die man ihm bisher überreicht hatte. Aber geistig bereitete er sich stets darauf vor. »Preise? Welche Preise?«

Schmidbauer hob in symbolischer Ahnungslosigkeit beide Handflächen empor. »Theoretisch geht es natürlich rauf bis zum Oscar. Bester ausländischer Film. Vielleicht sogar bester Film. Das scheint ja nicht mehr ganz trennscharf zu sein heutzutage, versteht kein Schwein.«

Vor der ganzen Welt einen Oscar ablehnen. In perfektem Englisch. Das wäre freilich die Königsdisziplin. Das würde ihm so schnell keiner nachmachen. Der Biller ganz sicher nicht. Er sah sich die Bühne dieser aufgeblasenen Veranstaltung betreten, im Vorübergehen ein Handschlag von Tilda Swinton und eine herzliche Umarmung von Martin Scorsese. Natürlich mit großer Verspätung, weil sich jeder Hans und Franz, der vorher dran war, bei Mama und beim lieben Gott bedanken musste und Rihanna oder Beyoncé oder Adele oder wie die hieß, es sich nicht hatte nehmen lassen, einen absurden Schlager über Prinzessinnen-Empowerment zu schmettern. Doch dann konnte er endlich vor einem globalen Millionenpublikum der Academy ganz genau erklären, in welchem Teil der menschlichen Anatomie man diesen zahnlosen Trottel-Preis für zahnlose Trottel-Filme für ihn bis in alle Ewigkeit aufbewahren dürfe.

Schmidbauer zeigte mit einem dünnen, schrumpeligen Zeigefinger auf Wolf. »Ich kenne diesen Gesichtsausdruck. Du stellst dir gerade vor, wie du den Oscar ablehnst. Dabei konntest du nicht mal den Vegesacker Utkieker ablehnen.«

»Das waren fünfzig Euro, die ich damals gut gebrauchen konnte.«

»Der Oscar wäre natürlich für den Film, nicht für dich. Ich glaube nicht mal, dass die Autoren von Romanvorlagen da auch nur eingeladen werden, solange sie nicht gerade Salman Rushdie sind.«

Wolf seufzte. »Salman Rushdie müsste man sein. Kann man in meinen Vertrag nicht so eine Klausel einbauen, dass die mich einladen müssen?«

»Wenn du das Drehbuch selbst schreiben würdest, könntest du für das beste adaptierte Drehbuch nominiert werden. Dann müssen sie dich einladen, ob sie wollen oder nicht.«

»Schreiben wollte ich ja gerade vermeiden. Vielleicht könntest du für mich einen von diesen ausgedachten Eitelkeits-Titeln wie Executive Producer oder Associate Producer aushandeln.«

Der Agent nickte. »Nichts leichter als das. Die bekommt jeder Hinz und Kunz hinterhergeworfen, der sonst nichts kann, aber jemanden kennt, der jemanden kennt.«

»Passt perfekt.«

»Dann allerdings müsstest du auf jeden Fall mit Leidenschaft für diesen Film brennen, falls dich mal jemand fragt.«

»Ach, wenn das so anstrengend ist, werde ich lieber doch kein Filmproduzent.« Wolf stand auf. »Ich will dir auch gar nicht länger die Zeit stehlen, wollte nur meinen Segen für diese Filmsache erteilen. Alles andere überlasse ich dir.«

Schmidbauer stand ebenfalls auf. »Freut mich wirklich sehr.« Die beiden schüttelten sich die Hände. »Und bis du den Oscar ablehnst, den dir ohnehin niemand überreichen wird, brichst du

dir keinen Zacken aus der Krone, wenn du zumindest mal ganz unverbindlich bei La Veroniqua vorbeischaust.«
»Bei wem?«
»›Alte, ich mach dich Laufsteg.‹«
»Das war dein Ernst?«
»Durchaus.«
Er beschloss, dass er Schmidbauer das schuldig war. Er schnappte sich Maxine, solange sie noch stillen Charme versprühte, und machte sich auf den Weg.

5
Models, Mörder, doggenartige Gesellschafts- und Begleithunde

Die Büroräume von Veroniquarama Int. Ltd. waren in einem modernen Glaskasten in einem trostlosen Industriegebiet in Poing untergebracht. Die Geschäftsführerin und Namensgeberin setzte in dieser Umgebung ungewöhnliche Akzente, mit ihrem Plüsch-, Samt- und Spiegelräumlichkeiten sowie mit ihrer eigenen Erscheinung. Sie trat Wolf und Maxine, die von der langen Fahrt mit der S2 sanft in den Schlaf gewiegt worden war, industriell gebräunt, aufwendig bemalt und mit bleichrosa gefärbten Haaren gegenüber. Das Kämmen ihres ungekämmten Looks musste Stunden gedauert haben. Der aufdringliche Lippenstift wirkte tätowiert. Ihr flirrendes Paillettenkleid war eng in der Form und tief im Ausschnitt, Figuraspekte betonend, die keinerlei Betonung bedurften. Die Kunst auf ihren Fingernägeln schien eine Geschichte mit Anfang, Mittelteil und Ende zu erzählen. Ein bonbonfarbenes Märchen. La Veroniqua reichte Wolf eine ihrer derart bewehrten Hände. Sie lag in seiner weich und warm wie die eines menschlichen Wesens.

Wie immer in der Gegenwart inszenierter Schönheit ärgerte sich Wolf darüber, dass er trotz seines überlegenen Intellekts über derart billige Reize nicht erhaben war. »La Veroniqua?«, fragte er der Form halber. Dabei konnte kaum ein Zweifel bestehen angesichts all der Glitzerposter mit ihrem Antlitz, die im und am Gebäude verteilt hingen. Außerdem hatten ihre Assistenx sie angekündigt, als sie aus ihrem Büro in die Rezeption getreten war, um ihn abzuholen. La Veroniqua wirkte zugänglicher als ihre Assistenx, mit denen Wolf es vermutlich auf immer verspielt hatte, nur weil er einmal mit ihren fluiden Mehrzahl-Wunschpronomen durcheinandergekommen war.

La Veroniqua winkte lachend ab. »Nennen Sie mich einfach Veroniqua.«

Wenigstens nicht La, dachte Wolf. Oder Vroni. »Nach Ihren

Pronomen muss ich wohl nicht fragen?« Er sah ihr fest in die Augen, damit seine nicht entgleisten.

Sie seufzte: »Ach, sind Sie bei meinen Johannx in Ungnade gefallen? Ich rede mal mit ihnen.«

»Das wäre nett. Ich bin nämlich eigentlich nicht so einer. Ich bin bloß manchmal ein bisschen … durcheinander.« Es war ihm sehr wichtig, nicht so einer zu sein. Er sah sich in der Theorie als *ally* und hatte ganz und gar nichts gegen die persönliche Aneignung von Personalpronomen. Es war schließlich nicht jede Art von sprachlicher Weiterentwicklung von Übel, da gab es solche und solche. Hier war endlich mal eine, die fordernd, originell und kreativ war. Eine, die eine Bereicherung anstatt einer Verwahrlosung darstellte. Theoretisch schätzte er das. Nur praktisch hinkte er hinterher.

Veroniqua winkte wieder ab. »Muss man sich erst mal dran gewöhnen, dass manche Menschen Mehrzahlen sind. Geht aber schneller, als man denkt.« Sie geleitete ihn mit auffällig wiegenden Schritten in ihr enormes Büro, in dem sich das Plüsch-, Samt- und Spiegel-Thema nicht nur fortsetzte, sondern multiplizierte. Neben einem Schreibtisch gab es auch Schmink- und Arbeitstische, allesamt mit Make-up-Artikeln überhäuft. Eine besonders weich erscheinende Liegeecke aus blass-bunten Kissen war ebenfalls vorhanden. Mehrere gesichtsschmeichelnde Ringlichter und Handystative waren im Raum verteilt.

Veroniqua schnipste mit den Fingern und erläuterte: »… und das ist der Ort, an dem die Magie Wirklichkeit wird!«

Wolf schaute betreten auf die Kissen. Maxine regte sich an seiner Brust.

»Hier mache ich einfach alles!«, erklärte Veroniqua weiter, was Wolf keineswegs beruhigte. »Vom lästigen Papierkram über meine ständigen Produkttests und natürlich meinen Podcast.«

»Natürlich.«

»Haben Sie die neueste Folge schon gehört?«

»Noch nicht.«

Sie lachte wieder. »Keine Sorge, das habe ich nicht erwartet. Ist wohl eher was für Ihre Frau.«

Ohne zu überlegen, begann er: »Ich habe keine ...« Er erschrak über sich selbst und ging gerade noch rechtzeitig in die Kurve: »... Ahnung, ob sie die neueste Folge schon gehört hat. Aber alle anderen bestimmt.«

Als bemerkte sie das Bündel vor Wolfs Brust erst jetzt, frohlockte sie: »Nein, ist die Kleine süß! Und so brav!«

»Die ist nicht immer so brav.«

Veroniqua rollte mit den Augen. »Kann ich mir vorstellen. Da kann ich selbst ein Lied von singen.«

»Sie haben Kinder?«

»I wo. Aber eine ganz süße kleine Nichte.«

Wolf war erst seit Kurzem Vater, doch schon jetzt ging ihm wenig mehr auf die Nerven als die Menschen, die ihre Wochenendbeziehungen zu Nichten/Neffen/Patenkindern als der vollzeitlichen Elternschaft vergleichbar ansahen. Von übermäßig stolzen Haustierhaltern ganz zu schweigen. Er nahm das Angebot trotzdem sehr gerne an, Maxine für die Dauer des Termins in der Kuschelecke zu platzieren. Veroniqua und Wolf setzten sich an einen der langen Tische, an denen Veroniqua Produkte der Make-up-Industrie an sich selbst testete, um die Ergebnisse ihrem sozialmedialen Publikum mitzuteilen.

Sie fragte: »Sie sind also Schriftsteller? Woran arbeiten Sie denn gerade?«

Überraschender- und unangenehmerweise fiel Wolf nichts anderes ein als Holly McRose. »An einem Kriminalfall«, sagte er.

»Oh«, sagte sie. Es klang ein wenig enttäuscht. »Sie sind Krimiautor. Ich dachte, Sie wären einer von Udos ...«

»... experimentellen Lyrikern? Bin ich auch. An diesem Fall arbeite ich eher ... dokumentarisch.«

»Ah, True Crime!« Ihre Augen leuchteten auf. »Spannend! Das ist was anderes. Krimiautoren finde ich irgendwie komisch. Ich hab mal welche auf der Buchmesse erlebt, als mein Diät-Fotoband rauskam. Die sind immer in so Vereinen und müssen dann ständig alberne Gruppenbilder machen, wo sie Messer in den Händen halten oder so.«

Wolf nickte. »Was Vereine angeht, bin ich Marxist.« Er bereute es sofort. War ja klar, dass die Bemerkung meilenweit über ihrem aufwendig frisierten und gefärbten Schopf davonfliegen würde.

Veroniqua lachte. Es klang weniger affektiert als zuvor. Weniger, als er es von ihr erwartet hatte. Sie zitierte korrekt: »›Ich mag keinem Verein angehören, der mich als Mitglied aufnimmt.‹ Das klassische Groucho-Marx-Paradoxon.«

»Respekt.«

»Ich liiieeebe Groucho Marx.« Vielleicht war dieser Auftrag gar nicht komplett hoffnungslos. »Worum geht es denn bei Ihrem Fall, wenn ich fragen darf?«

»Ach, vielleicht ist es gar kein Fall. Herr Niedermeyer, mein Nachbar ... Eines Morgens ist er vom Nordic Walking zurückgekommen und die Treppe runtergefallen. Tot.«

Veroniqua erschrak. »Niedermeyer? Walking? Tot?«

»Ist was?«

»Was soll denn sein?« Schon schien sie wieder etwas gefasster, wenn auch nicht komplett gefasst.

»Sie sind so blass.« Es war unter ihrem Make-up schwer festzustellen, aber gewisse Schattierungsunterschiede waren auszumachen, wenn man so genau hinsah, wie Wolf es tat. Bei ihrer Nähe ließ sich das nicht vermeiden, fand er.

Schnell hatte sie sich wieder gänzlich im Griff. Sie winkte und lenkte ab. »Ich habe übrigens selbst mal einen Piloten für so eine Krimi-Reality-Show gedreht. Liegt leider auf Eis. Die Serie sollte ›Models, Mörder, Möpse‹ heißen. Dann hat jemand rausgefunden, dass man ›Möpse‹ anscheinend heute nicht mehr sagen kann. Das heißt jetzt«, sie machte Luftanführungszeichen mit ihren beeindruckenden Fingern, »›doggenartige Gesellschafts- und Begleithunde‹.«

Wolf wandte wieder all seine Kraft auf, um ihr in die Augen und nicht in ihr Kleid zu sehen. »Ich kann Ihnen nicht folgen.«

»In der Serie geht es darum, dass eine Gruppe von Models und eine Gruppe von Mö... doggenartigen Gesellschafts- und Begleithunden gegeneinander in einem Mordfall ermitteln. Welches Team als Erstes fertig ist, gewinnt.«

»Und das Kontroverseste daran war das Wort ›Möpse‹?« Veroniqua verdrehte die Augen. »Man darf echt gar nichts mehr sagen. Wir hätten mal lieber bei dem Originalkonzept bleiben sollen. Das ging allerdings auch nicht.«

Er mochte gar nicht fragen. Aber er musste. »Was war denn das Originalkonzept?«

»Das Gleiche, nur mit kleinen Kätzchen anstatt Möpsen. Können Sie sich ja denken, wie das hieß. ›Models, Mörder ...‹«

Wolf erblasste. »Ja, kann ich mir denken.«

Veroniqua nickte begeistert. »Großartiger Titel! Alle mögen Muschis! Aber dann ...«

»Dann hat doch jemand ein Problem mit dem Titel gefunden?«

Sie lachte. »Quatsch, der war perfekt. Aber: Katzenhaarallergie! Gleich zwei Models waren betroffen. Hatten die vorher selbst nicht gewusst, muss man sich mal vorstellen. Und da hat man sich für die Models und gegen die Kätzchen entschieden und gesagt: Gut, machen wir halt Möpse statt Muschis. Und jetzt haben wir den Schlamassel. Immerhin läuft der Pilot noch hin und wieder auf Servus TV. Die haben sich nicht so.«

Wolf wollte auf keinen Fall mehr hören. Wollte nichts aus dieser Reality-TV-Welt hören, das ihn vielleicht dauerhaft traumatisieren könnte. Also kam er auf das Buchprojekt zu sprechen, die Autobiografie dieser Persönlichkeit, die immerhin auch schon in Babyschrittchen auf die dreißig zuging.

»Gut, dass Sie es erwähnen!«, rief Veroniqua, als wäre er nicht ausschließlich deswegen hierhergekommen. Sie sprang auf, ging zu ihrem Schreibtisch und kam zurück mit einem Schwung Papier, den sie vor Wolf auf den Tisch legte. »Ich habe da schon etwas vorbereitet, wie wir im Showgeschäft sagen. Ein paar Kapitel skizziert. Ich bin natürlich kein Profi, also seien Sie nicht zu streng. Angesichts der Zielgruppe konnte ich selbstredend keine allzu hyperbolisch elaborierten Codes und Chiffren verwenden. Hätte ich allerdings zu restringiert formuliert, wäre das womöglich dünkelhaft rübergekommen.«

Wolf wunderte sich und las. Nach wenigen Sätzen sagte er überrascht: »Das ist ... gut.« Und das war es. Nicht im Sinne des »Zeit«-Feuilletons, aber im Sinne des Projekts. Veroniquas tatsächliche Intelligenz, an der kein Zweifel bestehen konnte, bremste ihre Proll-Persona-Stimme gerade so stark aus, dass der Text schmerzfrei lesbar war. Aber nicht so sehr, dass er unauthentisch wirkte. »Sie brauchen mich gar nicht.«

»Ich weiß«, flötete Veroniqua. »Aber das darf niemals rauskommen. Wenn jemand erfährt, dass ich kreatives Schreiben studiert habe, bin ich ruiniert.«

»Sie haben kreatives Schreiben studiert?«

Sie verdrehte wieder die Augen und machte eine wegwerfende Bewegung. »Das war an dieser Schweizer Privatuni Pflicht, wenn man Komparatistische Literaturwissenschaft studierte.«

»Sie haben Literaturwissenschaft studiert?«

Sie seufzte. »Nur weil ich mit Medizin so schnell fertig war, mich jedoch nicht bereit fühlte, diese warme, kuschelige akademische Traumwelt schon wieder zu verlassen und mich dem richtigen Leben zu stellen. Ich war ja noch jung und wusste gar nicht, was ich wollte.«

»Sie haben Medizin studiert?«

»Ich komme aus einer Apothekerfamilie, und meine Eltern wollten immer, dass aus mir etwas Reicheres wird.«

»Und so sind Sie Stylistin im Reality-TV geworden ...«

»Ist eine lange Geschichte. Na ja, so lange eigentlich auch wieder nicht. Da war halt eines von diesen Castings, und da bin ich einfach mal hingegangen.«

»Wir werden gemeinsam einen Weg finden, das auszuschmücken. Obwohl ich nicht glaube, dass ich viel mehr tun muss, als Ihnen dabei über die Schulter zu schauen.« Ihm fiel auf, dass ihre Schultern frei waren.

Sie kiekste. »Dann sind Sie dabei?«

Er bejahte. Er musste zugeben, dass dieser Mensch ihn faszinierte, und das nicht nur im erotischen oder anderweitig unguten Sinne.

»Aber das mit dem ganzen Studieren muss wirklich unter uns bleiben.«

Wolf gab ihr sein Ehrenwort, dann kamen Johannx herein. Sie bedachten ihn mit einem geringschätzigen Blick und informierten Veroniqua, dass ihr nächster Termin unmittelbar bevorstehe. Wolf sammelte sein Baby ein und verabschiedete sich. Erstaunlicherweise schlief Maxine noch immer.

»Sie müssen mir das nächste Mal unbedingt mehr über diesen Kriminalfall erzählen«, sagte Veroniqua mit ehrlichem Interesse, als sie ihn zur Tür begleitete.

Es brauchte eine Weile, bis der Groschen fiel. Den Fall hatte er schon wieder ganz vergessen, im Angesicht von … allem. »Ja. Das werde ich. Ich bin allerdings erst ganz am Anfang …« Aber er wusste nun, dass er sich tatsächlich mit der Bestsellerautorin Holly McRose auf die Suche nach einem Mörder machen würde. Oder einer Mörderin. Und sei es nur, damit er dieser außergewöhnlichen Person in Plüsch etwas Interessantes zu erzählen hatte.

Nachdem Wolf gegangen war, sagte La Veroniqua die nächsten beiden Termine ab und ließ sich in ihre Liegeecke fallen, auch ohne Publikum mit bühnenreifer Dramatik. Sie konnte an nichts anderes mehr denken als: Niedermeyer … Walking … tot …

Und: *War das meine Schuld?*

Als Wolf und Maxine wieder draußen waren und er gerade die S-Bahn besteigen wollte, begann Maxine zu schreien. Während er sie sanft wiegte, flüsterte er: »Ich weiß, du denkst wahrscheinlich an das Gleiche wie ich. Doggenartige Gesellschafts- und Begleithunde.«

6

Die andere Seite des Bahnhofs

Nachdem Holly McRose und Amadeus Wolf sich verständigt hatten, den Fall Niedermeyer gemeinsam zu knacken, machten sie sich am nächsten Morgen auf zur Polizei hinter dem Moosacher Bahnhof. Zum Bahnhof hatten sie es nicht weit, doch der Weg wirkte länger als gewöhnlich, weil sie einander nichts zu sagen hatten. Das war insofern ungewöhnlich, als zumindest Holly die Anwesenheit anderer Menschen (manchmal reichten auch einigermaßen possierliche Tiere) stets zum Anlass nahm, sich ihnen sofort und ausführlich verbal mitzuteilen, Thema bestenfalls zweitrangig. Der frühe Morgen allerdings war nicht ihre Zeit. Dafür schlief sie zu schlecht in der Nacht und brauchte nach dem vielen Wachgeliege zu lange, um die Gründe dafür hinwegzuwünschen.

Sogar Maxine, vor ihren Vater geschnallt, schien von der angespannten Stimmung angesteckt und sagte, obwohl hellwach, keinen Ton. Nachdem sie den Augustiner Spieglwirt auf der rechten Seite und den relativ neuen Hanfladen auf der linken Seite kurz nach dem Gedenkstein für Joseph Ratzinger passiert hatten und sich ihre Wohngegend ganz allmählich in die Bahnhofsgegend verwandelte, fasste Wolf sich ein Herz und fragte Holly: »Sie sind doch jung und machen bestimmt Tic Tac?«

In Jahren gemessen war sie nicht viel jünger als er, doch nach Gemüts- und Seelenalter mochte er mindestens ihr Vater sein. Aus Gründen, die zu tief in seiner Seele verborgen lagen, um sie allzu oft allzu genau zu betrachten.

»Tic Tac?«, fragte Holly. »TikTok? BookTok?«

Wolf runzelte verwirrt die Stirn. »Wird das so ein amerikanischer ›Klopf, klopf, wer ist da?‹-Witz?«

»Sie meinen TikTok? Die App, nicht das Lutschdragee?«

»Ja, wie gesagt.«

»Klar. Als Schriftstellerin muss ich das natürlich machen.«

»Ich frage für einen alten Freund: Wissen Sie als junge, sozialmedial alphabetisierte und aktive Person noch, wer Thomas Pynchon ist?«

Holly strahlte, zum ersten Mal an diesem Morgen. »Logo!« Sie spreizte die Arme vom Körper wie gekreuzigt und sang mit dem übertriebenen britischen Akzent ehemaliger Austauschstudentinnen: »*Always look on the bright side of life …*«

»Schon gut, schon gut.« Er bedeutete ihr, die Arme runterzunehmen. »Wenn das der Ratzinger mitbekommt.«

»Ein paar alte Filme kenne ich ja nun auch.«

»Ein Klassiker. Ich bin überrascht.«

»Klassiker? Ich weiß nicht«, meinte Holly. »Kult, würde ich sagen.« Sie lachte schallend.

»Finden Sie sogar die Erinnerung an diesen Film so witzig?«

»Nee, das nicht. Ich habe Sie nur voll vergackeiert. Ich weiß in echt gar nicht, wer Thomas Pynchon ist.«

»Habe ich gemerkt.«

Sie knuffte ihn in die Seite und zwinkerte ihm zu. »Niemand weiß das.«

Gut, er hatte sie unterschätzt.

»Ich glaube, ich war noch nie auf dieser Seite vom Bahnhof«, meinte Holly, als sie die Gleise via eine graffitiverzierte Unterführung unterquert hatten, das eine oder andere Werk von WFH Boi auch darunter. Die Landschaft war flach, die Häuser standen in großzügigen Abständen, die Architektur mochte nicht recht um Beifall heischen. Nichts, was Menschen hier geschaffen hatten, ragte allzu hoch in den strahlend blauen Himmel, und nichts konnte seinem Strahlen Konkurrenz bereiten.

»Die andere Seite des Bahnhofs …«, sinnierte Wolf in der Hoffnung, eine rettende Romanidee springe dabei heraus. »Die Menschen von der anderen Seite des Bahnhofs … ihre Leben, ihre Sorgen, ihre Ängste, ihre Träume …«

»Die träumen wahrscheinlich davon, ein paar coolere Läden hier zu haben. Rewe oder Tengelmann oder so. Hier gibt's ja gar nichts«, fand Holly.

»Wir sind an einem Lebensmittelgeschäft namens Dolphin Market vorbeigekommen. Der Name löst ganz unvorteilhafte Assoziationen aus, wenn Sie mich fragen.«

»Ja. Komisch, dass der noch nicht gecancelt wurde.«

»Moosach ist eben nicht gerade eine Hochburg brandaktueller Debatten.« Wolf sah sich um, so gut es die Schnürung der Manduca erlaubte, in der Maxine ebenfalls weiterhin friedlich die für sie neue Landschaft sondierte. Ihr Vater sah das große Einkaufszentrum, das sich seit ein paar Jahren an den nun in ihrem Rücken liegenden Bahnhof schmiegte. »Die gehen wahrscheinlich einfach in die Meile Moosach. Die ist für Menschen von beiden Seiten des Bahnhofs da. Hat sogar einen erstaunlich guten Buchladen.« Das Einkaufszentrum. Dieser Mikrokosmos, in dem sich Drogeriemarkt und Hochkultur begegneten. Auch so ein Thema. Darüber sollte mal jemand was schreiben.

»Stimmt, Meile Moosach. Ich vergesse immer, dass die überhaupt da ist.«

»Wirklich? Das war das Erste, was mir ins Auge sprang, als ich zum ersten Mal hier ankam.«

»Dann sind Sie nicht ursprünglich von hier?«

»Ich dachte, das wäre nicht zu überhören.«

Holly lachte wieder. »Ist es auch nicht. Aber ich wollte Ihnen nicht zu nahe treten. Warum sind Sie denn überhaupt hierhergekommen?«

»Der Liebe wegen.«

»Nach Moosach der Liebe wegen? Muss eine starke Liebe sein.«

Er wollte das nicht vertiefen. Er hatte unter den einförmigen, einfarbigen Gebäuden, die sie umgaben, dasjenige ausgemacht, das sie suchten. »Immerhin haben die Menschen auf der anderen Seite des Bahnhofs die Polizei in ihrer Nachbarschaft.«

»Für die ist das natürlich nicht die andere Seite des Bahnhofs, sondern die ganz normale.«

Wolf überlegte, ob sich in diesen Worten eine Weisheit verbarg, die eine geistige oder gar konkrete Notiz wert war, fand aber keine.

Innen sah die Polizeiinspektion 44 nicht viel einladender aus als von außen, aber Holly und Wolf hatten Glück, dass gerade Frau Weber hinter dem Empfangsschalter saß.

»Nein, was für eine süße Kleine!«, schrie die Frau um die vierzig mit dem betont jugendlichen Haarschnitt, der sie um einiges älter machte. Sie schrie so schrill, dass zwei der drei Neuankömmlinge synchron erschraken. Maxine erschrak nicht. Sie schlief inzwischen in ihrer Trage, als täte sie nie etwas anderes. Wie Frau Weber das Geschlecht des Kindes aus ihrer Perspektive hatte erraten können, war ein Rätsel. Sie konnte kaum mehr als den spärlich behaarten Schädel des Kindes ausmachen. »Und so brav«, führte sie ihren Gedanken fort.

»So ist sie immer«, sagte Wolf.

»Und wie kann ich dem stolzen Vater an diesem wunderschönen Morgen helfen?«

»Wir sind wegen des Mordfalls in der Feldmochinger Straße hier.«

»Welche Hausnummer?«, fragte Frau Weber.

»Geschehen denn in der Feldmochinger Straße so viele Morde?«, fragte Holly interessiert.

»Ist eine lange Straße«, sagte Frau Weber, als ob das eine Antwort wäre.

Wolf nannte die Hausnummer.

»Ach, der arme Herr Niedermeyer«, seufzte Frau Weber.

»Sie kannten ihn?«, fragte Holly.

»Nein. Aber mit solch einer Sippe ist man schon arm dran. Solche Leute wünscht man seinen schlimmsten Feinden nicht an den Hals.«

»Erzählen Sie uns mehr«, sagte Wolf.

Frau Weber zögerte einen Moment, weil es eindeutig nicht zu ihren Aufgaben gehörte, Zivilisten irgendetwas über irgendwelche Mordfälle zu erzählen. Nicht mal, wenn es gar keine Mordfälle mehr waren. Daran hatten ihre Vorgesetzten sie schon häufig erinnern müssen.

Aber wer könnte diesem sympathischen jungen Paar mit dem

herzallerliebsten Wonneproppen schon einen Gefallen abschlagen? Also erzählte sie.

Sie erzählte von Niedermeyers Sohn, der keinerlei Gefühlsregung gezeigt hatte, als er zur Routinebefragung auf dem Revier vorstellig geworden war. Der sich nur dafür interessiert hatte, wie lange das Ganze wohl dauern und ob man ihm die Parkgebühr erstatten würde. Sie erzählte von der Schwiegertochter, die keinen Deut besser sei. Verkommenes Gesindel, das merke man sofort. Die schienen direkt stolz darauf, seit Jahren keinen Kontakt zum Alten gehabt zu haben. Hatten wahrscheinlich noch keinen Tag in ihren Leben mit ehrlicher Arbeit verbracht.

»Anders als Sie und ich«, sagte Wolf.

»Da sagen Sie was. Was machen Sie denn beruflich?«

»Ich bin Schriftsteller.« Unmittelbar danach ging ihm auf, dass seine Antwort womöglich ein taktischer Fehler gewesen war. Warum ging einem so etwas nie unmittelbar davor auf?

Die Sorge war unberechtigt. Frau Webers Augen, zuvor noch matt und zornig beim Gedanken an dieses Niedermeyer-Gesindel, leuchteten auf. »Schriftsteller! Nein, wie interessant! Ich bin selbst eine totale Leseratte.«

»Dann danke ich Ihnen im Namen meiner Zunft.« Er deutete eine galante Verbeugung an, mit der sich möglicherweise Schriftsteller des 18. Jahrhunderts für die Aufmerksamkeit ihrer Leserschaft bedankt hatten. Zumindest in unoriginellen Filmen.

»Und Ihre Frau kümmert sich derweil um den Haushalt und die Kleine?«

»Meine Frau ist –«, setzte Wolf an, aber Holly hatte schnell genug geschaltet.

»Ich bin auch Schriftstellerin«, sagte sie. »Dystopische Rural Romantasy, Highlands Romance und Highlands Mystery. Mein Mann«, sie schlug kumpelhaft auf Wolfs Schulter, »ist bei uns eher für die leichte Muse zuständig, haha.«

»Haha«, sagte Wolf mechanisch. »Was soll ich sagen? Meine Frau hat bei uns die Hosen an.« Er sah an Holly herunter. Die Trainingshosen, dachte er.

»Bei Ihnen zwei würde ich ja zu gern mal Mäuschen spielen«, informierte sie Frau Weber. »Da geht es bestimmt hoch her. So kreativ, meine ich.«

»Es ist das reinste Stahlbad«, sagte Wolf.

»Haben Sie denn etwas geschrieben, was ich gelesen haben könnte?«

Holly war verstimmt, dass Frau Webers ganze Aufmerksamkeit Wolf galt, obwohl sie doch mindestens genauso interessant sein musste. Wolf nannte den Titel seines Bestsellers. Frau Weber kannte ihn nicht. »Was lesen Sie denn am liebsten?«, fragte Holly.

»Das hier ist total spannend«, sagte Frau Weber und hielt ein backsteindickes Taschenbuch hoch, auf dem eine Frau mit einem sinnlichen Gesichtsausdruck in einer altertümlichen, großzügig ausgeschnitten Tracht äußerst provokant auf einem Fahrrad saß, hinter ihr Berge, Wälder und Sonnenuntergang.

»›Schicksalswege der Radldirne‹«, las Wolf den Titel vor. »Na, hoffentlich bekommt sie keinen Platten auf ihren Schicksals-Radwegen.«

Frau Weber nickte aufgeregt. »Das ist tatsächlich mal passiert! Man merkt, dass Sie vom Fach sind. Mitten auf dem Jakobsweg, das muss man sich mal vorstellen! Aber dann kommt dieser junge, gut gebaute Pilger vorbei. Das ist ein angehender Mönch einen Tag vor seinem Keuschheitsgelöbnis, und da wünscht er sich nichts sehnlicher, als noch mal so richtig mit Schmackes –«

»Nein, wie romantisch!«, jauchzte Holly. »Bitte keine Spoiler!«

Wolf verdrehte die Augen. »Nein, bitte nicht. Ich kann mir gar nicht vorstellen, wie es weitergeht.«

Frau Weber machte die Reißverschlussgeste vor ihren demonstrativ zusammengepressten Lippen.

Wolf warf wieder einen Blick auf das Buch, um den Autorinnennamen abzulesen. »Helena von Schlossburgen und ich haben übrigens denselben Agenten.«

»Wirklich?«, rief Frau Weber. »Wie ist die denn so persönlich?«

»Total nett. Ich bin mir sicher, dass ich Ihnen ein Autogramm besorgen könnte.«

»Das würden Sie einfach so tun?«
»Einfach so natürlich nicht«, mischte Holly sich ein. »Die Adresse und Telefonnummer der jüngeren Niedermeyers dürfen Sie wahrscheinlich nicht rausgeben?« Sie hatten bereits die Auskunft und das Telefonbuch versucht. Es war aussichtslos.

Die Miene Frau Webers wurde geschäftlich. »Verstehe. Quid pro quo.«

»Wir würden nicht fragen, wenn es nicht wichtig wäre. Wir haben noch etliche … Sachen von Herrn Niedermeyer, die wir ihnen zukommen lassen müssen.«

»Das ist doch nicht Ihre Aufgabe.«

»Als gute Nachbarn schon.«

Das überzeugte sie. Nachbarschaftshilfe der alten Schule war so selten geworden in diesen kalten, schnelllebigen Zeiten, in denen keiner sich mehr Zeit nahm, seine Nachbarn richtig kennenzulernen, also sie nach Strich und Faden auszuspionieren. Sie schrieb die Informationen auf einen Zettel, den sie zusammenfaltete und betont unauffällig über den Tresen schob. Holly nahm ihn an sich. Frau Weber war anzumerken, dass sich ihre Hilfsbereitschaft dem Ende zuneigte. Maxine wurde ebenfalls schon wieder unruhig. Wolf bedankte sich und sagte: »Trotzdem würden wir den für den Fall zuständigen Beamten auch gerne noch sehen.«

Frau Weber machte ein Gesicht, als wäre das ein völlig absurdes Anliegen. »Kommissar Aslam? Na, den werden Sie um diese Zeit kaum hier antreffen.«

Holly fragte begeistert: »Ist wieder ein Mord geschehen?«

Wolf wollte wissen: »Wo treffen wir denn den Herrn Kommissar um diese Zeit?«

»Im Alten Wirt«, sagte die Rezeptionistin.

»Was gibt es da denn?«, fragte Holly.

»Frühstück«, sagte die Rezeptionistin.

»Sie sind mir ja ein ganz Durchtriebener«, sagte Holly zu Wolf, als sie wieder auf dem Weg auf ihre gute, alte, gewohnte Seite des Bahnhofs waren.

»Inwiefern denn das?«
»Wie Sie getan haben, als würden Sie Helena von Schlossburgen kennen.«
»Wir haben wirklich denselben Agenten. Ich stehe zu meinem Wort. Ich werde der guten Frau ihr Autogramm besorgen.«
»Das mag sein. Aber Sie haben gelogen, als Sie behauptet oder zumindest stark angedeutet haben, dass Sie die Helena kennen. Ich hingegen habe sie tatsächlich mehrmals auf der RoCoCo getroffen.«
Er blieb abrupt stehen und sah Holly eindringlich an. Sie hielt ebenfalls an. »Was?«
»Auf der ›Rokoko‹ getroffen. Sie sagen das so, als müsste ich wissen, wovon um alles in der Welt Sie da sprechen.«
»Mensch, die Romance Convention & Conference! Waren Sie etwa noch nie da?«
»Es ist mir jedes Mal was dazwischengekommen. Es ist wie verhext.«
Holly strahlte. Sie setzten sich wieder in Bewegung. »Klasse, dann gehen wir nächstes Mal zusammen hin! Ich stelle Sie allen vor. Nur der von Schlossburgen nicht. Unausstehlich, die Alte. Klar, ihre Bücher sind Meisterwerke …«
»Ich weiß nicht, ob man das so …«
»… unbestreitbar Klassiker …«
»Hm …«
»Aber menschlich …« Sie machte eine Spei-Geste mit Mund und Zeigefinger. »Wenn jemand eine solche Begabung … eine solche Gabe hat wie die Helena und trotzdem so ein Ekelpaket ist, das macht mich traurig.«
Holly sah tatsächlich traurig aus. Wolf merkte, dass ihn das nicht unberührt ließ. Er musste zugeben, dass ein Fünkchen emotionaler Wahrheit in dem steckte, was sie sagte. Vielleicht behaupteten die Menschen hinter seinem Rücken dasselbe über ihn: *Der Amadeus Wolf – ganz ohne Zweifel ein Jahrhundert-, wenn nicht Jahrtausendtalent. Aber charakterlich – würg.* Er beschloss, fortan netter zu sein zu den Menschen, denen es nicht

gegeben war, seinen guten Kern zu erkennen. Vielleicht würde er sogar schon nächste Woche damit anfangen.

Der Alte Wirt lag an der Ecke Dachauer Straße und Pelkovenstraße, an der Kreuzung, an der sich außerdem noch die Bunzlauer und die Baubergerstraße trafen und die als »Moosacher Stachus« bekannt war, weil es an ihr auch eine Pizzeria und einen Springbrunnen gab. Vor der Tür des für die Gegend recht ausufernden Wirtshauses musste Wolf noch ein wenig sein Kind wiegen, um es auf Restaurantlautstärke herunterzudimmen.

Holly ging schon mal vor. Sie fand Cem Aslam im rustikal hölzernen Innern über ein Weißwurst-Gedeck mit dem üblichen Getränk gebeugt. Besser gesagt: Zunächst fand sie ihn gar nicht, weil er so ganz anders aussah, als sie sich einen Kommissar vorgestellt hatte. Sie musste sich durchfragen. Glücklicherweise kannten die gemäßigt volkstümlich gewandeten Bedienungen ihre Stammgäste und waren von der auskunftsfreudigen Sorte.

Holly kehrte hier selbst des Öfteren ein. Deshalb stimmte es, als sie zum Kommissar sagte: »Ich habe Sie schon total oft hier gesehen.«

Aslam sah hoch. »Ist das das neue ›Bist du öfter hier‹?«

Sie errötete leicht und lächelte entwaffnend. »So meinte ich das nicht. Außerdem weiß ich ja schon, dass Sie öfter hier sind.«

»Mal vor, mal nach der Arbeit. Manchmal beides.«

»Ist ja auch toll hier.«

»Sie wollten sagen?«

»Ich wollte sagen: Ich hatte keine Ahnung, dass Sie ein Kommissar sind!«

»Was hat mich verraten?«

»Die Ursula.«

»Die Ursula.«

»Bitte nicht böse sein auf die Ursula.«

Aslam brummte etwas, aus dem seine Einstellung zur Ursula nicht klar hervorging. »Also, warum haben Sie sich nach mir erkundigt?«

»Gut, dass Sie fragen!« Holly nahm sich einen Stuhl und setzte sich neben Aslam an den Tisch. Dem Kommissar wollte vor Unglauben kein Protest über die Lippen kommen. »Ich komme wegen meines Nachbarn, Herrn Niedermeyer«, fuhr Holly fort. Sie fasste den Fall noch einmal für ihn zusammen.

Aslam hörte etwas weniger als halb zu. Der Großteil seiner Aufmerksamkeit galt dem glatzköpfigen, bärtigen Hünen mit dem Baby vor der Brust, der sich jetzt dem Tisch näherte, obwohl um diese Zeit fast alle Tische frei waren.

»Die Kleine schläft«, sagte der Riese und nahm sich einen Stuhl.

Aslam beobachtete entgeistert, wie sich ein weiterer Fremder ungefragt an seinen Tisch setzte. Ein Fremder mit Baby. Er sah sich das Kind genauer an. Er musste zugeben, dass der Anblick sein Herz ein wenig erwärmte. »Respekt!«, sagte er. »So brav, die Kleine.«

»Die ist nicht immer so brav.«

»Wir haben uns gerade so schön unterhalten«, sagte Holly zur Begrüßung. Dann stellte sie Aslam den neuen Gast und seine Tochter vor. »Und ich bin übrigens Holly. Holly McRose. Vielleicht haben Sie schon etwas von mir gelesen.«

»Bisher habe ich nur sehr viel von Ihnen gehört. Vor allem in den letzten zwei Minuten. Hören Sie, ich erinnere mich an den Fall Niedermeyer. Der ist abgeschlossen. Das war ein Unfall.«

Wolf und vor allem Holly formulierten ihre Zweifel daran. Argumentierten mit Niedermeyers Kerngesundheit und den vielen Feinden, die er mit Sicherheit hatte. Als die Ursula vorbeikam, bestellte Wolf einen Kaffee und Holly ein Schwip Schwap.

»Ihnen ist also rein gar nichts an diesem Fall aufgefallen?«, wollte Wolf von Aslam wissen. »Nichts, was Ihnen spanisch vorkam?«

Aslam wurde noch argwöhnischer, falls das überhaupt möglich war. »Warum wollen Sie das unbedingt wissen?«

Wolf dachte nach. »Wegen der Gerechtigkeit. Haben Sie mal mit dem Sohn gesprochen?«

»Ich wüsste nicht, was Sie das –«

»Die sollen nicht das beste Verhältnis gehabt haben, die beiden Niedermeyers«, informierte ihn Holly.

»Eltern und Kinder«, winkte Aslam ab. »Sie wissen ja, wie das ist.«

»Aber doch nicht mehr in dem Alter!«, rief Holly. »Klar, als Heranwachsender rebelliert man, später jedoch rauft man sich wieder zusammen. Sie wollen gar nicht wissen, was ich mit vierzehn mit einer großen Schere und einer Familienpackung Sicherheitsnadeln anfangen konnte.«

»Da haben Sie ausnahmsweise recht, dass ich das gar nicht wissen möchte«, fand Aslam, und Wolf musste ihm insgeheim beipflichten.

»Heute jedenfalls«, ließ Holly sich nicht beirren, »sind wir so.« Sie deutete mit ineinander verflochtenen Fingern an, wie nah sie und ihre Eltern sich heutzutage standen.

»Sie haben selbst Kinder?«, fragte Wolf den Kommissar.

»Nicht direkt. Aber irgendwie schon. Ein Patenkind und einen Rottweiler. Fatima und Thug Lord. Letzterer ist der Rottweiler.«

»Das ist nicht –«

Holly quiekte dazwischen: »Nein, wie süß! Das ist ja fast dasselbe!«

Wolf murmelte: »Ja, ein Patenkind und ein Rottweiler sind fast dasselbe.«

Er hatte nicht leise genug gemurmelt. »Haben Sie etwa was gegen Patenkinder?«, fragte Aslam angriffslustig.

Wolf gestikulierte wie ertappt. »Wie? Ich? So ein Blödsinn! Ein paar meiner besten Freunde sind Patenkinder!«

»Oder gegen Rottweiler?«

»Die sind ja nicht alle so. Ich schätze, der kleine ... Thug Lord ... ist ein Pfundskerl.«

Aslam sah auf seine Weißwurst nieder. Er nahm sein Besteck wieder auf. Das Messer hielt er beinahe wie eine Waffe. »Ich würde jetzt wirklich gerne –«

»Natürlich!«, rief Holly unter großzügigem Fuchteln. »Essen Sie nur! Ehe es kalt wird.« Weder sie noch ihr Gefährte machten

Anstalten, ihn allein zu lassen. »Lassen Sie sich von uns gar nicht stören«, forderte Holly ihn auf, als sie sein Zögern bemerkte. »Wir reden einfach weiter, während Sie essen.«

Er legte das Besteck wieder auf den Tisch, nahm einen großen Schluck aus seinem Weißbierglas.

»Sie trinken im Dienst Alkohol?«, fragte Wolf.

»Und schon so früh«, jauchzte Holly. »Toll!«

»Ich wünschte!«, brach es aus dem Polizeibeamten ungeplant leidenschaftlich hervor. »Ist aber leider alkoholfrei.«

»Wegen Ihres Glaubens«, erklärte Holly.

»Wegen meines Dienstes«, stellte er richtig. »Noch einmal zum Mitschreiben: Der Fall ist abgeschlossen, wir haben keine Spuren von Fremdeinwirkung gefunden. Der Niedermeyer war nicht mehr der Jüngste, er hat einen weiten Weg vom Erdgeschoss zu seiner Wohnung, da kann einem schon mal schummerig werden. Wenn etwas aussieht wie ein Unfall, dann ist es meistens auch nur ein Unfall.«

Holly zwinkerte. »Oder jemand hat es wie einen Unfall aussehen lassen.«

»Sie schreiben zu viele Bücher.«

Wieder stimmte Wolf ihm insgeheim zu. Er wählte eine andere Strategie, die Provokation. »Meinen Sie, dieser Fall wäre auch so schnell zu den Akten gelegt worden, wenn er in Schwabing passiert wäre?«

Aslam lachte. »Was weiß ich? Bin ich Schwabing Cop?«

»Ach, sind Sie von hier?«, fragte Holly. »Aus Moosach?«

»Nur so ungefähr.«

»Wo wohnen Sie denn?«, bohrte sie weiter.

»Das geht uns doch gar nichts –«, ermahnte Wolf sie.

»Hasenbergl«, sagte der Kommissar.

»Aaah …«, sagte Wolf.

»Was denn ›aaah‹?«, wollte Aslam wissen.

»Na ja, man hört da ja so einiges … Ich meine, es erklärt …«

Er deutete in die generelle Richtung von Cems Erscheinungsbild in seiner übermäßig weit geschnittenen Jugendgarderobe.

»Was erklärt es denn?«

»Nun … dieses ganze Gangster … Ghetto …« Wolf wusste selbst nicht, wo er deskriptiv hinwollte. Schriftlich konnte er sich so etwas jahrelang überlegen. Mündlich musste man schneller arbeiten, stellte er fest.

»Das geht uns doch gar nichts –«, ermahnte Holly ihn.

»Hasenbergl ist nicht mehr so«, sagte Aslam.

»Natürlich nicht!«, stimmte Wolf zu, der noch nie dort gewesen war und hoffentlich niemals dort hinmusste, gerade jetzt, mit dem Kind. »Hört man ja immer wieder.«

»Ach, das ist dieses ›einige‹, was man so hört.«

Wolf hatte trotz aller gegenteiliger Anzeichen immer noch das Gefühl, er könnte die Situation entschärfen. »Und das erklärt eben auch …« Er gestikulierte weiter um Aslams Kleidung herum, ohne einen rettenden Einfall zu haben.

»… die exklusive und sehr teure Streetwear, die Sie tragen«, half Holly aus.

Aslam mochte sie, musste er sich eingestehen. Das machte sie verdächtig. Welcher abgebrühte Bulle, der sein Geld wert war, verfiel nicht hin und wieder der einen oder anderen Femme fatale? Manchmal kam so eine Femme fatale im eng geschnittenen Kleid, mit strengem Lidstrich und Rauchringen vor den Lippen daher. Ein anderes Mal mochte sie einen flauschigen Trainingsanzug tragen und angestrengt zu verbergen versuchen, dass sie Kaugummi kaute. Dabei war das Erdbeeraroma aus ihrer Richtung kaum zu ignorieren, da konnte auch ihr Schwip-Schwap-Atem nichts ausrichten.

»Wissen Sie eigentlich, wie die Einheimischen Moosach häufig nennen?«, fragte er die beiden Moosacher.

»Das Kassel des Südens?«, fragte Wolf. Froh, eine schlagfertige Erwiderung vor der Deadline eingereicht zu haben. Auch wenn er wahrscheinlich der Einzige am Tisch war, der die subtile, eng mit seiner eigenen Biografie verbundene Ortskritik verstand. Er hatte mal ein Wochenende in Kassel verbracht, um sich auf der Documenta ein paar künstlerisch wertvoll aufgestellte Klappstühle anzusehen. Sie sollten jene Marginalisierten der Weltgesellschaft symbolisieren, die nie wieder auf einem Klappstuhl sitzen würden. Die Kunst der Auslassung. Es war ein ergreifendes Erlebnis gewesen, ein Fest für alle Sinne. Der Rest der Stadt hingegen hatte ihn nicht beeindruckt. So hatte er viel Zeit im Hotel verbracht. Mit Lesen. Es war also trotzdem noch ein ganz schöner Urlaub geworden.

»Klein-Istanbul«, berichtigte der Kommissar. »So wird Moosach häufig genannt. Besonders von älteren Damen in Warteschlangen an Supermarktkassen, und insbesondere demonstrativ dann, wenn ich dort ebenfalls anstehe. Als ich das das erste Mal gehört hatte, dachte ich: Klasse! Klein-Istanbul! Das muss ich mir mal genauer ansehen! Istanbul ist schließlich eine Weltstadt, das Tor zwischen Orient und Okzident! Wenn Moosach auch nur die kleinere Variante davon ist, dann ist das ja schon mal was.«

Wolf fragte betreten: »Orient – darf man das noch so sagen?«

Aslam erwiderte: »Als Orientaler darf ich das. Wo kommen Sie denn her?«, fragte er Wolf.

»Moosach.«

»Ursprünglich, meine ich.«

»Ursprünglich aus Bielefeld.«

»Bielefeld? Das gibt's doch nicht!«

»Oh, sehr originell! Wenn ich jedes Mal eine Mark bekommen würde, wenn jemand einen Bielefeld-gibt-es-nicht-Witz macht, dann ... dann ...«

»Dann hätten Sie jetzt jede Menge historische Münzen.« Er knuffte Wolfs Oberarm. »Nichts für ungut, Digger. Ich war nur überrascht, dass Sie echt aus Bielefeld kommen. Trifft man selten, solche Leute. Da hört man ja so einiges.«

»Ich dachte, das wäre offensichtlich.«

Holly mischte sich ein: »Es ist offensichtlich, dass Sie ganz allgemein nicht von hier kommen. Aber spezifisch auf Bielefeld hätte ich nun auch nicht getippt.«

»Die namenlose Stadt in ›Nirgendwoland‹ ist eine einzige große

Chiffre für Bielefeld!«, echauffierte sich Wolf, als müsste jeder das wissen.

Holly erläuterte Aslam: »›Nirgendwoland‹ ist sein Buch.«

»Ich habe Ihr Buch doch gar nicht gelesen«, sagte Aslam zu seiner Verteidigung. »Das Literarische Quartett hatte damals abgeraten, wenn ich mich nicht täusche.«

»Nur Biller«, presste Wolf hervor.

»Ich wollte auf das Taschenbuch warten. Habe ich dann aber doch verschwitzt.«

»Sie können sich bald die Ausgabe zum Film kaufen«, grummelte Wolf.

»Da kommt ein Film?«

»Wusste ich auch nicht!«, kiekste Holly. »Das ist ja toll!«

»Dann gucke ich mir lieber den Film an«, sagte Aslam. »Der Film ist ja meistens besser als das Buch.« Reine Provokation, das wusste er. Aslam hatte sich schon oft vorgenommen, von diesen nicht mehr altersgemäßen Albernheiten zu lassen. Manche Menschen jedoch provozierten geradezu, dass man sie provozierte. Dieser Amadeus Wolf war einer von ihnen. Seine Tochter schien in Ordnung.

»Nennen Sie mir nur ein Beispiel!«, forderte Wolf.

»›Der weiße Hai‹.«

»Ein *richtiges* Buch, meine ich. Nicht so einen reinen Badehandtuchbeschwerer.« Er legte Holly eine Hand auf den Oberarm. »Nicht falsch verstehen, bitte.«

»Wenn Sie es nicht gesagt hätten, wäre ich gar nicht auf die Idee gekommen …«

»›Fight Club‹«, sagte Aslam.

»Dazu gibt's einen Film?«, fragte Wolf.

»Mit Brad Pitt«, hauchte Holly. »Einfach traumhaft.«

»Vielleicht sollten wir diese Literaturdiskussion jetzt nicht vertiefen«, sagte Aslam mit Blick auf sein Frühstück.

Wolf murmelte in seinen Bart: »Hätte ich mir ja denken können.«

Wieder hatte er nicht leise genug gemurmelt. »Was hätten Sie sich denken können?«, fragte Aslam. »Dass ich einer Diskussion mit Ihnen aus dem Weg gehen würde? Sie meinen wahrscheinlich, der türkische Bulle mit dem Rottweiler und den coolen Klamotten liest eh keine Bücher. Tu ich wohl. Nur eben sehr selektiv. Die Klassiker.«

»Spannend!«, rief Holly. »Welche denn so?«

»›Der weiße Hai‹«, sagte Wolf süffisant.

»Iceberg Slim zum Beispiel«, korrigierte Aslam. Er fixierte weiterhin Wolf. »Sagt Ihnen was?«

»Ich habe ›Todesfluch‹ mal angelesen … Vielleicht war ich gerade nicht in der Stimmung …«

Aslam winkte ab. »Das muss man im Original lesen.« Er bemerkte, dass die beiden ihre Getränke ausgetrunken hatten. »Nehmen Sie noch etwas?«, fragte er, in der geringen Hoffnung, sie mochten den Wink mit dem Zaunpfahl verstehen und nichts nehmen.

Zu seiner Überraschung hatten sie tatsächlich verstanden. Sie erhoben sich. »Wir wollen Sie wirklich nicht länger stören«, sagte Holly. Sie legte eine Visitenkarte mit schottischem Karomuster und ihrem unverwechselbaren Rosen-Herz-Wappen auf den Tisch. »Falls Ihnen noch etwas einfällt, rufen Sie mich an. Oder mailen. Oder schicken mir eine DM über einen meiner Social-Media-Kanäle.«

»Sollte das nicht mein Satz sein? Zumindest so in etwa?«, fragte Aslam.

»Natürlich wäre es höflich, wenn Sie mir auch Ihre Karte geben würden.«

Aslam überlegte sich das. Er kam zu dem Schluss, dass es keine schlechte Idee sein musste. Er kramte eine hervor und schob sie ihr rüber.

Holly nahm sie auf und kiekste: »Jetzt weiß ich, wo Sie wohnen!«

»Jetzt wissen Sie allenfalls, wo ich arbeite.«

»Kommen Sie, Holly?«, rief Wolf. Er stand schon in der Ausgangstür.

Kommissar Cem Aslam sah den beiden noch lange nach. Irgendetwas stimmte hier nicht. Sollte er sich im Fall Niedermeyer, der inzwischen eher die Sache Niedermeyer war, geirrt haben? Etwas war faul an diesen beiden Vögeln. Sie sahen zwar nicht aus wie Mörder, aber welcher Mörder tat das schon? Warum waren die beiden so versessen darauf, ganz sicherzugehen, dass der Fall abgeschlossen war und nicht wieder aufgemacht wurde? Die beiden wussten mit Sicherheit mehr, als sie zugaben. Und so unterbelichtet, wie sie taten, waren sie garantiert nicht. So unterbelichtet war niemand.

Dann fiel ihm die Weißwurst vor ihm wieder ein, und mit neu erwachtem Hunger stürzte er sich auf sie.

7
Nachbarschaftshilfe mit und ohne Anführungszeichen

Kochen beginnt stets mit Zwiebelschneiden. Das wusste Amadeus Wolf aus einer Kochsendung, die er ausnahmsweise einmal im Fernsehen gesehen hatte. Das verstand er gut. Zwiebeln verstand er gut. Zum Weinen brachte ihn dieses vielseitige Gemüse nicht. Die vergessenen Dichter der Frühromantik brachten ihn zum Weinen. Vereinzelte Klavierkonzerte von Beethoven und rare B-Seiten von Leonard Cohen brachten ihn zum Weinen. Zwiebeln hingegen dufteten nur, und zwar köstlich. Sie dufteten bereits, wenn er sie schälte und grob hackte, und er hackte sie ausschließlich grob, egal was im Rezept stand. Wenn er denn überhaupt ein Rezept benutzte. Essen war Leben, also war Kochen Leben, und gab es für das Leben etwa ein Rezept? Nein, man musste Tag für Tag improvisieren, egal was einem all diese Ratgeber-Raushauer weismachen wollten, die viel mehr schrieben als er und trotzdem nichts zu sagen hatten. Zwiebeln fein hacken? Nein, wer Zwiebeln respektierte, hackte sie ausschließlich grob. Feinhacken war für Feiglinge.

Sie veränderten ihren Duft, als er die groben Zwiebelteile in die Pfanne wuchtete und das heiße, wellenschlagende Öl sie zischend in Empfang nahm. Wieder schlug der Duft um, als sie auch ihre Form und Farbe änderten.

Und kurz nach dem Zwiebelschneiden und Zwiebelanbraten war das Kochen auch schon fast wieder vorbei für Wolf. Er säbelte noch die Bockwürste in kleine Scheiben, ein weniger sinnliches Ritual, warf sie zu den Zwiebeln, besprenkelte sie mit Sojasoße fürs schnellere Anbräunen, genoss den Geruch von angebratenem Fleisch am frühen Abend und goss ein halbes Glas extrascharfe Currykochsoße aus der Konserve darüber. Die authentische mit den Henna-Motiven auf dem Etikett. Fertig. Fusion-Cuisine vom Feinsten. Silke hatte zu dieser Küche nie so recht einen Zugang gefunden. Deshalb brachten Wolf die Zubereitung und der Verzehr in eine gewisse Zwietracht der Gefühle. Einerseits war da der Rausch, dass er heute ungetadelt damit davonkam (und sogar damit davonkommen würde, das Geschirr hinterher länger als zehn Minuten lang ungespült in der Spüle stehen zu lassen). Andererseits die Schuld, dass er sich diesem Rausch hingab, obwohl Silkes Abwesenheit doch keine Lappalie war. Sie war nicht mal kurz einkaufen oder bei ihren Eltern zu Besuch. Sie war …

… aber dieser Gedanke führte nun zu weit, wenn er das Essen nicht kalt werden lassen wollte. Es war gerade rechtzeitig für die einzige Fernsehsendung fertig geworden, bei der er sich so richtig entspannen konnte. »3sat Kulturzeit«. Er goss eine Portion des Bockwurst-Currys in einen tiefen Teller, schnappte sich seinen Lieblingslöffel, warf einen vorerst letzten Kontrollblick in das friedliche Szenario im Babybett in der Essecke des Wohnzimmers und schmiss sich selbst mit der Mahlzeit auf das Sofa vor dem Fernseher. Noch etwas, bei dem man sich von seiner Frau nicht beobachten lassen durfte.

Gerade als die Themen der Sendung in Baby-schläft-Lautstärke vorgestellt wurden, klingelte es an der Tür. Wolfs erster Impuls war, nicht darauf zu reagieren. Wer während »Kulturzeit« klingelte, konnte kein kultivierter Mensch sein.

Leider hatten unkultivierte Menschen oft Probleme, mit Abweisung umzugehen. So tendierten sie dazu, wieder und wieder zu klingeln, wenn das erste Mal nicht das gewünschte Ergebnis zeitigte.

Dahin gehend jedoch war Wolf stur (nicht nur dahin gehend, musste man zugeben). Je öfter einer klingelte, desto unwahrscheinlicher wurde es, dass Wolf jemals wieder eine Tür öffnen würde.

Aber das Kind. Er musste schließlich auch an das Kind denken. *»Denkt doch an die Kinder!«* Jetzt war er also einer von diesen Melodramatikern geworden. Er wusste: Wir hatten die Fernseh-Verschnaufpause von unseren Kindern nur geliehen. Und je öfter jemand an der Tür klingelte, desto früher mussten wir sie zurückgeben.

»Ich wusste, dass Sie es sind«, sagte Wolf, als er Holly McRose die Tür öffnete.

»Ich wollte gerade noch mal klingeln«, informierte sie ihn mit einem Lächeln, als müsse ihn diese Versicherung freuen. »Waren Sie auf dem Klo?«

»Ich habe mir gerade etwas zu essen gemacht.«

Holly trat irgendwie an seiner eigentlich türblockierenden Statur vorbei in den Wohnungsflur. »Das riecht megalecker!«

»Leider nicht genug für zwei.« Fünf Wörter, zwei Lügen. »Leider« und die restlichen vier. Wolf fand zwar, dass er ein exzellenter Koch war, doch das richtige Portionieren gelang ihm nur in den seltensten Fällen. Wenn er einmal kochte, hatte er mindestens zweimal etwas davon. »Ich war außerdem im Begriff, meine Lieblingssendung zu gucken …«

»›GZSZ‹? Keine Sorge, das nehme ich immer auf.«

»Ich weiß nicht, was das bedeutet …«

»Sie werden doch wissen, dass man Fernsehsendungen aufzeichnen und später ansehen kann?«

»Den Teil habe ich verstanden, aber … Holly, warum sind Sie hier?«

»Ich dachte, jetzt wäre eine gute Zeit.«

»Jetzt ist die denkbar schlechteste Zeit. Wofür eigentlich?«

Um sich die Wohnung des alten Niedermeyers anzusehen, antwortete Holly. Die Hauptverkehrszeit im Treppenhaus sei nun vorbei, und es sei noch nicht spät genug, um die Nachtruhe zu stören. Sie habe ein Schweizer Taschenmesser dabei, um ihnen Zugang zu verschaffen.

Wolf war schockiert. »Jetzt gehen Sie aber zu weit! Das ist Einbruch … glaube ich.«

»Haben Sie etwa gedacht, wir spinnen hier nur so ein bisschen rum?«

Ehrlich gesagt hatte er das. »Ich kann meine Tochter nicht einfach mit in die Wohnung eines mutmaßlichen Ermordeten nehmen.«

Holly hatte sich inzwischen ins Wohnzimmer vorgearbeitet,

warf einen Blick ins Babybett. Sie flüsterte: »Die Kleine schläft doch so schön. Die bleibt einfach hier.«

»Damit sie lernt, unabhängiger zu werden? Man kann ein Baby nicht einfach so alleine lassen!« Silke schon, fiel ihm ein. Ihm fiel auch ein, dass das womöglich ungerecht war. Und dass sich seine Schuldgefühle dennoch in Grenzen hielten.

Holly seufzte. »Stellen Sie sich mal vor, Sie wären reich.«

»Dann hätte ich vermutlich Kindermädchen und Butler und Footmen, was immer das sein mag. Doch diese Vorstellung hilft uns ja nun konkret nicht weiter.«

»Das ist quasi eine Mischung aus Kellner und Valet. Aber das meine ich nicht. Wenn Sie reich wären, würden Sie höchstwahrscheinlich in einem viel größeren Haus wohnen. Würden Sie dann nicht mal eben in ein anderes Zimmer gehen, während Ihr Baby hier weiterschläft?«

»Ich würde zumindest das Babyfon mitnehmen.«

Sie schnippte mit den Fingern vor seiner Nase. »Und genau so machen wir es!«

Und genau so machten sie es. Wolf ließ sein Abendessen zum späteren Aufwärmen zurück und würde »Kulturzeit« in der Mediathek nachholen. Er schnappte sich das Empfangsteil seines Babyfons, Holly zückte ihr Taschenmesser. »Rock 'n' Roll«, sagte sie. Flüsternd, um das Kind nicht zu wecken.

Als sie an Niedermeyers Tür kamen, stand die einen winzigen Spalt weit offen.

»Das gefällt mir nicht«, sagte Wolf.

»Mir gefällt, dass ich nicht versuchen muss, die Tür mit dem Messer zu öffnen. Ich habe keine Ahnung, wie man so etwas anstellt. Aber Sie haben recht – irgendwie ist das verdächtig.«

»Sollen wir die Polizei rufen?« Instinktiv hielt Wolf sich den Babyfon-Empfänger vor den Mund.

»Nein. Wir nehmen das Gesetz in unsere eigene Hand. Ziehen Sie die Schuhe aus.« Holly entledigte sich bereits ihrer.

»Warum das?«, fragte Wolf, obwohl auch er schon an Senkeln nestelte.

»Zum einen, um leiser zu sein. Die Überraschung auf unserer Seite zu haben. Zum anderen, um weniger Spuren zu hinterlassen.«
»Unsere Schuhe vor der Tür sind schon reichlich verdächtig.«
»Falls jemand fragt, sagen wir die Wahrheit: Die Tür war offen, und wir wollten mal nach dem Rechten sehen.«
»Auf Socken.«
»Nun hinterfragen Sie nicht jedes kleine Detail und ziehen Sie Ihre Schuhe aus!«, zischte sie.
Er war ohnehin damit fertig. Sie drangen über den schmucklosen Flur ins Wohnzimmer mit seiner seltsamen Mischung aus Wirtschaftswundergemütlichkeit und moderner Technik und dem erstaunlich hohen Aufkommen von Nordic-Walking-Equipment vor. »Es kommt aus dem Schlafzimmer«, flüsterte Wolf. Er meinte, ein Rumoren und Rascheln zu vernehmen. Vermutlich der Eindringling.
»Überrumpeln Sie ihn!«, zischte Holly.
»Überrumpeln? Ich habe noch nie jemanden überrumpelt!«
»Sie haben bestimmt schon mal einen Kurs gemacht.«
»Einen Überrumplungskurs? Nicht dass ich wüsste.«
»Ich schon. Dann mach ich das eben.«
»Ich gebe Ihnen Rückendeckung.«
Sie wieselte lautlos ins Schlafzimmer, aus dem verräterisches Licht und die verräterischen Laute drangen. Sie sah die Gestalt sofort. Sie war kleiner, als man sich einen Eindringling gemeinhin vorstellte, aber ansonsten kam alles hin. Die drahtige Figur stand krumm gebeugt mit dem buckligen Rücken zur Tür, sich am Nachttisch Niedermeyers zu schaffen machend. Wie ein Gremlin, fand Wolf, der über Hollys Kopf hinweg beste Sicht hatte. Ein authentischer Gremlin aus dem Bestiarium der Schauermythen, nicht die verniedlichte Version aus diesen neumodischen Hollywood-Filmen.
Statt einer ankündigungslosen Überrumplung entschied sich Holly für Gebrüll: »Stehen bleiben! Keine Bewegung!«
Die alte Frau Loibl wirbelte herum und stieß einen spitzen Schrei aus, als ihre Nachbarn mit irren Blicken auf sie zurollten.

Die verängstigt blickenden Wolf und Holly stießen unisono einen spitzen Schrei aus, als sie feststellten, dass der Gremlin ihre Nachbarin war. »Was machen Sie hier?«, fragte Holly, die als Erste ihre Fassung wiedererlangte.
»Nichts«, sagte Frau Loibl. »Und Sie?«
»Dasselbe.«
»Das bringt uns nicht weiter«, sagte Wolf.
Frau Loibl lenkte ein. »Ich habe sauber gemacht. Ich habe öfter für den Niedermeyer sauber gemacht. Wir hatten … eine Abmachung.«
»Und die besteht über seinen Tod hinaus?«, fragte Wolf misstrauisch.
»Ich bin eben sehr gewissenhaft.«
»Mit Ihrer Arthritis können Sie vielleicht gerade noch einen Besen halten, wenn Sie mit der Treppenhausreinigung dran sind«, sagte Holly, die bemerkte, dass Frau Loibl ihre Hände hinter dem krummen Rücken versteckte, als wüsste sie genau, dass sie die Lücke in ihrer Geschichte waren.
»Ich muss Ihnen gar nichts sagen«, sagte Frau Loibl trotzig.
»Ich habe einen Schlüssel für diese Wohnung, weil Nachbarn einander nun mal helfen. Zumindest war das früher so, bevor die Menschen den ganzen Tag nur vor ihren Computern hockten und MTV guckten.«
»Da sagen Sie was«, sagte Wolf nickend.
Sie musterte Holly und Wolf mit einer Spur von Anzüglichkeit. »Aber von ›Nachbarschaftshilfe‹ muss ich euch beiden Hübschen ja wohl nichts erzählen, oder?« Sie gehörte zu der Generation, die Worte noch in Anführungszeichen betonen konnte, ohne die Zeichensetzung gestisch zu unterstreichen.
Wolf fragte aufgebracht: »Was wollen Sie damit –«
Holly schnitt ihm das Wort ab, indem sie Frau Loibl anraunte: »Wir stellen hier die Fragen!«
Wolf fragte: »Sie wissen schon, dass das hier ein Tatort ist? Oder zumindest fast? So etwas in der Art? Da kann nicht jeder so mir nichts, dir nichts mal im Schlafzimmer vorbeischauen, um

Beweise zu vernichten.« Er sah auf ihre Füße. »Noch dazu in Straßenschuhen.«
»Die Polizei hat den Fall doch längst abgeschlossen«, gab Frau Loibl zu bedenken, etwas kleinlauter als zuvor.
»Wir haben heute mit Kommissar Aslam gesprochen. Der hat uns versichert, dass der Fall noch lange nicht abgeschlossen ist«, erklärte Holly so überzeugend, dass selbst Wolf kurz die Möglichkeit in Betracht zog, er könnte das Treffen am Morgen anders in Erinnerung gehabt haben, als es tatsächlich verlaufen war.
Frau Loibl schien eher mild verärgert als eingeschüchtert. »Kommissar Aslam? Manchmal fühlt man sich hier wie in Klein-Istanbul.«
»Wir können Sie vor Kommissar Aslam beschützen«, meinte Holly. »Aber Sie müssen uns erzählen, was Sie hier suchen.«
»Spucken Sie es aus!«, versuchte Wolf, den Ton der Szene zu treffen, und bereute es sofort, eine ältere Dame derart anzugehen.
»Na gut. Ich will mich wirklich nicht noch mal mit Kommissar Kümmeltürke rumschlagen müssen.« Wie durch ein Wunder war Wolfs Reue verflogen, Halleluja. Sie holte ihren Arm hinter ihrem Rücken hervor. In ihren verkrampften Fingern hielt sie ein schwarz-transparentes Nichts von einem Damenslip. »Das. Das habe ich gesucht«, sagte sie.
Wolf nahm ihr das Stückchen Unterwäsche ab und studierte es. Silke hatte in den frühen Tagen ihrer Beziehung oft etwas Ähnliches getragen.
»Herr Niedermeyer trug heimlich Damenunterwäsche!«, rief Holly.
»Herr Niedermeyer trug völlig offen Damenunterwäsche!«, versuchte es Wolf. Er schnippte mit den Fingern der Hand, in der er nicht den verräterischen Slip hielt, und sagte mehr zu sich selbst als zu den anderen: »Deshalb das schwierige Verhältnis zu seinem konservativen Sohn.«
Wieder schüttelte Frau Loibl den Kopf, diesmal etwas energischer.

Holly versuchte die nächstunwahrscheinlichere Erklärung. »Herr Niedermeyer hatte ein Verhältnis.«
»Ich bitte Sie!«, sagte Wolf.
Frau Loibl nickte.
»Nein!«, rief Wolf.
»Doch!«, kläffte Frau Loibl.
»Oh!«
Holly runzelte die Stirn. Sie warf Wolf einen peinlich betretenen Blick zu. »Oh …« Sie nickte vieldeutig in Richtung Frau Loibl.
Wolf sah Holly an. Er sah Frau Loibl an. Er sah den Slip in seiner Hand an. »Oh!« Panisch warf er ihn zurück zu Frau Loibl. »Hier! Behalten Sie ihn! Ich habe ihn nie gesehen! Und nie angefasst!«
Mit ihren arthritischen Fingern schaffte sie es nicht, das filigrane Stück Reizwäsche zu fangen. Ächzend beugte sie sich herab, um den Slip vom Boden aufzuheben. Hollys verschiedene Versuche, ihr zu helfen, endeten jedes Mal in spontanen Umentscheidungen, woraus sich eine Abfolge von Hand- und Körperbewegungen ergab, die wie nervöse Zuckungen wirkte.
»Verklemmt bis zum Geht-nicht-mehr seid ihr alle beide«, murrte Frau Loibl, als sie wieder oben war. Sie verstaute den Slip in ihrer Schürze und verließ die Wohnung, so schnell sie konnte, was nicht sonderlich schnell war und durch die betretene Stimmung eine weitere Anmutung von Zeitlupe erhielt.
»Ich muss mir mal eben die Hände waschen«, sagte Wolf, als sie gegangen war. Zum Glück war das Bad vom Schlafzimmer aus direkt zu erreichen.
»Zumindest wissen wir jetzt, was sie mit ›Nachbarschaftshilfe‹ meinte.« Holly gehörte nicht zu der Generation, die Anführungsstriche betonen konnte, ohne sie gestisch zu unterstreichen. Sie folgte Wolf und fragte, als er sich noch immer übers vor Seife schäumende Waschbecken beugte und heftig rubbelte: »Würden Sie sich auch so gründlich waschen, wenn das die Unterhose einer attraktiven jungen Frau gewesen wäre?«

»Ich … nun ja …«
»Wo genau ist denn da der Unterschied?«
»Ich … als Mann … Das verstehen Sie nicht.«
»Da haben Sie recht.«
»Tun Sie mal nicht so. Ich habe Sie beobachtet. Sie wollten das Ding auch nicht anfassen.«
»Ich … Bei Frauen … ist das anders …«
Nach gründlicher Reinigung öffnete Wolf den Spiegelschrank über dem Waschbecken. »Wo wir schon mal hier sind.« Er fand die üblichen Utensilien wie Zahncreme, Rasierschaum und -klingen, Aftershave und Hautcreme. Es war auch eine kleine Glasflasche mit Tabletten vorhanden, deren schlichtes, handbeschriebenes Etikett unleserlich war. »So ein Klischee«, sagte er.
»Was denn?«, fragte Holly und reckte ihren Hals über Wolfs Schulter in Richtung Schrank.
Er nahm die Flasche und zeigte sie ihr. »Dass man die Handschriften von Ärzten oder Apothekern nicht lesen kann.«
»Die drucken doch heutzutage eh alles mit dem Computer aus.«
»Die, zu denen Niedermeyer gegangen ist, wohl nicht.«
»Old School. Passt zu ihm.«
Wolf steckte die Flasche ein. »Vielleicht kenne ich jemanden, der für uns rausfinden kann, was das ist.«
»Falls Niedermeyer mit diesen Pillen vergiftet wurde, fällt Frau Loibl als Verdächtige aus. Die hätte nie diese Flasche aufbekommen.«
»Das musste sie ja nicht unbedingt. Sie musste nur die Pillen hier reinschmuggeln. Dann hat Niedermeyer sie selbst genommen.«
»Wie sollte die alte Frau Loibl an Giftpillen gelangen?«
»Vergessen Sie nicht: Sie hat uns heute bereits einmal überrascht. Dennoch glaube ich nicht, dass sie es mit den Pillen getan hat, falls sie es getan hat. Ist Ihnen schon mal aufgefallen, wie rutschig es ist, wenn sie die Treppen wischt?«
»Ja. Geradezu verdächtig rutschig. Wir sollten sie nicht als

Mörderin abschreiben, nur weil sie Arthritis hat. Das wäre ableistisch.«

»Genau. Auch Menschen mit Gelenkentzündungen können Mörder sein. Das wird man ja wohl noch sagen dürfen.«

»Es ist nur sehr viel schwieriger für sie.«

Wolf räusperte sich. »Es ist übrigens nicht so, dass ich die Treppenhausreinigungs-Schichten von der alten Loibl nicht liebend gerne übernommen hätte. Dass sie das in ihrem Alter und in ihrem Zustand noch machen muss, ist … Aber wissen Sie … mein Rücken …«

»Ja, genau«, sagte Holly peinlich betreten. »Meiner auch. Sonst würde ich. Sonst hätte ich schon längst. Wirklich.«

Wolf klatschte in die Hände. »Sehen wir uns weiter um, bevor Maxine aufwacht. Sie können das Schlafzimmer behalten. Ich nehme das Wohnzimmer.«

»Feigling. Sie haben ja nur Angst vor dem, was wir hier noch finden könnten.«

»Diese Angst ist berechtigt«, sagte er auf dem Weg zur Tür hinaus.

Wolf hatte recht. So altbacken das Wohnzimmer eingerichtet war, so altbacken auch das Schlafgemach. Allerdings war es das Altbackene einer ganz anderen Ära. Dieses Zimmer schien, als hätte es jemand direkt aus den Seiten einer Ausgabe des Playboy-Magazins aus den 1970ern gerissen. Tigermuster-Tapeten, große Spiegel an allen Wänden und unter der Zimmerdecke, weißer Flauschteppich. »Ich glaube, der Niedermeyer war sehr *sex positive*«, rief Holly, als ihr Rufen von einem schrecklichen Schrei aus dem Wohnzimmer übertönt wurde. Es war Wolf. Er war in Gefahr.

Holly raste ihm zu Hilfe, fand ihn auf einem Bein hüpfend in der Mitte des Raumes. »Kommen Sie nicht näher!«, warnte er sie. »Es ist noch hier!«

Holly verharrte, wo sie war. »Was ist noch hier?«

»Etwas hat mich gebissen! Eine Zecke vielleicht!«

»Nun übertreiben Sie mal nicht so.«

»Oder eine Schlange!«
»Das glaube ich nicht.«
»Eine Giftspinne! Die Leute haben doch heutzutage alle so komische Haustiere! Reines Imponiergehabe.«

Holly sah sich um. »Die arme Spinne! Die muss ja seit Ewigkeiten nichts mehr zu fressen bekommen haben.« Sie näherte sich Wolf. Sein Schmerz war offensichtlich echt, aber seine Theorien überzeugten sie nicht.

»Jetzt hat sie immerhin ein ordentliches Stück aus meinem Fuß gebissen!«

»Lassen Sie mal sehen.« Sie legte eine Hand sanft auf Wolfs in der Luft wogenden Fuß, mit der anderen stützte sie ihn.

»Ist er noch dran?«, fragte Wolf, den Tränen nahe.

»Spüren Sie ihn etwa nicht?«

»Phantomschmerzen, dachte ich.«

»Keine Phantomschmerzen.« Holly zog den realen Schmerzverursacher aus dem größtenteils unversehrten Fuß und hielt ihn Wolf vor die Nase. »Das erste Mal in einen Lego-Stein getreten?«, fragte sie.

Er bejahte, nach wie vor unter starken Schmerzen.

Sie zeigte auf den Babyfon-Empfänger, den er jetzt wieder aufhob. »Es wird nicht das letzte Mal gewesen sein.«

»Maxi interessiert sich nicht für Lego. Noch nicht mal für diese größere Variante ... Wie heißt das noch ...?«

»Duplo.«

»Richtig. Neumodischer Quatsch.«

»Das wird alles schneller gehen, als Sie denken.« Holly war eine Expertin in diesen Dingen, denn sie kannte jemanden, der ein Patenkind hatte.

»Ich weiß«, seufzte er. »Erst Lego, dann die Pubertät. Ich möchte mich damit heute noch nicht befassen.« Er besah sich genauer, worauf er getreten war. Es sah aus wie eine stilisierte Hand mit Messern anstatt Fingern. »Ich bin mir gar nicht sicher, ob das ein Lego-Stein ist«, sagte er. »Was soll das denn darstellen?«

»Lego-Steine stellen doch immer erst im Gesamtkontext etwas dar.«

»Ein Punkt für Sie. Aber dieses Bauteil scheint überdurchschnittlich konkret und seltsam abstrakt zugleich.«

Holly warf ebenfalls einen genaueren Blick darauf. »Das wird die Hand von so einem Lego-Typen sein.«

»Die haben jetzt Hände?«

»Die haben jetzt alles Mögliche.«

Er mochte sich gar nicht vorstellen, was das zu bedeuten hatte. Er drehte und wendete den Stein. »Eine befremdliche Hand.«

»Sieht aus wie der Handschuh von Freddy Krueger.«

»Der Blödelbarde mit dem Nippel?«

»Nein, der untote Triebtäter aus ›Nightmare – Mörderische Träume‹.«

»Neumodischer Quatsch.«

»Der ist von neunzehnhundert… Ach, lassen wir das.«

»Finden Sie das nicht seltsam? Ich weiß, dass es mit der Welt kulturell und anderweitig den Bach runtergeht. Davon handelt ja bekanntlich auch mein Buch. Aber glauben Sie wirklich, es gibt ein Lego-Set zu ›Nightmare – Mörderische Träume‹?«

»Jetzt, wo Sie es sagen, klingt es schon ein wenig unglaubwürdig. Zu ›The Nightmare Before Christmas‹ habe ich, glaube ich, mal eines gesehen…«

»Kinderkram.« Er steckte den Lego-Stein in seine Westentasche. »Ich bin mir sicher, dass dieser Stein Teil eines Puzzles ist…«

»Das liegt ja quasi in der Natur von Lego-Steinen…«

Wolf ignorierte ihre jugendliche Frechheit. »… ein Puzzle, das wir lösen müssen.«

»Fein. Haben Sie sonst noch etwas gefunden, bevor der Lego-Stein Sie angegriffen hat?«

»Das hier.« Er zeigte ein gelbes Flugblatt, auf dem Spielkarten abgebildet waren, neben einigen womöglich mit großer Leidenschaft, aber ohne erkennbares Talent gezeichneten Rittern mit Schwertern im Anschlag. »Die Moosacher Karten-Krieger«, stand in Frakturschrift groß darüber. In einer Ecke des Zettels standen kleiner, im Comic-Sans-Font, eine Uhrzeit, ein Datum und der Treffpunkt.

Holly las den Titel vor. »Klingt ganz schön martialisch«, sagte sie.

Wolf winkte ab. »Das ist ein ganz normaler Skatabend. So sind sie halt, die älteren Herren.«

»Und die treffen sich im Alten Wirt?«

Wolf hielt den Zettel vor sein Gesicht, als hätte er ihn vorher nicht ganz gelesen. »Stimmt. Ist aber noch ein paar Tage hin.«

»Niedermeyer wird den Termin nicht mehr wahrnehmen können.«

Ein elektrisches Rascheln war zu hören. Wolf hielt das Empfangsgerät des Babyfons an sein Ohr. Er sah besorgt aus.

»Was ist?«, fragte Holly.

»Maxine!«, hauchte Wolf. »Sie ist in Gefahr!«

»Vielleicht war es doch falsch, Sie in diesen Fall zu involvieren. Ihre Phantasie geht mit Ihnen durch. Das sind nur ein paar unschuldige Bettdecken-Raschelgeräusche.«

»Ich kenne diese Geräusche. Sie ist in Gefahr aufzuwachen. Und dann muss ich noch länger auf mein Abendessen und ›Kulturzeit‹ warten.«

Sie verließen mit großer Eile die Wohnung. Hinter der Wohnungstür blieben sie wie angewurzelt stehen. Sie schauten auf den Boden. Sie schauten einander an.

»Das hat sie nicht getan«, sagte Holly.

»Doch«, sagte Wolf. »Die alte Frau Loibl hat unsere Schuhe gestohlen.«

»Wie alt ist die denn? Zwölf?«

»Jedenfalls im Herzen jünger, als wir dachten. So viel haben wir ja heute nun wirklich in Erfahrung bringen können.«

»Ich brauche meine Schuhe!«

»Selbstverständlich.« Wolf legte Daumen und Zeigefinger an sein Kinn. »Versuchen wir, die Sache wie Profiler anzugehen, und versetzen uns in Frau Loibl hinein. Wenn wir sie wären … Was würden wir mit diesen Schuhen tun? Sie wird sie kaum mit in ihre eigene Wohnung nehmen. Sie wird sie außerdem nicht wegschmeißen, so kindisch ist sie auch wieder nicht.«

»Sie wird sie beim Hausmeister abgeben. Behaupten, sie hätte sie im Treppenhaus gefunden.«

Wolf nahm die Hand vom Kinn und deutete mit dem Zeigefinger auf Holly. »Was noch nicht mal gelogen wäre. Clever.«

Sie gingen in das Erdgeschoss, wo der Hausmeister Herr Wagner seine Wohnung hatte. Sehr vorsichtig, um auf ihren Socken nicht auszurutschen. »Können wir da um die Zeit noch klingeln?«, fragte Holly.

»Eher nicht«, sagte Wolf. »Wo Sie es erwähnen … Ich habe vorhin auch kein Klingeln im Flur gehört. Und ich bin dieser Tage schon sehr hellhörig, wegen meiner Vaterrolle. Frau Loibl war nie hier. Zumindest nicht kürzlich.« Er sah auf den Boden, deutete auf den Türspalt. »Kein Licht. Vielleicht ist Wagner nicht zu Hause. Zum Schlafen wäre es noch zu früh.«

»Kommen Sie mit«, sagte Holly. Sie führte Wolf zur Haustür, wo sie ihre Socken auszog.

»Auch das noch!«, rief Wolf.

»Wie meinen?«

»Ich wollte sagen: Warum das?«

»Wir gehen kurz raus.«

»Barfuß?«

»Besser, als unsere Socken zu ruinieren.«

»Ich habe bestimmt noch ein zweites Paar Schuhe. Das hole ich eben.«

»Stellen Sie sich nicht so an! Es ist Sommer. Wir bleiben ja nicht lange.«

»Ich tanze doch nicht barfuß mit Ihnen durch die Straßen der Stadt in lauer Sommernacht! Das ist mir zu Manic-Pixie-Dreamgirl-artig.«

»Was soll das denn sein?«

»Das sind diese kurzhaarigen, lebenslustigen, exzentrischen Mädchen, die in Independent-Filmen emotional verstopften Männern immer beibringen, wie man barfuß auf der Straße tanzt und sein Leben wieder lebt und diesen ganzen Mist.«

»Wow, war das ein Kompliment?«

»Ich …« Anstatt zu antworten zog er seine Socken aus, mit demonstrativem Widerwillen.

Auf dem Gehsteig führte Holly Wolf zum Fenster von Wagners Wohnung, hinter dem nichts als Dunkelheit war. Die Vorhänge waren noch nicht zugezogen. Die Figur, die sie im Schutz der Nacht von der anderen Straßenseite aus beobachtete, bemerkten sie nicht. »Sie haben recht«, sagte Holly. »Kein Licht. Und schlafen tut er auch noch nicht, sonst hätte er zugezogen. Da stellt sich die Frage: Wo ist der Herr Wagner um diese Zeit?«

Wolf zuckte mit den Schultern. »Könnte überall sein. Gehen wir schnell wieder rein, bevor Frau Loibl auch noch unsere Socken klaut.«

»Meine habe ich mitgenommen«, sagte Holly und hielt sie Wolf stolz unter die Nase. Obwohl sich die Socken olfaktorisch nichts vorzuwerfen hatten, wich er zurück.

Drinnen sagte Wolf: »Möglicherweise sind unsere Schuhe im Waschkeller. Dort gibt es eine Kiste für Fundsachen.«

Gemeinsam machten sie sich, wieder in Socken, auf den Weg dorthin, unterwegs kamen sie an den Kellerabteilen der Mieter vorbei. Namen standen nicht daran, obwohl die meisten anhand ihrer Inhalte leicht zuzuordnen waren. Wolfs und Hollys waren voller Bücher, wie man durch die luftigen Brettertüren erkennen konnte. Ein weiteres Abteil enthielt jede Menge Nordic-Walking-Ausrüstung, teilweise in Originalverpackungen. Holly und Wolf blieben davor stehen. »L-Walker«, las Wolf von einer der Verpackungen vor, obwohl das Logo so übertrieben dynamisch war, dass man es kaum entziffern konnte. »Was soll das denn heißen? Wofür steht das L?«

»Large?«, fragte Holly. »Weiß ich auch nicht.«

»Er scheint jedenfalls auf diese Firma zu schwören. In seiner Wohnung habe ich ebenfalls einige L-Walker-Produkte gesehen.«

Sie passierten einen Keller, der nicht einsehbar war. Die Lücken zwischen den Brettern waren von innen mit Papier abgedichtet. Als Letztes folgte ein Abteil, dessen Anblick ihnen den Atem verschlug. Es war voller Lego-Schachteln.

»Bingo!«, hauchte Holly.

»Sie wissen, was das bedeutet?«

»Der Täter befindet sich im Haus!«, wisperte Holly dramatisch. Dann fing sie sich wieder. »Gut, eigentlich ist das ja eine der Theorien, die wir sowieso hatten.«

»Oder die Täterin«, sagte Wolf.

Holly überlegte. »Nach dem Ausschlussverfahren gehört dieser Keller entweder zu Herrn Wagner oder zu Frau Loibl. Und ich glaube nicht, dass die alte Loibl mit ihrer Arthritis regelmäßig Lego-Bausätze zusammenbastelt.«

»Die alte Frau Loibl bringt mit ihrer Arthritis noch ganz andere Sachen zustande, wie wir wissen. Aber eigentlich wollte ich nur darauf hinweisen, dass Mörderinnen nicht immer nur ›mitgemeint‹ sein sollten.«

Holly winkte ab. »Ach, haben Sie sich nicht so.«

Wolf war erstaunt. »Ich hatte Sie für eine Feministin gehalten.« Das stimmte zwar. Doch als er es ausgesprochen hatte, fragte er sich, warum er das angenommen hatte. Waren Highlander-Schnulzen erfüllt von frauenrechtlerischem Kampfgeist? Er hatte noch keine gelesen und hatte das auch nicht vor, aber ihn beschlich das Gefühl, dass dort andere Themen wichtiger waren.

»Das bin ich!«, sagte sie. »Allerdings finde ich, dass wir erst mal die großen Schlachten schlagen müssen, bevor wir uns um diesen Kleinkram kümmern.«

»Interessant. Man könnte auch meinen, dass die großen Übel nicht aus der Welt geschafft werden können, wenn es schon mit den kleinen nicht gelingt.«

Holly trat von einem Strumpf auf den anderen. »Müssen wir das jetzt ausdiskutieren? Ich bekomme so langsam echt kalte Füße …«

»Ich auch. Und das meine ich eher buchstäblich als sprichwörtlich.«

Sie fanden ihre Schuhe in der Kiste im Wäschekeller. Sie zogen sie an und sahen sich um. Wolf zeigte auf einige Teile recht gewagter Damenunterwäsche an einer der Leinen. Im schummerigen Licht konnte man gottlob nicht sehen, wie er errötete. Er sagte: »Ich habe solche Modelle hier schon öfter hängen gesehen, und ich muss gestehen, dass ich immer davon ausgegangen bin, dass es Ihre sind. Rein nach dem Ausschlussverfahren.«

Holly grinste ihn an. »Und? Hat Sie das erregt?«

»Mich? Nein! Ich meine ... nicht ›Oh nein!‹-Nein. Verstehen Sie es nicht falsch. Das ist kein negatives Nein. Ich bin schließlich Familienvater ...«

»Schon recht.« Sie tätschelte seine Schulter. »Ich bin immer davon ausgegangen, dass die Ihrer Frau gehören. Nach dem Ausschlussverfahren.«

Wolf schüttelte den Kopf. »Silke ist ja nun schon seit einer ganzen Weile ... verreist. Und diese Dinger hängen hier ständig.«

»Na ja ... Dazu hatte ich mir auch so meine Gedanken gemacht ...« Nun war es an Holly zu erröten. In einem Maße, das von der allgemeinen Schummerigkeit nicht kaschiert werden konnte.

»Meinten Sie etwa, ich hätte diese Unterwäsche getragen, um meiner abwesenden Frau nahe zu sein, und sie dann hier im Wäschekeller gewaschen und zum Trocknen aufgehängt?«

»Nun ja ... nur so in etwa. Sie haben das jetzt viel besser und detaillierter ausformuliert, als ich mir das vorgestellt habe.«

»Unglaublich!«

»Sie müssen sich nicht schämen! Ich fand es ... irgendwie süß.«

»Ich muss mich nicht schämen, weil es überhaupt nicht so war.«

»Auch gut. Auf jeden Fall müssen Sie sich nicht schämen.«

Wolf merkte, dass Holly die Angelegenheit unangenehmer war als ihm. Um die Situation zu entschärfen, sagte er: »Vielleicht liegen wir auch völlig falsch. Frau Loibl spielt mit Lego, und Herr Wagner trägt heimlich Damenunterwäsche.«

Sie lachten unbeschwert, bis ihnen das unbeschwerte Lachen wieder unangenehm wurde und sie fast gleichzeitig sagten: »Nicht dass daran irgendwas nicht in Ordnung wäre.« Dann gingen sie wieder in ihre Wohnungen.

***

Es gab einige Dinge, die Wolf und Holly nicht wussten. Zu denen gehörte zum Beispiel, dass ihr Eindringen in die Wohnung Niedermeyers nicht unbeobachtet geblieben war. So wie überhaupt kaum eine ihrer Bewegungen, seit sie den fatalen Beschluss gefasst hatten, ihre Nasen in Dinge zu stecken, die sie nichts angingen. Dinge, die ihnen so zum Verhängnis werden konnten, wie sie dem alten Niedermeyer zum Verhängnis geworden waren. Oder schlimmer. Ob in der trügerischen Sicherheit zwischen zwei Walking-Stöcken oder auf Socken in einer unbekannten Wohnung – jeder Schritt konnte der letzte sein, wenn man nicht fein aufpasste.

Er beobachtete das Geschehen, so gut er konnte, von der anderen Seite der Straße. Hinter den Fenstern der Niedermeyer-Wohnung konnte er nur Schemen ausmachen. Schemen und Schmerzensschreie. Diese Nachbarn waren also nicht so harmlos, wie sie aussahen, aber das war er erst recht nicht. Wen folterten sie dort gerade? Hatten sie etwas gefunden, was er übersehen hatte? Waren sie im Besitz von etwas, was *ihm* zum Verhängnis werden konnte?

Er durfte es nicht darauf ankommen lassen. Er wusste nun, dass er etwas tun musste. Dass er handeln musste. Womöglich mischten sich die beiden gar nicht in Dinge, die sie nichts angingen. Vielleicht waren sie von vornherein verwickelt gewesen. Falls dem so war, falls er also selbst noch nicht alle Teile des Puzzles zusammengefügt hatte, dann musste er erst recht handeln. Dann musste er sie stoppen. Mit allen ihm zur Verfügung stehenden Mitteln. Vor allem die Frau. Sicher war sicher. Sie schien die Triebkraft zu sein.

***

Wolf kannte nicht viele Schlaflieder, aber er kannte das Lied mit den Elefanten, die gern zwischen den Zwischenräumen der Bäume spazieren gehen. Das hatte er in seinem PEKiP-Kurs lernen müssen. Er hatte sich damals ein wenig aufgeregt, dass die Kursleiterin den Teilnehmerinnen und ihm eine mehrseitige PDF-Datei mit Liedern und Gedichten geschickt hatte, die sie »zum nächsten Mal« auswendig zu lernen hatten. Auswendig! Das war ja wie in der Schule und nicht mal wie in einer besonders fortschrittlichen. Als ob man in dieser Phase des Lebens nicht genügend anderen neuen Dingen begegnete, in die man sich eingewöhnen musste. Die Kinder würden für die nächsten sechs Jahre nicht in die Schule gehen müssen, doch die Eltern, seit Jahren und Jahrzehnten ihr entkommen, wurden strafzurückversetzt. Wie Michael Corleone in dieser neumodischen Quatsch-Fortsetzung von »Der Pate«. *»Gerade als ich dabei war auszusteigen, ziehen sie mich wieder rein!«*

Seine Teilnahme am lokalen Prager-Eltern-Kind-Programm hatte er vorzeitig abgebrochen, weil seine Anwesenheit bei den vielen, sicherlich notwendigen Diskussionen über die Freuden und vor allem Leiden des Bruststillens allen Anwesenden inklusive ihm selbst unangenehm gewesen war. Das Elefanten-Lied aber war ihm geblieben. Er musste zugeben, dass es lyrisch recht gelungen war. Wahrscheinlich wussten Eltern die cleveren Reime und die ungewöhnliche Wortwahl eher zu schätzen als die Kleinen. Wenn da nicht diese eine Strophe wäre, die Wolf von Anfang an irritiert hatte und die er nun stets ausließ, wenn er das Lied im privaten Rahmen sang. Die mit den Bergen, zwischen denen Zwerge tanzten. Warum denn plötzlich Zwerge? Im restlichen Lied war keine Rede von irgendwelchen mystischen Geschöpfen.

Dabei war das sicherlich nicht die einzige unrealistische Stelle im Text. Elefanten badeten auch nicht nach Geschlechtern getrennt, wie es bereits in der zweiten Strophe hieß, oder schliefen in Betten mit Kissen, wie die letzte behauptete. Aber das war etwas anderes als die Sache mit den Zwergen. Getrenntes Baden und Schlafen in Betten waren zum Unterhaltungszweck der Alltagswelt der Menschen entnommen und in den Elefanten-Alltag integriert worden. Das funktionierte als humoristisches Konzept. Zwerge hingegen waren eine dritte Welt, nicht die der Elefanten und nicht die der Menschen. Das war eine Welt zu viel. Dass der Texter das nicht gemerkt hatte. Oder der Lektor. Es war so, als wäre diese Zwerge-Strophe von einem ganz anderen Künstler geschrieben worden. Oder aus einem anderen Lied in dieses übernommen. Wenn die anderen Strophen von Drachen und Feen handeln würden, dann meinetwegen, dachte Wolf, der dem Folkloristischen nicht grundsätzlich abgeneigt war, solange es geschmackvoll gemacht war und seine inhaltliche und ästhetische Berechtigung hatte.

Die Strophe über die Brücken und die Lücken war auch nicht seine liebste. Da hatte man sich selbst kopiert, das war nur ein wenig origineller Abklatsch der Bäume und Zwischenräume. Das Wort »Lücken« war in einem Kinderlied unauffällig, »Zwischenräume« hingegen ein geschickt eingepflanzter, wirkungsvoller Fremdkörper. Zuerst hatte er bei ihrem nächtlichen Ritual auf das Singen der Brücken-Strophe ebenfalls verzichtet, sich dann jedoch eines Besseren besonnen. Die Pointe war zwar eine Wiederholung, doch Wiederholung ist für die Entwicklung des kindlichen Geistes unerlässlich.

Wenn Maxine alt genug für eine halbwegs vernünftige Textrezeption und die Diskussion darüber wäre, würde er vielleicht auch die Zwerge wieder in das Lied zurückholen. Dann könnte er sie hinterher fragen, ob ihr daran etwas auffiele. Falls sie bis dahin nicht eingeschlafen wäre, was ja eigentlich der Sinn der Sache war. Ansonsten am nächsten Morgen. Wenn nicht, würde er es ihr erklären, und sie könnten sich herrlich gemeinsam darüber aufregen. Ideales Vater-Tochter-Bonding.

Obwohl das Lied mit der Szene endete, in der die kleinen Elefanten erst fröhlich Kissen herumschmeißen, um dann ohne zu weinen einzuschlafen, war es in seiner ursprünglich vorgesehenen Taktart zu schnell, um als Schlaflied zu funktionieren, deshalb sang Wolf es ungefähr in einem Drittel des vorgesehenen Tempos.

»Waaas müüüsseeen daaas füüür Bäääuuume seeeiin, wooo diiieee grooißen Eeeleefaaanteeen spaaaziiieeereeen geeehn, ooohneee siiich zuuu stoooßeeen ...«

Maxine hatte vermutlich noch keine Vorstellung davon, was Elefanten, Bäume und Zwischenräume waren. Vielleicht langweilte sie das Thema. Oder der Vortrag. Sie schlief ein, und Wolf konnte vor der eigenen Bettruhe noch sein Bockwurst-Curry und seine Kulturnachrichten nachholen.

Herrlich, dachte er, wenn man keine anderen Probleme hat.

8

Blutdruck

Maxine weckte ihn wieder früh und ließ keinen Zweifel daran, dass er an diesem Morgen wieder nicht zum Schreiben kommen würde. Wolf trug es mit Fassung. Heute hatte er etwas Besseres zu tun, als zu schreiben. Zumindest hatte er etwas Besseres zu tun, als vor seinem Computer zu sitzen und nicht zu schreiben. Heute würde er wieder La Veroniqua besuchen. Ihm war bewusst, dass er ein wenig von ihr besessen war, doch brauchte der genialische Geist nicht ein wenig Besessenheit? Eine Muse vielleicht? Solange das Ganze im Theoretischen und Hypothetischen verblieb, und das würde es, schadete es doch keinem. Seine Vaterpflichten ermatteten ihn viel zu stark für irgendwelche romantischen oder auch nur erotischen Avancen, außerdem konnte … würde … jederzeit seine Frau zurückkommen, und dann würde alles gut werden.

Wenn nun allerdings die romantischen oder auch nur erotischen Avancen von der anderen Partei ausgingen … wäre ihm da in seinem ermatteten Zustand Widerstand überhaupt möglich? Und wäre solcher Widerstand nicht ohnehin unhöflich?

In derlei Tagträume versunken, hätte er fast die S-Bahn-Haltestelle außerhalb des Stadtgebiets verpasst, die zum Industriepark führte, in dem La Veroniqua ihr Medienimperium unterhielt. »Du hättest ja auch ruhig was sagen können«, sagte er scherzhaft zu Maxi vor seiner Brust, die darauf nicht weiter einging, sondern ihre ganze Aufmerksamkeit dem Mix aus Nachrichten, Werbung und Streckeninformationen auf den Monitoren im Abteil schenkte.

Veroniqua begrüßte ihn herzlich mit Händen auf den Schultern und Luftkuss, nachdem Johannx ihn nur widerwillig zu ihr durchgelassen hatten. Jetzt bin ich also Teil der Bussi-Gesellschaft, freute sich Wolf.

»Vielleicht können Sie die Kleine bei Johannx lassen«, schlug Veroniqua vor. »Jo können gut mit Kindern.«

Wolf zögerte. »Jo und ich haben uns nicht gerade unter den besten Voraussetzungen kennengelernt …«

Veroniqua winkte ab. »Niemand lernt Jo unter den besten Voraussetzungen kennen. Das ist ja Teil ihres Aufgabenprofils, mir die Spinner vom Leib zu halten.«

»Ich bin doch kein Spinner.«

»In meiner Branche und meiner Position muss man vorsichtshalber jeden zunächst für einen Spinner halten. Und Sie wurden mir ja letztendlich nicht dauerhaft vom Leib gehalten.« Sie rückte ein bisschen näher, als wollte sie das Leibliche betonen. Dann rief sie mit warmem, nicht unangenehm parfümiertem Atem an seinem Gesicht vorbei: »Jo!«

Als Johannx hereinkamen, erklärte Veroniqua ihnen die Situation. Sie musste recht laut sprechen, um Maxines Brüllen zu übertönen.

»Damit das klar ist: Ich werde keine Windeln wechseln«, sagten Johannx und hielten die Handflächen vor den Körper. »Grenzen, Bitch.«

Wolf sah Veroniqua an. »Ihr Assistent …«

»Meine Assistenx.«

»Ihre Assistenx nennen Sie Bitch?«

Veroniqua flüsterte: »Ich glaube, Johannx meinten Sie.«

Weder bestätigten noch dementierten Johannx.

Wolf blieb keine Wahl. Vertraute er sein Kind nicht Veroniquas Assistenx an, würden sie beide nie auf einen grünen Zweig kommen, und er könnte nie beweisen, was für ein verlässlicher *ally* er für ihre Bewegung war. »Sie ist nicht feucht«, sagte er. »Sie ist nur unzufrieden.«

Johannx funkelten Wolf unverändert misslaunig an. »Kenne ich.« Wolf schluckte. Johannx verschwanden mit Maxine. Bald waren durch die geschlossene Tür zur Rezeption Gurrlaute aus Johannx' Mund und Gluckslaute aus Maxines zu hören.

Als sie nun unter sich waren, fragte Veroniqua: »Also, haben Sie mein Manuskript gelesen?«

»Ihr Manuskript …?«

»Das ich Ihnen gemailt habe.«
»Oh, *das*!« Ihm fiel auf, dass er schon seit Tagen seine E-Mails nicht mehr überprüft hatte. »Na ja, so schnell geht das nicht bei so guten Texten. Das muss man Stück für Stück genießen, auf sich wirken lassen.«
»Wo sind Sie denn jetzt ungefähr?«
»Seite ... 42?«
»Das sagt mir nichts. Was ist bis dahin passiert?«
»Die Eindrücke sind noch zu frisch ... Ich kann darüber jetzt nicht sprechen ...«
Sie runzelte die Stirn. »Sind Sie nicht deswegen gekommen?«
»Wegen Ihres Buches? I wo!«
Sie lächelte kokett. »Sie wollten mich einfach nur sehen?«
Er lächelte zurück, es gelang ihm nicht ganz so kokett. »Das auch. Aber nicht nur.« Er stellte die Flasche mit Niedermeyers Pillen auf ihren Schminktisch. »Vielleicht können Sie mir sagen, was das ist?«
Veroniqua sprang auf. »Keine Ahnung, wo Sie das herhaben! Das habe ich noch nie gesehen!«
»Natürlich nicht«, beschwichtigte Wolf.
Ihre Augen verengten sich. »Sind Sie von der Polizei?«
»Mitnichten! Ich fragte mich nur, ob Sie mir sagen können, was das ist. Ich habe selbst nicht die geringste Ahnung.«
Sie stemmte die Fäuste in ihre wohlgeformten Hüften. »Sie meinen wohl, nur weil ich in der Unterhaltungsbranche bin, müsste ich alles über Pillen wissen?«
Wolf lief auf der Stelle rot an. »Nein! Ich dachte eher, weil Sie aus einer Apothekerfamilie stammen, wie Sie neulich sagten.«
Veroniqua lachte, schlug ihm kumpelhaft auf die Schulter. »Mensch, ich nehme Sie nur auf den Arm! Sie wissen doch, dass ich eine klassische Schauspielausbildung genossen habe.« Das hatte er nicht gewusst; so weit war er im Text halt noch nicht gekommen. »Lassen Sie mal sehen.« Sie nahm die Flasche, führte sie vor ihre Augen, während sie mit der anderen Hand eine strassbesetzte Katzenaugen-Brille aus dem Urwald ihrer Frisur auf ihre Nase

führte. Wolf fragte sich, was sie in ihren Haaren noch alles versteckt hatte. »Ah ja!«, sagte Veroniqua. »Das könnte mein Vater geschrieben haben.«

»Wirklich?«

»Genauso unleserlich, meine ich. Ganz alte Schule.« Sie las den Namen des Präparats vor. »Das ist relativ selten.«

»Rauschgift?«, fragte Wolf.

»Nein, es ist ein den Blutdruck hebendes Mittel. Die meisten, die etwas mit Blutdruck haben, haben zu hohen und brauchen deshalb etwas, was ihn senkt.«

»Dann hatte unser mutmaßliches Mordopfer also einen zu niedrigen Blutdruck. Das hätte man ihm gar nicht zugetraut.«

Veroniqua zuckte mit ihren gebräunten, frei liegenden Schultern. »Kennt irgendjemand irgendwen jemals wirklich? Wichtiger ist bei einem solchen Mordfall doch die Frage: Ist in dieser Flasche wirklich das drin, was draufsteht? Und wenn nicht: Könnten diese Pillen Ihren Herrn Dings ...«

»Niedermeyer.«

Wolf meinte, eine kurze, sorgenvolle Irritation über Veroniquas Gesicht fliegen zu sehen. Doch sie war so schnell wieder davongeflogen, dass sie genauso gut reine Einbildung gewesen sein mochte.

»... könnten sie ihn umgebracht haben.«

»Und falls dem so ist, müsste man von dem Glas wohl Fingerabdrücke nehmen.«

Wolf und Veroniqua, beide nicht behandschuht, schauten einander dumm an. »Wir werden einen anderen Weg finden müssen«, sagte Veroniqua.

»Können Sie denn herausfinden, ob in der Flasche wirklich das ist, was draufsteht?«

Veroniqua bestätigte, dass sie über entsprechende Kontakte verfügte. »Das geht aber nicht so mal eben. Mindestens einen Tag bräuchte ich schon.«

»Das wird sich einrichten lassen. Der Niedermeyer bleibt bestimmt so lange tot.« Er lachte über seinen eigenen Scherz.

Veroniqua lächelte gequält zurück.

Ich habe sie zum Lächeln gebracht, dachte Wolf stolz. Er sammelte sein Kind bei Johannx ein, die es nur ungern wieder hergeben wollten, und machte sich auf den Weg zurück in die Stadt.

***

Es war nicht leicht gewesen, Amadeus Wolf bis zum Firmengebäude von La Veroniqua zu folgen, doch es war ihm gelungen, unbemerkt. Nun beobachtete er die beiden durchs Fenster, vom Fenster eines anderen Bürogebäudes in der Umgebung, zu dem er sich mit wenig zimperlichen Methoden Zutritt verschafft hatte. Was führte der Schriftsteller mit der Influencerin im Schilde? Die war doch ganz und gar nicht seine Liga. War sie auch in die Sache verwickelt? Vielleicht sollte er sich die Dame mal vorknöpfen. Doch erst einmal musste er weiter dem Mann mit dem verdächtig zufriedenen Kind folgen.

9
Das Multiversum im Erdgeschoss

Am nächsten Morgen gab es noch keine Nachrichten zu Niedermeyers Tabletten, gleichwohl war Wolf sehr aufgekratzt. So aufgekratzt hatte Holly ihn nie zuvor gesehen. So früh auch nicht. Zuerst hatte sie ihn nur an seiner Stimme erkannt, weil sie kaum die Augen aufbekam, als er an ihrer Tür stand und Sturm klingelte. Das Sturmklingeln half beim Augenöffnen und beim Wachwerden im Allgemeinen. »Was machen Sie so früh hier?«, fragte sie.

»Ich war mit Maxi draußen«, antwortete Wolf. »Unsere übliche Zeit.« Das Kind vor seiner Brust schien ähnlich aufgekratzt. Vielleicht war die Begeisterung des Vaters ansteckend.

Bei Holly wollte der Funke noch nicht so recht überspringen. »Meine Zeit ist es nicht.«

Wolf sah an ihr herab. »Zumindest sind Sie schon angezogen.«

»Das ist mein Schlafanzug.«

Wolfs Überraschung war authentisch. »Der Unterschied ist …?«

»Was?«

»Nichts.« Das stimmte sogar – ihre Tag- und Nachtgarderobe war mit dem bloßen Auge für Außenstehende kaum zu unterscheiden. »Kommen Sie mit, ich muss Ihnen etwas zeigen. Draußen.«

»Warten Sie, ich ziehe mir etwas an.«

»Wirklich, das merkt –«

»Ich ziehe mich an!« Sie knallte ihm die Tür ins Gesicht.

»Ich gehe schon vo-hor!«, flötete er ungewohnt fröhlich durchs Holz. Sein altes Ich schwebte neben ihm und fragte sich, ob seine Fortschritte im Kriminalfall oder der Schlafmangel für seinen Stimmungs- und Persönlichkeitswandel verantwortlich seien.

***

Als Holly vor dem Haus zu ihm stieß, war Wolf immer noch gut gelaunt, musste aber trotzdem die Stirn runzeln. »Ich dachte, Sie wollten sich anziehen?«

Die Wut machte Holly wach. »Ich habe … Ach, was soll's. Was wollten Sie mir zeigen?«

»Das!« Er zeigte auf das Graffiti an der Hauswand. »Das war nicht immer da!«

»Ein paar Tage ist es schon da.«

»Ein paar Tage. Aber nicht seit aller Ewigkeit. Nicht seit den Zeiten der McLeods und der … der … Jetzt fallen mir keine anderen Macs ein.«

»Überlassen Sie die Highlander-Witze mir. Witze überhaupt. Wundert mich ohnehin, dass Sie auf McLeod gekommen sind.«

»Weil Sie mir so viel davon erzählt haben.«

Sie sah sich das Graffiti an, zum ersten Mal richtig. »Das ist von WFH Boi«, sagte sie. »WFH für ›Westfriedhof‹. So ziemlich der einzige Sprayer, den wir hier haben.«

»Wir müssen diesen Boy unbedingt ausfindig machen. Ich bin mir relativ sicher, dass dieses Machwerk erst an dem Morgen an der Wand war, an dem Niedermeyer ermordet wurde. Ich weiß noch, dass ich an jenem Tag etwas Komisches gerochen habe, als ich mit Maxi unterwegs war. Und es war nicht das Komische, das ich öfter rieche, wenn ich mit Maxi unterwegs bin. Sie hängt ja quasi direkt unter meiner Nase. Jedenfalls habe ich zunächst nicht darüber nachgedacht, weil dann diese ganze Mordgeschichte die Runde machte und das irgendwie wichtiger schien. War es ja auch. Jetzt allerdings fällt es mir wieder ein: Das war die frische Farbe, die ich gerochen habe. Wenn dieser Boy sein Werk also in der Nacht unmittelbar vor dem Mord aufgesprüht hat, dann könnte er etwas gesehen haben.«

»Vielleicht ist er sogar selbst unser Mann«, überlegte Holly.

Wolf strahlte und klatschte in die Hände, als hätten sie die Rollen getauscht. »Das wäre natürlich am allerschönsten!« Erstaunlich, was der Schlafentzug mit einem und aus einem machen konnte. Vielleicht waren es auch Hormone.

Maxine fand das nicht sonderlich schön. Sie begann zu schreien.
»Kein Fan von moderner Straßenkunst«, sagte Holly.
»Ich muss los. Wir treffen uns gleich bei Ihnen«, informierte Wolf seine Nachbarin.
»Wieso bei mir?«
Er hatte sich bereits in Bewegung gesetzt. Anstatt zu antworten, rief er: »Stellen Sie schon mal das Whiteboard auf und legen Sie mehrere abwaschbare Stifte in unterschiedlichen Farben bereit!«
»Whiteboard?«, fragte Holly. Aber das hörte Wolf schon nicht mehr.

***

»Also, lassen Sie uns mit unserer Liste beginnen«, sagte Wolf. Er stand in seinem eigenen Wohnzimmer vor dem Whiteboard, nachdem sich herausgestellt hatte, dass Holly über keines verfügte. Silke hatte selbstverständlich eines. Irgendwie musste Wolf davon ausgegangen sein, dass alle Frauen eines hätten. Um ihre Pläne zu schmieden.

Maxine schlief, Holly fragte: »Liste?«
»Unsere Liste der Verdächtigen. An erster Stelle würde ich immer noch die Familie Niedermeyer sehen, auch wenn wir mit denen noch keinen Kontakt aufnehmen konnten. Ist doch gerade verdächtig, dass die sich von allem fernhalten.«
»Vielleicht sollten wir jetzt noch keine Hitliste unserer Verdächtigen machen.«

Wolf hatte bereits begonnen, etwas nicht Identifizierbares auf das Whiteboard zu schmieren. Er wischte es sogleich weg, wobei es nur noch mehr verschmierte. »Sie haben recht. Machen wir eine wertfrei horizontale Anordnung anstatt einer hierarchisch vertikalen.« Er malte ein Strichmännchen und ein Strichweibchen, beide gender-normativ mit beziehungsweise ohne stilisierten Dreiecksrock, dazwischen eine kleine Strichperson ohne erkennbares Geschlecht.

»Was soll das sein?«, fragte Holly.

»Familie Niedermeyer.«

»Wir wissen doch gar nicht, ob die Kinder haben.«

»Das ist halt eine symbolische Darstellung von … Familie.« Insgeheim wusste er selbst, dass er darüber lieber mit einem Therapeuten sprechen sollte.

»Sie können wirklich gar nicht zeichnen«, sagte Holly und stand auf.

»Entschuldigung, ich wusste ja nicht, dass wir das hier unter kunstkritischen Gesichtspunkten angehen …« Immerhin kann ich schreiben, dachte er. Mit der Betonung auf »ich«. Zumindest hatte er das mal gekonnt.

Sie nahm ihm den Stift ab. »Ich mache das. Sie setzen sich hin.« Das tat er. Sie machte sich am Whiteboard zu schaffen. »Wir wissen zumindest, dass die Niedermeyers zu zweit sind. Ein Mann und eine Frau. Das ging aus unseren Nachforschungen im Polizeirevier hervor.« Sie malte zwei augenscheinlich recht junge Leute mit fröhlichen Gesichtern und sehr großen, feuchten Augen.

Wolf war verblüfft. »Ich glaube nicht, dass die Niedermeyers so aussehen, aber handwerklich ist das mehr als ordentlich, muss ich zugeben.«

»Danke. Ich hatte mal so eine Manga-Phase.«

»Meine Überraschung hält sich in Grenzen.«

Sie malte weiter. Malte eine alte bucklige Frau, der eine Katze um die Beine strich. »Dann haben wir die alte Frau Loibl.«

»Die hat keine Katze. Es gibt im ganzen Haus keine Katze.«

»Die Katze ist nur Zierde. Ist ja auch egal. Jedenfalls hatte die Loibl ein Verhältnis mit dem Verstorbenen. Sagt sie zumindest. Ein Eifersuchtsdrama, ein Verbrechen aus Leidenschaft. Klassisch. Eine klare Favoritin.« Sie malte weiter. Einen fröhlichen, großäugigen Mann in Hip-Hop-Kleidung, die sie in allen ihr zur Verfügung stehenden Farben ausmalte. »Wir brauchen mehr Farben«, sagte sie.

»Und das ist wohl der Knabe vom Westfriedhof.«

»Genau. Wie der aussieht, wissen wir natürlich auch nicht. Keiner kennt sein Gesicht. Er ist eine Legende.«

»Ähnlich wie ›Klassiker‹ ist ›Legende‹ eines dieser Wörter, die man ganz allgemein etwas weniger, dafür aber etwas mehr im ursprünglichen Wortsinn benutzen dürfte.«

»Er ist ein Geist, ein Phantom, ein Schatten. Symbolisch gesprochen, wissen Sie?«

»Schon verstanden. Ich habe leider keine Ahnung, wo wir so einen ausfindig machen können. Einfach mal eine Nacht am Westfriedhof abgammeln, wie die jungen Leute sagen?«

»Wie gruselig!«, jauchzte Holly. Ihre Augen leuchteten. »Aber vielleicht fällt uns noch etwas anderes ein.« Sie malte weiter. »Dann ist da noch … der große Unbekannte!« Sie hatte eine männliche Figur gemalt, die anstelle eines Gesichts ein Comic-haftes Fragezeichen hatte. »Nein, das ist nicht der Riddler«, lachte sie. »Ach, Sie wissen ja sowieso nicht, wer das ist.«

»Klar weiß ich das. Frank Gorshin hat den gespielt.«

»Jim Carrey hat den gespielt.«

»Muss mir entgangen sein.«

»In einem Batman-Film in den Neunzigern. Mit Val Kilmer. Wo er die Nippel am Kostüm hat.«

»Neumodischer Quatsch. Die Batman-Fernsehserie der sechziger Jahre lasse ich mir gerade noch gefallen. Das war große Popart.«

»Also weiter im Text. Das«, sie zeigte auf ihre neueste Charakterstudie, »ist jedenfalls nicht der Riddler, sondern unser Mann ohne Eigenschaften. Herr Wagner.«

»Der sieht doch nicht so aus …«

»Haben Sie ihn schon mal gesehen?«

»Klar, er ist schließlich unser Hausmeister. Irgendwas ist ja immer. Haben Sie ihn etwa noch nie gesehen?«

»Um mich geht es jetzt nicht. Sie sind dran: Wie sieht Herr Wagner aus?«

Wolf kam ins Rudern. »Wir haben ja nun schon etabliert, dass ich nicht sooo gut zeichnen kann …«

»Beschreiben Sie ihn.«

»Nun ja … ich … Okay, ich weiß nicht, wie er aussieht. Aber ich erkenne ihn, wenn er vor mir steht.«

»Das geht jedem so mit Herrn Wagner, da möchte ich wetten.«
»Diese Anonymität der Unscheinbarkeit prädestiniert ihn selbstverständlich auch für Sinisteres.« Den Satz muss ich mir aufschreiben, dachte er, falls ich jemals einen Thriller schreiben sollte. Mit anderen Worten: Er musste ihn doch nicht aufschreiben.

Holly tat einen Schritt zurück, bewunderte ihr Werk. Die fünf Figuren, die sie gemalt hatte. Sie sagte: »Das sieht aus wie …«

»… Charaktere«, sagte Wolf und dachte: Oh nein, jetzt beende ich schon ihre Sätze.

»Genau. Wie Comicfiguren.«

»Vielleicht könnte man etwas daraus machen.« Konkret meinte er Holly, sonst niemanden.

Holly wirbelte herum, sah ihn an: »Au ja! Wollen wir? Einen Comic zusammen machen?«

»Wir beide? Eine Graphic Novel?«

»Unser erstes gemeinsames Werk!«

»Erstes?« Es lief ihm eiskalt den Rücken runter. Auch wenn das ein Klischee war, das er nicht gutheißen konnte.

»Vielleicht können Ihre Leute und meine Leute mal einen Vertragsentwurf …«, schlug sie vor.

»Darüber müsste ich erst mal eine Nacht schlafen.« Oder tausendundeine. Oder mehr.

»Natürlich.«

»Kümmern wir uns jetzt erst mal wieder um unsere Verdächtigen. Also, bei wem fangen wir an?«

Holly studierte das Cartoon-Ensemble. »Hm, jetzt haben Sie mich irgendwie so auf diesen Sprayer angefixt. Aber der kommt wahrscheinlich erst nachts raus. Und wir haben noch den ganzen Tag vor uns. Vor allem, weil Sie mich so früh geweckt haben. Gleich danach kommen die Niedermeyers. Aber für die fühle ich mich momentan nicht bereit. So lange bin ich schließlich noch nicht Ermittlerin. An unbekannte Verdächtige muss ich mich erst langsam herantasten.«

»Ich gebe zu, dass wir für die Niedermeyers einen Plan brauchen, den wir bislang nicht haben. Falls wir mal eine Detektivagentur aufmachen sollten, könnte unser Motto sein: Nur Verdächtige, die wir kennen.«

»Blödes Motto«, befand Holly ungewöhnlich harsch. »Sehen wir weiter. Frau Loibl…« Sie seufzte. »Das ist zwar wahrscheinlich ermittlungsstrategisch nicht gerade professionell, aber ich sehe von Frau Loibl schon so viel, wo sie doch ständig im Treppenhaus rumlungert und auf unschuldige Gesprächspartner lauert… Ich will heute einfach nicht.«

»Dann bleibt uns nur Ihr Mann ohne Eigenschaften.«

»Würde mich ohnehin interessieren, wie der noch mal aussah.«

***

So also sah er aus.

Sie wussten sofort, dass er es war. Das allein war natürlich zunächst einmal keine ermittlerische Meisterleistung, da er es war, der ihnen die Tür öffnete, an der »Wagner« stand, nachdem sie auf den Klingelknopf gedrückt hatten, über dem derselbe Name angebracht war. Und dass in dieser Wohnung mehr als eine Person lebte, war unwahrscheinlich. Trotzdem war da mehr als das Klingelschild, das ihn verraten hatte. Es war diese Durchschnittlichkeit, die sie vorher kaum in Worte oder Bilder fassen konnten, die aber sofort offensichtlich wurde, wenn man ihr Auge in Auge gegenüberstand. Und so, wie sie instinktiv wussten, dass sie den unbeschreiblichen Herrn Wagner vor sich hatten, wussten sie ebenfalls sofort, dass sie seinen Anblick bis zum Abend wieder vergessen haben würden. Diesen Anblick eines Mannes durchschnittlicher Größe, durchschnittlichen Alters und durchschnittlichen Gesichts. Er war wirklich der perfekte Verdächtige. Der perfekte Amokläufer oder Serienmörder. Sobald die Massenmedien mit ihren Übertragungswagen, Mikrofonen und Blitzlichtgewittern in die Straße einfielen, würden sich seine Nachbarn darum reißen, in die Kameras zu stammeln: »*Er war immer so ein unauffälliger Typ. Niemand hätte damit gerechnet. Niemand.*«

»Was kann ich Ihnen antun?«, fragte er mit einer Stimme, die schwer zu beschreiben war. Irgendwie durchschnittlich. »Was kann ich Ihnen antun?« war seine witzige Standard-Phrase, die er in solchen Situationen immer hervorholte. Sie nutzte sich nie ab, weil sich aus unerfindlichen Gründen nie jemand an sie erinnern konnte.

Holly und Wolf lächelten nett. Das hatte einen von drei möglichen Gründen. In Bulletpoints auf Wolfs Whiteboard hätten sie es möglicherweise so zusammengefasst:

1. Sie fanden Wagners Standard-Phrase lustig.
2. Sie fanden eine gewisse Ironie in dieser bestenfalls leidlich lustigen Standard-Phrase, weil er ja angesichts seiner Durchschnittlichkeit höchstwahrscheinlich ein aktiver Serienmörder oder ein noch nicht aktiver Amokläufer war, also jemand, dem es durchaus nicht fernlag, anderen etwas anzutun.
3. Ihr Lächeln war eine Art mimische Übersprunghandlung, weil sie merkten, dass sie ohne einen Plan, ohne jede Absprache an der Tür geklingelt hatten.

(Richtig ist Nummer 3. Zu 1. war das jeweilige Humorverständnis der beiden, so unterschiedlich es auch sein mochte, nicht kompatibel. Und für 2. hatten sie einfach nicht weit genug gedacht. Wie sie halt ohnehin nicht sonderlich weit gedacht hatten.)

»Rohrbruch!«, rief Wolf. »Klingel kaputt!«, rief Holly gleichzeitig.

Der potenzielle Mörder seufzte. »Dieses Haus ist wirklich im Arsch. Und wer von Ihnen war zuerst da?«

»Vielleicht könnten wir erst mal reinkommen?«, schlug Holly vor.

Wagner musterte Wolf. »Wenn Herr Wolf einen Rohrbruch hat, sollten wir uns das sofort ansehen. Hat einer erst mal einen Rohrbruch, tropft es irgendwann bei allen von der Decke.«

»Unter mir sind ja nur Sie und der Wäschekeller«, relativierte Wolf.

Wagner machte unbeirrt weiter. »Wahrscheinlich müssen wir jemanden kommen lassen. Das wird nicht billig und kann dauern.« Er wandte sich Holly zu. »In der Zeit guck ich mir dann die Klingel von Frau McRose an. Die pressiert vielleicht nicht ganz so. Oder erwarten Sie in der nächsten Stunde jede Menge Verehrer, die vor Sehnsucht Sturm klingeln?« Er machte ein Geräusch, das einem Lachen ähnelte und wohl andeuten sollte, dass er dieses Szenario für äußerst unwahrscheinlich hielt.

Holly fand ihn bei Weitem nicht so charmant und sympathisch wie die Serienmörder aus Film und Fernsehen. Sie sah Wolf an und meinte: »Wir sollten ihm die Wahrheit sagen.«

Wolf wusste selbstverständlich nicht, was sie meinte. »Richtig«, sagte er und dehnte das Wort zu seiner vielfachen Länge, um Zeit für einen Geistesblitz oder ein Signal seiner Partnerin zu gewinnen.

»Es gibt weder einen Rohrbruch, noch ist die Klingel kaputt. Wir wollten nur … reden«, gestand Holly.

»Reden?« Wagners Gesicht war anzusehen, dass nur sehr selten jemand mit ihm *nur reden* wollte. Darüber hinaus drückte seine Miene aus, dass ihm diese Tatsache nicht unbedingt durchheulte schlaflose Nächte bereitete. »Worüber denn?«

»Nicht hier«, ging Wolf schnell dazwischen. »Vielleicht könnten wir tatsächlich reinkommen?«

Herr Wagner wog mögliche Konsequenzen ab. Was, wenn die beiden so ein durchgeknalltes Killer-Pärchen waren? Die Mickey & Mallory von Moosach? Sie sahen zwar so durchschnittlich aus, dass er bei jedem Treffen erst mal überlegen musste, wen er da vor sich hatte. Aber so sahen solche Leute ja immer aus. Gut, mit dem Kind vor der Brust würde der Wolf bestimmt niemanden in Stücke sägen. Oder vielleicht doch? Heutzutage wusste man ja nie, die ganze Welt ging den Bach runter. Und diese Holly … Von der wusste er etwas, von dem er sicher war, dass es der feine Herr Wolf nicht wusste. Vielleicht war der hier genauso potenzielles Opfer wie er selbst.

Holly merkte, dass Wagner unbehaglich war bei dem Gedanken, sie in ihre Wohnung zu lassen. Vielleicht lagen da noch Leichenteile rum. Sie schnüffelte dezent. Sie roch nichts. Um ihr

Gegenüber zu beruhigen, sagte sie strahlend: »Heute müssen Sie niemandem etwas antun. Heute wollen wir Ihnen mal etwas antun!«

Wagner wich einen Schritt zurück. »Ich habe in der Wohnung überall Kameras.«

»Wie bitte?«, fragte Holly.

»Ist ein Hobby von mir. Webcams. Viele davon senden live. Nur damit Sie es wissen.«

»Das ist kein Problem für uns«, versicherte Wolf.

Wagner begutachtete Maxine. »So ein liebes, friedliches Kind«, sagte er.

»Die ist nicht immer so friedlich«, sagte Wolf mit düsterer Miene, da er dieses unzutreffende Kompliment so langsam wirklich über war.

»Genau wie ihr Vater«, sagte Holly mit ihrem Psycho-Strahle-Lächeln, um das Eis noch ein wenig mehr zu brechen oder es gar zu schmelzen.

Da fiel Wagner ein, dass man die Frau von Herrn Wolf schon lange nicht mehr gesehen hatte. Die Mutter des Kindes. Eine durchschnittliche Frau mit einem durchschnittlichen Namen, der ihm gerade nicht einfallen wollte. Was war aus der eigentlich geworden? Doch es half nichts, sich darüber jetzt Gedanken zu machen. Er könnte diese beiden verdächtigen Nachbarn in seine Wohnung lassen und hoffen, dass sie das Interesse verlören oder alles ohnehin nur ein Missverständnis war, über das man später herzlich lachen konnte, wenn man erst mal gut befreundet war und zusammen in den Urlaub fuhr. Oder er konnte den Zutritt verweigern und damit mit Sicherheit sein Schicksal besiegeln und die Unbill dieser beiden möglichen Mörder auf sich ziehen. »Dann kommen Sie halt rein«, sagte er schicksalsergeben.

Holly und Wolf traten nicht nur in Wagners Wohnung ein, sondern zugleich auch in eine völlig andere Welt.

»Oh mein Gott!«, japste Holly.

»Es ist voller Lego«, raunte Wolf.

»Bitte seien Sie vorsichtig«, sagte Wagner. »Auch das Kind.

Das«, er deutete durch die von riesigen Lego-Miniaturen verdunkelte Wohnung, »ist kein Spielzeug.«

Holly sagte: »Ich schätze, das ist gesünder, als Deko aus … sagen wir mal … menschlichen Knochen anzufertigen.«

Wagner erschrak. »Warum sagen Sie das? Macht einer von Ihnen so etwas?«

Holly und Wolf erschraken ebenfalls, riefen unisono: »Nein!«

Die Wohnung war in ihrem Grundriss vermutlich identisch mit denen von Holly und Wolf, obwohl das angesichts ihrer Bebauung schwer auszumachen war. Einige der ausufernden Kreationen waren als Ausschnitte amerikanischer Städte zu erkennen. Kleine Städte mit umzäunten Mittelklasse-Häusern auf Rasenflächen, die Straßen dazwischen geschaffen für Jungen auf Fahrrädern, die morgens Zeitungen durch die Gegend warfen. Große Städte, deren Monolithenarchitektur bis unter die Zimmerdecke wuchs. Aber da waren auch Szenarien, die nicht von dieser Welt, nicht aus dieser Realität waren. Farbenfrohe fremde Planeten, düstere, unheimliche Zwischenreiche. Und wenn man genau hinsah, dann waren in allen diesen Bauten kleine Lego-Menschen, die sie bewohnten. Es waren nicht irgendwelche Lego-Menschen. Holly erkannte einige sofort, zum Beispiel Captain America, die Scharlachrote Hexe, Hulk und Black Widow. Wolf tat sich etwas schwerer. »Sie bauen das ganze Marvel-Universum in Lego nach?«, fragte Holly ihren Gastgeber.

Der lachte stimmlos durch die Nase, als hätte seine Besucherin etwas sehr Dummes gesagt. Vielleicht etwas, das nur eine Frau sagen konnten. Oder sonst jemand, der von dieser Materie von Natur aus keine Ahnung hatte. »Universum!« Er zeigte auf eine Reihe von kleinen Spider-Männern in unterschiedlichen Kostümen. »Könnte es in einem Universum etwa mehrere Spider-Men geben? Hä? Das wäre ja wohl total unrealistisch!«

»Wenn man es so sieht …«

»Ich baue das … MULTIVERSUM!« Die dramatische Luft entwich, bevor er hinzufügte: »Na ja, das würde ich. Wenn …«

Holly sah, dass sie vor lauter Ruhmreichen Rächern, X-Leuten und zahlreichen Fantastischen Vieren kaum etwas von der Wohnung sah. »Wenn Sie eine größere Wohnung hätten«, ergänzte sie. »So eine, wie der Niedermeyer hatte.«

»Genau. Also, worüber wollten Sie mit mir reden?« Er bot ihnen keinen Sitzplatz an. Es war ohnehin keiner vorhanden.

Holly setzte ihre rührendste Mitleidsmiene auf. »Über Herrn Niedermeyer. Ist das nicht furchtbar, was passiert ist?«

»Furchtbar? Ich schätze schon. Ist auch schon wieder eine Weile her …«

»Herr Niedermeyer war so ein netter Mann«, schluchzte Holly beinahe.

Wagner konnte ein Schnauben nicht unterdrücken. »Na, nett war der nicht.«

»Wie bitte?«

»Man soll ja über die Toten nur Gutes und so, aber andererseits soll man auch nicht lügen. Nett war der Niedermeyer ganz sicher nicht. Nicht im herkömmlichen Sinne. Man musste wissen, wie man ihn nimmt.« Er sah sie argwöhnisch an. »Haben Sie ihn denn näher gekannt?«

»Nun ja … kennt man einen Menschen wirklich jemals näher?«, schwadronierte Holly.

»Sie denn?«, fragte Wolf den Hausmeister.

Dessen Blick ging reflexartig zu einem Computermonitor, der auf einem Schreibtisch nahe dem einzigen Fenster stand, durch das noch erfolgreich ein wenig natürliches Licht in dieses künstliche Reich drang. Wolfs Blick folgte dem Wagners. Auf dem Bildschirm war eine digitale Version des Flugzettels zu dem Kartenspielabend zu sehen, an dem laut des Fundes in Niedermeyers Wohnung auch jener teilgenommen hatte. Offenbar gestaltete Wagner da eine neue Einladung, tauschte die Daten aus.

»Geben Sie es zu: Sie haben mit Niedermeyer Karten gespielt«, sagte er.

Wieder ein Schnauben. »Das ist doch kein Geheimnis. Wir haben einen Club, der sich alle vier Wochen im Alten Wirt trifft. Niedermeyer ist manchmal vorbeigekommen. Hatte wohl sonst keinen, der mit ihm gespielt hat. Kann man verstehen.«

»Hatte er Feinde in diesem Club?«

»Er hatte fast ausschließlich Feinde in diesem Club. Nur ich konnte ihn einigermaßen leiden.«

»Kann jeder an diesen Treffen teilnehmen?«

»Jeder, der spielen kann und von den Treffen weiß. Ist nicht so, dass wir das an die große Glocke hängen.« Maxine wurde unruhig, und das machte Wagner ebenfalls unruhig. »Ist denn sonst noch etwas? Tut mir leid, wenn ich Ihnen keinen Trost spenden kann. Ich habe heute einiges zu tun.«

Holly sagte: »Na gut, wir wollen Ihre Zeit nicht länger als nötig in Anspruch nehmen. Wahrscheinlich müssen Sie noch … die letzten Stalaktiten in einer Spider-Höhle aufhängen oder so.«

Herr Wagner schien nicht zu wissen, was sie meinte.

Wolf sah sich ein letztes Mal um, bemerkte die Kameras, die Wagner erwähnt hatte, und sprach ihn darauf an.

»Die sind für meine Channels«, sagte Wagner. »Ich bin einer der größten LF. Damit mache ich mehr Kohle als mit diesem undankbaren Hausmeister-Job.«

»LF?«, fragte Wolf.

»Legofluencer«, erklärte Wagner.

»Das kennen Sie nicht?«, feixte Holly Wolf an.

»Und wenn Sie eine größere Wohnung hätten, könnten Sie ein noch größerer Legofluencer werden?«, wollte Wolf wissen.

»Ja, dann könnte ich mich bald mit Fug und Recht den ›Grölfaz‹ nennen.«

Holly ergriff seine Hand. »Herr Wagner – vielen, vielen Dank, dass wir darüber sprechen konnten! Jetzt aber müssen wir wirklich wieder los.« Maxine fand das auch.

Nachdem das Baby abgefüllt eingeschlafen war, flüsterte Holly: »Denken Sie dasselbe wie ich?«

Wolf flüsterte zurück: »Wenn, dann nur ausnahmsweise.«

»Der Lego-Stein, den wir in Niedermeyers Wohnung dingfest gemacht haben. Das war keine Freddy-Krueger-Hand.«

»Das ist eine Wolverine-Hand.«

»Ach, ›Nightmare‹ ist zu neu, um Ihnen bekannt zu sein, aber ›X-Men‹ haben Sie gesehen?«

»Ich kenne nur die Graphic Novels von Chris Claremont. Brauchte ich mal für die Uni.«

Das war nicht die ganze Wahrheit. In anderen Worten: Es war komplett gelogen. Tatsächlich hatte er die »X-Men« erst vor gar nicht allzu langer Zeit kennengelernt. Eine gar nicht allzu lang vergangene Zeit, die Ewigkeiten her schien. Als Maxine noch in Silke und Silke schon nicht mehr ganz sie selbst gewesen war. Er hätte ihr gern geholfen, doch sie hatte mehrfach deutlich gemacht, dass ihr am besten geholfen war, wenn er die Klappe und Abstand halten würde. Also hatte er das versucht, was er in Krisensituationen immer tat: sich in die Lektüre flüchten. Richtig zünftig schmökern und darüber die Welt vergessen. Er hatte es mit Proust und Joyce versucht, die ihm sonst immer ein verträumtes Lächeln ins Gesicht zu zaubern vermochten. Diesmal: nichts. Er hatte auf die Seiten gestarrt, und die Seiten hatten zurückgestarrt. Die Wörter waren einfach nur Wörter gewesen, isoliert, sinnlos, nicht zueinanderfindend. Dann hatte er sich den PhoXy-Prototyp gegriffen, den Silke von der Arbeit zum Testen mitgebracht hatte. Vielleicht würde er es statt mit Proust mal mit diesem »Candy Crush« versuchen.

Eigentlich durfte er von dem Gerät gar nichts wissen, so geheim war das PhoXy-Projekt. Buystuff.com setzte jetzt verstärkt auf die Herstellung und den Vertrieb eigener Geräte, zwangsgekoppelt an die eigenen Online-Plattformen, um die Kunden noch liebevoller umarmen zu können, mit vielen, vielen unnachgiebigen Tentakeln. Der Internet-Kühlschrank iFre@ze war ein Riesenhit geworden, nun sollte ein Smartphone folgen, um diesen Markt einmal gründlich umzukrempeln. Auf Silkes Testmodell war eine App zum Lesen von Büchern und Comics vorinstalliert, und die war gerade offen gewesen, als Wolf den Bildschirm entsperrte. Silke hatte offenbar einen Superhelden-Comic-Sammelband heruntergeladen, um die Applikation auszuprobieren. Das war sonst gar nicht ihr Geschmack. Wahrscheinlich war es eine Empfehlung von einem ihrer Geek-Kollegen, vielleicht von diesem Tobias.

Jedenfalls hatte Wolf zu lesen begonnen, bevor es ihm so richtig bewusst geworden war. Und er las und las. Es hatte ihn gepackt. Weniger das ordinäre Superkräfte-Messen von Schurken und Helden als das Drama, die Geschichten vom Lieben und Sterben, die politischen Intrigen, die moralischen Konflikte. Diese Mutanten waren auch nur Menschen. Es war seine Schwangerschaftslektüre geworden. Nicht dass irgendjemand das jemals erfahren durfte.

»An der Uni?«, unterbrach Holly den gedanklichen Ausflug in die jüngere Vergangenheit, die so fern schien. »Und für so etwas haben Sie sich eingeschrieben?«

»Es war nicht alles schlecht«, gab er zu. »Interessanter Gebrauch von mythischen Archetypen, eine nicht gänzlich misslungene Verquickung klassischer Erzähltraditionen mit Mitteln moderner Dramaturgie, gekoppelt mit sehr zeitnahen Fragen und Problemstellungen. Das muss allerdings unter uns bleiben.«

Holly gelobte Stillschweigen.

»Und dazu gibt es auch einen Film?«, fragte Wolf.

Sie seufzte. »Ja. Dazu gibt es auch einen Film. Mehrere, um genau zu sein.«

»Erstaunlich. Klassiker?«

»Ich weiß schon, was Sie sagen würden, wenn ich mich dazu jetzt einließe.«

Wolf fühlte sich diplomatisch. »Gut, einigen wir uns auf Klassiker der Achtziger oder Neunziger? Da hängt die Latte eh nicht so hoch.«

»›X-Men‹ war eher Nullerjahre. Die letzten Nullerjahre, bevor Sie vor Glück ausflippen und meinen, das wären Stummfilme gewesen. 2000 und so.«

»Und so?«

»Der erste kam im Jahr 2000 raus, die anderen halt später.«

»Sie können sich noch so genau an das Jahr der Veröffentlichung erinnern?«

»An jenes spezielle Jahr kann ich mich gut erinnern. Meine

Eltern hatten Angst, die Welt könnte untergehen, weil unser Videorekorder nach Silvester vielleicht nicht mehr funktionieren würde.«

Wolf zuckte mit den Schultern. »Neumodisches Zeug.«

»Videorekorder ...?«

»Wenn das, was Sie sagen, stimmt, dann war zumindest dieser erste Film doch aus den Neunzigern.«

»Gedreht wahrscheinlich ja, aber veröffentlicht eben erst in den Nullerjahren.«

»Aber das Jahr 2000 gehört noch zu den Neunzigern. Entschuldigung, aber das ist eines der Dinge, die ich sehr genau nehme. Man fängt doch nicht bei null an zu zählen. Man fängt bei eins an. Eine Dekade geht von eins bis zehn, nicht von null bis neun. Deshalb sagt man ja ›Jahrzehnte‹ und nicht etwa ›alle Neune‹.«

»Und was ist mit Jesus?«

»Jesus? Sie werden kaum jemanden finden, der toleranter ist als ich ...«

»Na ja ...«

»... und ich habe viele christliche Freunde. Trotzdem lassen wir die Religion bei dieser Sache mal lieber aus dem Spiel.«

Holly winkte ab. »Ich bin selbst nicht religiös in dem Sinne, dass ich an einen alten weißen Mann mit Bart über den Wolken glauben würde, aber ich bin schon spirituell in dem Sinne, dass ich glaube, dass es da draußen etwas gibt, das größer ist als wir kleinen –«

»Verschonen Sie mich mit dem Fernsehzeitschriften-Prominenten-Interview-Gewäsch. Kommen Sie zur Sache.«

»Ich meine: Unsere Zeitrechnung basiert nun mal auf Jesus. Wenn Jesus im Jahr 0 geboren wurde, dann endet das erste Jahrzehnt im Jahre 9 nach Christi Geburt. Folglich beginnt mit dem Jahr 10 die nächste Dekade, die Zehnerjahre.«

»Na ja, Sie kennen ja Jesus. Wunder gibt es immer wieder.«

»Da können Sie noch so viel aus Ihrer Hochliteratur zitieren. Ihre Argumentation bricht zusammen wie ein Kartenhaus.« Holly strahlte.

»Das letzte Wort dazu ist noch nicht gesprochen. Wir werden das fortsetzen. Ich bin mir sicher, dass ich recht habe. Außerdem ist das kein Grund, so zu strahlen.«

»Ich strahle nicht, weil ich gewonnen habe.«

»Sie haben ohnehin nicht –«

»Ich bin nur froh, dass Sie wieder ganz der Alte sind.« Sie knuffte ihm in die Schulter. »Ich werde es wahrscheinlich bereuen, das gesagt zu haben, aber eins müssen Sie mir erklären: Wieso lesen Sie Superhelden-Comics, aber rümpfen über Horrorfilme die Nase?«

»Nicht über Horrorfilme, nur über die banaleren Auswüchse des Genres. ›Nosferatu‹, ›Das Schreckenshaus des Dr. Rasanoff‹, ›Blutgericht in Texas‹ hingegen sind existenzielle und essenzielle Klassiker. Wer sich mit Horror nicht befasst, kann sich nicht ernsthaft mit Literatur befassen. Oder mit irgendeiner anderen Kunstform. Oder mit der *Conditio humana*.«

»Verstehe. Wenn man lange genug in einen Abgrund –«

»Oh, bitte nicht diesen Grußkarten-Kitsch! Da ist mir jeder Einzeiler von Ihrem Freddy Krueger lieber.«

»Wichtiger ist, dass wir uns über eines einig sind: Wir haben unseren Hauptverdächtigen. Niedermeyer musste sterben, damit Wagner mehr Platz für seine Lego-Sammlung bekommt.«

Wolf nickte. »Dabei sieht er so unauffällig aus«, sagte er. »Man würde ihm das gar nicht zutrauen.«

Holly hielt inne. »Moment mal. Ich habe jetzt schon vergessen, wie er aussieht.«

10
Der Troll mit den Haschisch-Tabletten

Es war ein neuer Tag mit einem neuen Hauptverdächtigen. Holly spielte mit Maxine auf dem Sofa, während Wolf vor dem Whiteboard referierte. Er zeigte auf die Zeichnung von Wagner, der nach wie vor ein Fragezeichen anstatt eines Gesichts hatte. »Unser Aufsteiger des Tages, jetzt unangefochten auf der Nummer eins, ist zweifelsohne Herr Wagner«, sagte er. »Oder wie ich ihn nenne: Der Mann mit der Plastikkralle.«

»Die Plastikkralle haben ja wir«, sagte Holly. »Er ist eher der Mann ohne Plastikkralle.«

»Ich wollte ja nur auf den Film anspielen. Sie wissen schon: ›Der Mann mit der Todeskralle‹.«

»Kenne ich nicht.« Sie schenkte wieder den größten Teil ihrer Aufmerksamkeit dem Baby.

»Ist ein Klassiker.«

Holly schaute nicht auf. »Ich weiß nicht, ob Sie und ich dasselbe darunter verstehen.«

»Genau das sage ich doch auch immer. Aber was nun viel wichtiger erscheint: Was machen wir jetzt, da wir das Rätsel gelöst, den Mord aufgeklärt haben? Gehen wir zur Polizei?«

»Ich glaube, dafür haben wir nicht genügend Beweise.« Sie machte mit ihrem Mund ein albernes und etwas unflätiges Geräusch auf Maxines nacktem Bauch. Maxine machte ein Geräusch, das später mal ein Lachen werden würde.

»Sind Sie ganz bei der Sache, Holly?«

Holly hob den Kopf, pustete sich eine Strähne aus dem Gesicht. »Mann, jetzt weiß ich, warum Sie immer so komisch sind. Das kann einen echt ganz schön verausgaben, so ein Kind zu haben.«

Wolf schüttelte den Kopf. »Tut mir leid, aber das können Sie immer noch nicht beurteilen, nur weil Sie heute ein paar Minuten mit einem Kind auf dem Sofa gespielt haben.«

»Ich habe gestern auch schon ein paar Minuten mit ihr auf

dem Sofa gespielt. Ich bin fast schon so etwas wie eine Mutter ehrenhalber.«

»Sind Sie nicht.«

»Warum nicht?« Sie beugte sich wieder über das Baby, verzog die Nase. Sie nahm Maxine auf und übergab sie an Wolf. »Hier.« Wolf nahm Maxine in seine Arme. »Ach, jetzt haben Sie bereits genug?«

»Noch lange nicht. Aber riechen Sie das nicht? Die Kleine muss gewickelt werden.«

Wolf ging in Richtung Wickelzimmer, ehemaliges Arbeitszimmer. »Sehen Sie«, rief er im Gehen, »das ist genau das, was ich meine.«

Als Vater und Tochter zurückkamen, stand Holly mit einer Nachdenklichkeitspose aus breiten Beinen, schräg gelegtem Kopf und Fingern am Kinn vor dem Whiteboard. »Wir brauchen mehr als nur die Vermutung, dass der Wagner die Wohnung von dem Niedermeyer für seine Lego-Sammlung wollte. Wenn ich es mir laut so vorsage, finde ich selbst, dass es lächerlich klingt.«

Wolf legte Maxine in ein Spielgehege voller bunten Spielzeugs und alter »Cicero«-Ausgaben. Das Spielzeug hatte sie sofort als einen billigen Trick durchschaut, ihre Aufmerksamkeit auf etwas anderes als ihren Erzeuger zu lenken. Zeitschriften hingegen zerriss sie stets mit großer Wonne, Konzentration und Ausdauer, was Wolf ein paar Augenblicke Erwachsenenqualitätszeit verschaffte, solange er die Ratsch-Ratsch-Ratsch-Geräuschkulisse ausblenden konnte. Doch das konnte er. Seit Maxine auf der Welt war, konnte er noch ganz andere Geräuschkulissen ausblenden.

»Wir brauchen Beweise«, stimmte Wolf über das Ratsch-Ratsch-Ratsch und das fröhliche Glucksen zu. »Vielleicht bringen uns die Pillen weiter, die … mein Kontakt gerade analysiert.«

»Kontakt« klang kriminalistischer als »Bekannte«, »Kollegin« oder was auch immer La Veroniqua für ihn war.

»Am besten wäre ein Geständnis«, meinte Holly.

Wolf nahm ebenfalls eine Nachdenklichkeitspose ein, die der von Holly verblüffend ähnlich sah. Dann nahm er den Zeigefinger vom Kinn, hielt ihn in die Luft und sagte: »Ich hab's! Ich weiß, wie wir ihn zum Reden bringen! Ich werde mich in seinen Skatclub einschleusen.«

»Wie wollen Sie das denn bewerkstelligen?«

»Ich gehe einfach hin. Das ist ja bald wieder.«

Holly war enttäuscht. »Unter ›einschleusen‹ hatte ich mir etwas Abenteuerlicheres vorgestellt.«

»Wagner hat schließlich selbst gesagt, dass da jeder kommen kann. Ich werde sein Vertrauen gewinnen, es mir sozusagen erspielen, und wenn er sich erst mal in Sicherheit wähnt, wird er sich verplappern.«

Holly sah auf die Uhr, als wäre sie das ideale Gerät, die Zeiträume, um die es ging, zu messen. »Das ist noch vier Tage hin«, sagte sie. »Und was machen wir so lange?

Wie auf Kommando tönte Wolfs Handy. Es war La Veroniqua. Sie rief wegen der Ergebnisse der Pillen-Analyse an und berichtete gleich drauflos, doch Wolf fiel ihr ins Wort. »Nicht am Telefon!«, sagte er, weil er meinte, dass diese Formulierung gut zu den gegebenen Umständen passte. »Ich komme zu Ihnen.« Die übervorsichtige Geheimniskrämerei gab ihm Gelegenheit, einmal mehr in diese seltsame, fremde, erschreckende, aber auch faszinierende Welt einer echten Influencerin einzutauchen. Sein Blick fiel auf Maxine in ihrem Spielgehege. »Ich meine: *Wir* kommen zu Ihnen.«

***

Diesmal war es ein Leichtes, in La Veroniquas Büro vorgelassen zu werden. Er musste nur sein Baby abgeben. Johannx und Maxine verloren sich sofort in einer angeregten Brabbelkonversation, die Wolf direkt ein bisschen eifersüchtig machte. Veroniqua beendete noch einen Monolog vor einem Smartphone auf einem Stativ, wobei sie mehrere bunte Produktverpackungen in die Kamera hielt, dann schaltete sie das Handy sowie die Scheinwerfer aus und kam zu Wolf. »Freuen Sie sich so, mich zu sehen, oder brennen Sie nur darauf zu erfahren, was es mit diesen Pillen auf sich hat?«, fragte sie.

Wolf hatte nicht gewusst, dass ihm seine freudige Erregung anzumerken war. Nun hoffte er, dass sein Erröten nicht auffiel. »Die Pillen! Quatsch! Beides, natürlich. Ich meine, ich finde Sie … nicht … unangenehm … also, Ihre Gesellschaft, meine ich. Sie macht mir nichts aus.«

Sie stemmte die Fäuste in die Hüften, wie sie es gewohnheitsmäßig tat, wenn sie ironisch tadelte. »Und Ihre Frau hat Sie verlassen? Das finde ich völlig unvorstellbar.«

Woher wusste sie das denn schon wieder? Hatte Schmidbauer gequatscht? Oder war er doch berühmt genug für die Klatschspalten, die er nie las? »›Verlassen‹ ist ein so aufgeladenes Wort. Wenn ich nachher wieder nach Hause gehe, dann habe ich Sie technisch gesehen zwar verlassen, aber andererseits klingt das doch ein bisschen zu dramatisch für diesen profanen, leicht reversiblen Akt.«

»Ich verstehe. Ihre Frau hat Sie nur technisch verlassen.«

»Genau.«

»Aber im Geiste hilft Sie Ihnen noch beim Füttern, Wickeln, Waschen, Ausführen, Unterhalten des Kindes?«

»Nun ja …« Sie wollte ihm wohl irgendetwas sagen, er jedoch war auf diesem Kanal gerade nicht empfangsbereit. Er sah Niedermeyers Pillen auf einem der bunt vollgestellten Tische. »Da sind sie ja!«

Veroniqua bot ihm einen Platz an jenem Tisch an, dann setzten sie sich. »Sie sollten eine nehmen, vielleicht beruhigt sie das.« Veroniqua steckte sich selbst eine der Tabletten in den Mund.

»Sind Sie denn des Wahnsinns!«, rief Wolf, offenbar extrem beunruhigt.

»Keine Sorge, die nehme ich immer. Na ja, nicht wie Smarties und nicht genau diese, aber ähnliche. Das sind CBD-Tabletten. Allerdings ziemlich hoch konzentriert. Breitspektrum.«

Wolf schwieg für eine Sekunde, bevor er sagte: »Ich habe alles gehört, was Sie gesagt haben, und fühle mich trotzdem nicht schlauer als vor einer halben Minute. Was ist PSD?«

»CBD. Cannabidiol.«
»Cannabi… Hat das etwas mit Cannabis zu tun?«
»Ja, CBD wird aus der Hanf- beziehungsweise Cannabispflanze gewonnen.«
»Der alte Niedermeyer schluckte Haschisch-Pillen?« Wolf rieb sich das Kinn. »Das passt gar nicht zu ihm. Andererseits haben wir leider schon einiges über sein Privatleben herausfinden müssen, was gar nicht zu ihm passte. Ob er an einer Überdosis Rauschgift gestorben ist? Natürlich nicht, er ist an den Verletzungen gestorben, die er sich beim Sturz in den Keller zugezogen hatte. Aber vielleicht ist er gestürzt, weil er eine Überdosis Haschisch intus hatte …«
Veroniqua unterbrach ihn lachend. »CBD ist kein Haschisch, sonst würde ich das Zeug doch nicht anrühren.«
»Natürlich nicht! Bitte verzeihen Sie.«
»Und Überdosen kann man davon ebenfalls schwerlich nehmen. Gestatten Sie mir, Ihnen das zu frauklären. CBD ist ein Hanfextrakt, in dem THC, oder Tetrahydrocannabinol, nicht oder nur in sehr geringen Mengen vorkommt. THC ist der psychoaktive Bestandteil der Hanfpflanze, der zum Beispiel in Marihuana für die Rauschwirkung zuständig ist.«
»In geringen Mengen, sagen Sie. Wenn Niedermeyer also jede Menge von diesen Pillen genommen hätte, wäre er *doch* high geworden und hätte geglaubt, er könnte durchs Treppenhaus fliegen?«
»Sie haben wirklich noch gar keine Erfahrungen mit weichen Drogen gemacht, was?«
»Was hat mich verraten?«
»Schon wie Sie immer ›Rauschgift‹ sagen …«
»Ist einfach ein so schönes Wort!«
»Da geben ich Ihnen recht. Jedenfalls reichen CBD-Produkte dafür in der Regel nicht, und diese speziellen Tabletten sind ja auch noch Breitspektrum. Das klingt zwar nach Hammer, ist aber die Art, die am allerwenigsten THC enthält. Oft gar keins.«
Wolf ließ die Schultern hängen. »Also bringen uns die Pillen

nicht weiter. Dann kann ich also tatsächlich mal eine versuchen.« Er nahm eine und schluckte sie herunter. »Sie haben recht, ich spüre nichts.«

»So schnell geht das ohnehin nicht«, sagte Veroniqua. »Und dass uns die Pillen nicht weiterbringen, würde ich auch nicht sagen. Herr Niedermeyer hatte nämlich einen zu niedrigen Blutdruck. Und das wusste er.«

»Und woher wissen Sie das?«

»Zum einen, weil in der Medizinflasche laut Etikettierung ein Mittel zur Anhebung des Blutdrucks sein sollte.«

»Und zum anderen?«

Es war Zeit für ein Geständnis. Veroniqua schlug die Augen nieder, nicht ohne Große-Leinwand-Effekt. »Ich ... ich habe Ihnen nicht die ganze Wahrheit gesagt. Ich kannte Niedermeyer.«

»Woher kennt eine wie Sie denn den alten Herrn Niedermeyer? Oder eher umgekehrt: Wie konnte so einer wie er mit so einer wie Ihnen bekannt sein? War er etwa einer von Ihren Followern?« Vielleicht sogar im Wortsinn. Ein Stalker, um ausnahmsweise im englischen Duktus zu bleiben.

»Das auch, leider. Aber in erster Linie kannten wir uns vom Walking.«

»Nordic Walking? Kann gesund sein.«

Sie zuckte mit den Schultern. »Hat dem alten Herrn Niedermeyer nicht geholfen.«

»Sie geben hier ja nicht gerade die trauernde Witwe ab.«

Veroniqua warf ihre beweglichen, ausdrucksstarken Arme in die Luft. »Herrje, ich bin ja auch nicht seine Witwe! Denken Sie etwa, wir hätten etwas miteinander gehabt?«

»Nein, Entschuldigung, die Mordfallermittlungsdialoge gehen mit mir durch.« Er dachte zurück an die Frau-Loibl-Enthüllung. »Sie wären eh nicht sein Typ gewesen.«

Sie faltete die Arme vor der Brust. »Sie verstehen sich wirklich darauf, einer Dame Komplimente zu machen.«

Wolf hatte weiterhin Frau Loibl vor den Augen. »Glauben Sie mir, das *war* ein Kompliment. Wenn Sie wüssten, was ich weiß ...«

Veroniqua beugte sich vor. Es war unmöglich zu sagen, ob sie sich der Wirkung auf ihr Gegenüber bewusst war. »Ich wüsste sehr gerne, was Sie wissen.«

Wolf erzählte ihr, was er wusste. Vom Schlüpfer, vom Verhältnis, von seinen waghalsigen nächtlichen Abenteuern. »Und dann haben wir eben noch diese SPD-Tabletten gefunden«, endete er.

»CBD.«

»Genau die. Erzählen Sie mir mehr über Ihre gemeinsamen Spaziergänge mit Niedermeyer.«

Veroniqua schaute säuerlich. »Spaziergänge? Sie haben nicht viel Ahnung von Nordic Walking, oder?«

Wolf gab zu, dass das zutraf.

Veroniqua erzählte ihm, dass sie und Niedermeyer eine Zeit lang im selben Verein dem Sport nachgegangen waren, sie aber schon seit Längerem pausierte, unter anderem, weil ihr die anderen Mitglieder zu unsympathisch waren.

»Auch der Niedermeyer?«, fragte Wolf.

Veroniqua seufzte. »Man soll zwar nichts Schlechtes über die Toten sagen, außer vielleicht über Hitler, aber der Niedermeyer war schon ein ziemlicher Troll.«

Wolf runzelte die Stirn. »War der Niedermeyer nicht eher von durchschnittlicher Größe?«

»Ich meine, im Sinne modernen Jargons, nicht im Sinne der nordischen Mythologie.«

»Im modernen Jargon habe ich zugegebenermaßen Nachholbedarf.«

»Dann fraukläre ich Ihnen das ebenfalls. Insbesondere im Zusammenhang mit dem Internet bezeichnet ein Troll eine Person, die aus reiner Lust an der Provokation mit kontroversen Aussagen hitzige, meistens fruchtlose Auseinandersetzungen auslöst.«

»Dann war er online aktiv?«

»Ja, ich musste ihn blocken. Ich meinte allerdings, dass er auch im richtigen Leben ein Troll war. Hatte kein gutes Wort für niemanden übrig.« Sie hielt inne. »Damit passte er bei genauerer Überlegung eigentlich ganz gut in diesen Verein.«

»Ein Troll-Verein.«

»Könnte man so sagen.« Ihre Augen bekamen plötzlich denselben Glanz, den Wolfs Augen bekamen, wenn er sich daran machte, sprachliche Spitzfindigkeiten zu vermitteln. »Wissen Sie, was das Interessante ist?«, fragte sie. »Jeder denkt beim Internet-Troll sofort an das mythologische Wesen. Dabei hat der Begriff damit gar nichts zu tun, sondern kommt vom englischen *trolling*, eine Angeltechnik, bei der die Köder hinter Booten durchs Wasser gezogen werden. Im Deutschen sagt man ›schleppangeln‹ oder ›schleppfischen‹ dazu. Oder eben auch ›trolling‹. Sie wissen ja, die Anglizismen.«

Wolf nickte emsig. »Lassen Sie mich davon gar nicht erst anfangen! Diese Erläuterungen zum Troll hätte ich allerdings vermutlich interessanter gefunden, wenn ich den Begriff im modernen Zusammenhang schon länger gekannt und etymologisch immer in die falsche Richtung gedacht hätte. So war ich nur wenige Sekunden lang einem Irrtum aufgesessen.«

Veroniqua seufzte. »Ich hätte Ihnen das erst bei unserem nächsten Treffen erzählen sollen.«

Wolf freute sich, dass sie ein nächstes Treffen als etwas Selbstverständliches ansah. Er dachte nach. »Wenn die in diesem Verein alle derart furchtbare Trolle sind … dann ist womöglich nicht auszuschließen, dass wir unseren Verdächtigen dort finden.«

Veroniqua lachte kurz und hart. »Ich würde sagen, die sind alle verdächtig.«

»Hervorragend!«, frohlockte Wolf. »Die muss ich kennenlernen.«

»Das lässt sich arrangieren. Ich lege ein gutes Wort für Sie ein.«

Veroniqua wandte sich zum Telefonieren ab. Sie klang dabei übertrieben aufgekratzt und liebreizend, als würde sie sich mit ihrer allerbesten Freundin in der ganzen weiten Welt unterhalten. Sie beteuerte, wie sehr sie ihre Gesprächspartnerin und all die anderen vermisse, und sie meldete Wolf erfolgreich für den nächsten Tag zum Nordic Walking im Englischen Garten an. Als sie das Gespräch beendet hatte, verfinsterte sich ihre Miene.

»Diese Bitch, ey«, sagte sie zu sich selbst und zu Wolf. »Die ist so was von falsch. Gut, dass ich mit der und ihrer Bagage nichts mehr zu tun habe.« Sie sah sich Wolf von oben bis unten an. »Sagen Sie, haben Sie eigentlich die richtige Ausrüstung für Nordic Walking?«

»Nein«, antwortete Wolf. »Aber ich kenne jemanden.«

Nachdem er Johannx sein Kind entrissen hatte und nach Hause zurückgekehrt war, besuchte er Holly. Sie ließ ihn und Maxine herein, setzte sich dann sofort wieder an ihren Laptop, eine Hand über der Tastatur, die andere in einer Tüte Billig-Kartoffelchips. Ein Auge auf dem Bildschirm, eines auf einer halbdokumentarischen TV-Sendung über real existierende Menschen niedrigen Bildungsstandes, die einander in schlecht eingerichteten Wohnzimmern anschrien.

»Woran arbeiten Sie gerade?«, fragte er aus Höflichkeit.

»›Ein Highlander haut den Lukas‹. Der nächste Roman meiner Hauptreihe.«

»Welchen Lukas?«

Sie errötete leicht. »Das ist etwas Sexuelles … Das verstehen Sie nicht.«

Wolf hielt Maxine die Ohren zu. »Nicht vor dem Kind.«

Holly hörte mit dem Schreiben auf, jedoch nicht mit dem Chipsverzehr. Sie drehte sich zu ihm. »Und warum sind Sie vorbeigekommen?«

Er erzählte ihr von den neuesten Entwicklungen. Vor allem davon, dass er in den Walking-Club von Niedermeyer eingeschleust worden war. »In diesem Falle tatsächlich richtig eingeschleust«, sagte er.

»Walking?«, fragte Holly misstrauisch. »Haben Sie das denn schon mal gemacht?«

Wolf lachte überheblich. »Ich ›walke‹, also gehe, tagtäglich, und zwar ganz ohne Stöcke. Dann schaffe ich es bestimmt auch mit.«

»Haben Sie denn Stöcke?«

»Noch nicht. Aber das ist eben einer der Gründe, warum ich bei Ihnen vorbeigeschaut habe.«

Sie lachte. »Sie glauben doch wohl nicht, dass ich welche habe?« Sie steckte sich einen Chip in den Mund.

»Natürlich nicht! Aber ich würde mich freuen, wenn Sie nur ganz kurz auf Maxine aufpassen würden.« Er hielt dem Kind wieder die Ohren zu und flüsterte: »Sie soll nicht sehen, wie ich die Gehstöcke eines toten Mannes stehle.«

Holly willigte gern ein, nahm Maxine auf den Arm.

»Und noch etwas«, sagte Wolf. »Keine Chips und bitte ein kindgerechteres Fernsehprogramm.«

»Logo. Um die Zeit kommt bestimmt irgendwo Anime«, sagte Holly.

»Ich weiß nicht, wer das ist.« Er sah auf die Uhr. »Auf 3sat kommt allerdings bald ›Kulturzeit‹.«

»3sat bekomme ich nicht rein.«

»Das bekommt jeder rein.«

»Okay, ich weiß nicht, mit welcher Taste.«

»Üblicherweise mit der Drei, natürlich.«

»Da ist bei mir RTL2.«

»Warum ist denn RTL2 auf der Drei?«

»Weil mir RTL und Pro7 noch wichtiger waren. Ich guck ja auch nicht nur Trash, falls Sie das denken.« Sie schaltete weiter. »Irgendwas finden wir schon.«

»Vielleicht einfach mal aus?«

Holly lachte. »Der war gut! Ich stecke mitten in der Arbeit. Ich *muss* den Fernseher anhaben, wenn ich arbeite. Sie etwa nicht?«

»Früher habe ich zum Schreiben gerne Charlie Parker oder Thelonious Monk aufgelegt, also durchaus auch mal was Modernes. Aber seit Maxine geboren wurde, genieße ich beim Schreiben die absolute Stille. Die ist so rar geworden.« Zumindest war das die Theorie. In der Praxis war es nicht so, dass er überhaupt irgendetwas schrieb. Abgesehen von den E-Mails an seinen Agenten darüber, dass er mal wieder nichts geschrieben hatte. Nicht dass er den ständig über sein Nicht-Schreiben informieren müsste. Aber eine kurze Mitteilung an eine andere Person aus der Branche fühlte sich immer ein bisschen wie Arbeit an, und danach konnte er mit gutem Gewissen für den Rest des Tages seinen Laptop schließen.

Holly schaltete den Fernseher aus, da sie nun ohnehin den größten Teil ihrer Aufmerksamkeit dem Kind schenken musste.

Wolf stellte fest, dass die Tür zu Niedermeyers Wohnung noch immer nicht verschlossen war. Er betrat sie, in Straßenschuhen, und griff ein paar Walking-Stöcke, die er im Wohnzimmer fand. Das Schlafzimmer mied er. Er warf nicht mal einen Blick in seine Richtung. Stattdessen sah er sich die Stöcke an. Es handelte sich um Modelle der Firma StarWalk, wie auf der transparenten Plastikverpackung zu lesen war. »Deppen-Binnenmajuskel«, seufzte er. »Natürlich.«

Die Stöcke waren blau. Ein Männchen-Symbol wie an einer Toilettentür war auf der Packung. Wolf sah sich weiter um. Er fand auch ein pinkes Paar mit einem berockten Figuren-Piktogramm. Er wunderte sich, dass es offenbar unterschiedliche Stöcke für Männer und Frauen gab, und fand diese Unterscheidung ganz und gar nicht mehr zeitgemäß. Vor allem aber fragte er sich: Warum hatte Niedermeyer Walking-Stöcke für Frauen?

Er nahm das pinke Paar auch noch mit. Konnte man vielleicht mal als Geschenk gebrauchen.

11
Er kam, er sah, er ging lieber woandershin

Es waren fünf an der Zahl, man konnte sie sich gut merken. Da waren die beiden kurzhaarigen älteren Frauen mit bunten Haaren, aber ohne Make-up. Sie waren entweder Zwillinge oder ein Paar, das schon so lange zusammenlebte, dass beide einander optisch entgegengekommen waren. An ihrem Umgang miteinander war weder Geschwisterliebe noch Liebe der romantischen Art auszumachen, auch ansonsten versprühten sie nicht allzu viel Liebe. Sie waren die Anführerinnen. Wolf vermutete, dass Veroniqua mit einer von ihnen telefoniert hatte. Eine von denen war die »Bitch, ey«.

Außerdem gehörte zum Club ein Mann in Wolfs Alter, aber von vorteilhafterer Statur. Er lächelte viel, war überaus freundlich und bemüht, Wolf in der Gruppe willkommen zu heißen. Er machte irgendetwas mit Aktien. Wolf mochte ihn nicht. Was verschwendete der seine Energie mit dieser Walking-Idiotie, anstatt sich einfach mit einem guten Buch auf eine Parkbank oder eine Rasenfläche zu setzen, wenn er schon die Muße hatte? Der war auf jeden Fall verdächtig. Er nannte ihn den »Aktionär«.

Eine weitere Frau war vielleicht etwas älter als Wolf und sein unsympathischer Altersgenosse, doch man sah es ihr nur an, wenn man genauer hinschaute, was Wolf durchaus tat, da er als Mann halt mitunter männlich blickte. Sie hatte sich »gut gehalten«, wie man früher ungeniert gesagt hätte. Ihren Körper umhüllte nicht nur die grelle und glänzende Sportbekleidung wie die anderen Körper (außer Wolfs natürlich), sondern es prangten auch allerlei Apparaturen daran, die auf kleinen digitalen Anzeigeelementen verschiedene Werte anzeigten, sowie allerlei Schlaufen, in denen diverse Sprays und ähnliche Hilfsmittel verankert waren. Die elastische Sportkleidung schmiegte sich außerdem ansehnlicher an ihren muskulösen Körper als an irgendeinen der anderen, obwohl körperlich in der ganzen Gruppe keine Totalausfälle zu verbuchen waren. Wolf nannte sie insgeheim die »Professionelle«, bevor ihm aufging, wie missverständlich dieser Spitzname war. Aber da er ihn ja ohnehin nicht laut aussprechen würde, beließ er es dabei. Richtige Namen konnte er sich stets schlecht merken, er musste mit Eigenkreationen arbeiten.

Der Letzte im Bunde war so etwas wie die männliche Version der Professionellen. Er hatte weniger Gerätschaften an seinen Körper geschnallt und wirkte zunächst zugänglicher. Dennoch war sein jovialer Sportsfreund-Ton von einer leicht bedrohlichen Grundstimmung, die keinen Widerspruch duldete, wenn er bei den Dehnübungen, die er allen verordnete, Dinge sagte wie »Los geht's!«, »Ihr rockt!«, »Nicht einschlafen dahinten auf den billigen Plätzen!« oder »Jetzt alle zusammen!«. Wolf nannte ihn natürlich den »Sportsfreund«.

Der Walking-Club mochte ihn sofort. Oder besser: Der Club mochte Maxine sofort. Und wer so ein süßes, braves Kind gezeugt hatte, der konnte kein schlechter Mensch sein, da war man sich einig, zumindest für einige, trügerisch harmonische Augenblicke, bevor Wolf den Mund aufmachte. Sogar die beiden hartgesichtigen Anführerinnen rangen sich synchron ein blasiertes Lächeln ab, das sagen mochte: Wir finden zwar Babys als Konzept ganz und gar nicht mehr zeitgemäß, aber dieses spezielle ist ganz in Ordnung. Aus dem könnte noch was werden.

Der Karrieretyp gurrte Maxine direkt an: »Na, hat denn die Kleine schon ein Wertpapierdepot?«

Die Professionelle tastete ungefragt am Kind herum und sagte anerkennend: »Guter Knochenbau.«

»So jung kommen wir nie wieder zusammen!«, rief der Sportsfreund sinnlos.

Ein schlechter Mensch war Wolf womöglich nicht. Ein schlechter Walker dagegen definitiv. Plötzlich war ihm, als hätte er das Gehen verlernt. Er gehörte zu den Menschen, die sich in Fußgängerzonen und auf Bürgersteigen gern darüber aufregten, wie langsam die meisten Bürgerinnen und Bürger ungeachtet ihres Alters und ihrer körperlichen Verfassung ihres Weges gingen und dabei seinen blockierten. Hier aber kam er kaum hinterher, als die Führungsspitze beschlossen hatte, genug Zeit mit Quatschen verbracht zu haben, der Sportsfreund den Befehl zum Aufbruch gegeben und die Gruppe sich auf den Weg ins sonnendurchflutete Grün des Englischen Gartens gemacht hatte. Warum war das Gehen mit Stöcken bloß so viel schwerer als normales Gehen? Das widersprach aller Logik.

Der Aktionär erbarmte sich seiner und fiel zurück, um Wolf Gesellschaft zu leisten. Wolf bemerkte nun, dass dessen Freundlichkeit bloß Fassade war, die er unter der körperlichen Anstrengung nur mit Not aufrechterhalten konnte. Trotzdem probierte er es. Er erzählte mit einstudierter Begeisterung von den Geschäften, die er Tag und Nacht an den Börsen der Welt machte. Wolf verstand kein Wort. Schließlich kam der Aktionär noch näher, Wolf konnte seinen Schweiß riechen. Hinter vorgehaltener Hand raunte der Mann ihm zu: »Mitunter greife ich auch guten Freunden ein bisschen unter die Arme. Ohne versteckte Kosten, allenfalls eine kleine Gewinnbeteiligung, wenn Sie wissen, was ich meine. ...«

»Nicht so richtig«, japste Wolf.

»Wenn Sie wollen, sehe ich mir gern mal Ihr Portfolio an.«

»Hm ...«

»Ich meine, es muss nicht jetzt sofort sein ... Ich kann einfach mal bei Ihnen vorbeikommen oder Sie bei mir ...«

»Ich weiß nicht, was das bedeutet. Wenn das allerdings ein erotischer Code sein sollte, fühle ich mich zwar geschmeichelt. Gleichwohl muss ich Sie sanft zurückweisen. Mein Portfolio ... zeige ich lieber Frauen.«

Der Karrieretyp sah ihn an wie einen geisteskranken Triebtäter und legte wieder einen Zahn zu. Beflügelt durch seinen Erfolg schloss auch Wolf wieder zum Rest der Gruppe auf und sprach die Professionelle schräg von der Seite an. Er hatte sich schon eine hervorragende Strategie zurechtgelegt. Eine drollige Bemerkung, wie sie gewöhnliche Menschen für gewöhnlich amüsant fanden.

»Ist das nicht lustig?«, sagte er. »Wir gehen im Englischen Garten vom Chinesischen Turm zum Japanischen Teehaus. Da fragt man sich: Sind wir überhaupt noch in München?«

Sie sah ihn an, als sei er minderbemittelt, und ging stumm weiter.

Das machte nichts. Er hatte ein weiteres Konversations-Ass im Ärmel. »Sind wir bald da?«, fragte er.

Keine Reaktion.

»Ist es noch weit?«

Sie wandte sich ihm zu. »Es tut mir leid, ich muss mich jetzt auf meine Werte konzentrieren. Ich bereite mich auf einen Wettkampf vor.«

»Natürlich.« Nach einer Weile stummen Walkens sagte er zu ihr: »Ist es nicht herrlich, so in der Gruppe zu gehen? Ganz anders als jeder für sich alleine.«

»Achten Sie lieber auf Ihre Atmung.«

Er atmete tatsächlich ziemlich schwer. »Apropos: Vielleicht bekommen wir ja ein paar von diesen berühmten Nackerten zu sehen ...«

»Sind Sie deshalb gekommen? Um Nackte zu sehen?«

»Nein, nein! Ich kann auch zu Hause Nackte sehen. Obwohl, meine Frau ist gerade auf einer ausgedehnten Dienstreise. Ordentlich angezogen, hoffe ich. Business Casual, wahrscheinlich.«

»Und jetzt müssen Sie irgendwie kompensieren, dass Sie vorübergehend zu Hause keine nackte Frau haben?« Sie versuchte, die Arme vor der Brust zu verschränken, doch mit den Stöcken ging das nicht.

»I wo, zur Not habe ich ja Internet. Ich meine, rein theoretisch. Ich weiß nicht mal, wo es da die Nackten gibt. Könnte man aber vermutlich rausfinden.«

»Ich würde lieber nicht weiter mit Ihnen sprechen ...«

»Seien Sie unbesorgt. Als vorübergehender quasi-alleinerziehender Vater bin ich meistens ohnehin viel zu übermüdet und ausgelaugt, um mir allzu viele Gedanken ... geschweige denn ...«

Sie ging schneller, und bald konnte er sie nicht mehr sehen. Er selbst wurde langsamer. Seine Seiten schmerzten, seine Füße, seine Waden und seine Hände, die diese albernen Stöcke hielten. Die Manduca schien wie ein bleiernes Gewicht, das ihn zu Boden zerren wollte.

»Hey!«, rief jemand hinter ihm. Es war eine der Anführerinnen. Sie sah ihn nicht gerade freundlich an. »Hat man Ihnen nicht gesagt, dass Sie nicht mit Gina sprechen dürfen?«

»Mit wem?«

»Sie können sich keine fünf Namen merken?«

»Oh, Sie meinen die Professionelle!« Ihm lief der Schweiß die Stirn und den Rest des Körpers herunter.

»Wie bitte?«

Er musste das Gespräch in weniger problematische Gefilde führen. »Ist das nicht lustig?«, sagte er. »Wir gehen im Englischen Garten vom Chinesischen Turm zum Japanischen Teehaus. Da fragt man sich: Sind wir überhaupt noch in München? Oder in Deutschland?«

»Wollen Sie damit sagen, dass Sie sich hier überfremdet fühlen?«, fragte die Bunthaarige mit dem harten Gesicht entrüstet.

»Nein, nein.«

Sie zeigte auf ihren Haarschopf. »Wissen Sie, warum die Sabine und ich unsere Haare in den Farben des Regenbogens gefärbt haben?«

»Kommt ja nicht drauf an, was einer auf dem Kopf hat, sage ich immer, sondern was man *im* Kopf hat.« Er kratzte sich nervös an der Glatze. »Und im Herzen. Liebe ist Liebe. Das sage ich ebenfalls immer. Alles kann, nichts muss.«

»Weil uns alle Farben des Regenbogens willkommen sind. In diesem Land, in dieser Stadt und in dieser Gruppe. Haben Sie ein Problem damit?«

»Aber nein. Müsste ich hier ja ohnehin nicht haben, wo eh nur Weiße in der Gruppe sind.«

»Haben Sie *damit* etwa ein Problem?«

Das konnte eine Fangfrage sein. Er brauchte eine wohlüberlegte Antwort. »Alle Farben sind toll! Auch Weiß! Obwohl Weiß streng genommen, wie auch Schwarz, keine Farbe ist, sondern

die Abwesenheit von Farbe. Hat mich früher immer fuchsig gemacht, wenn jemand so was gesagt hat wie: ›Schwarz ist meine Lieblingsfarbe.‹ Oder: ›Die Galoschen gibt es in den Farben Braun und Weiß.‹ Jetzt jedoch nicht mehr! Heute bin ich total offen für alles! Das hat bestimmt auch was mit der Bewegung an der frischen Luft zu tun. Gesunder Geist in einem gesunden Körper.«
Sie verzog das Gesicht. »Das klingt so …«
»Aber so bin ich nicht! Ich kenne einen Türken, super Typ.«
»Ich verstehe nicht, was das –«
»Arbeitet bei der Polizei.«
»Wollen Sie mir drohen?«
Das lief gar nicht gut. Vielleicht war es besser, einen früheren Gesprächsfaden noch einmal aufzugreifen. »Wissen Sie übrigens, dass der Regenbogen nicht überall auf der Welt die gleiche Anzahl von Farben hat? In der Natur ja sowieso nicht, da gibt es solche und solche Kategorien von Regenbögen. Aber auch in der idealisierten Darstellung machen die Völker der Welt, wenn ich ›Völker‹ einfach so sagen darf, da Unterschiede. In Deutschland sind es sieben Farben. Das ist Weltrekord. In einigen südostasiatischen Ländern hingegen werden nur zwei verortet.«

»Typisch deutsch«, murmelte sie. Vielleicht überlegte sie gerade, ihre Haare auf das bescheidenere, irgendwie Zen-meditativere südostasiatische Regenbogen-Farbschema umzufärben.

Wolf blieb stehen, wandte sich schwerfällig in die entgegengesetzte Richtung. »Ich muss leider auch schon wieder los«, ächzte er.

»Sie wollen uns bereits verlassen?«, fragte die andere der beiden Frauen, von denen eine vermutlich Veroniquas Bitch war, in einem zuckersüßen Ton, dem er nicht auf den Leim ging.

»Ja, Sabine«, sagte Wolf.

»Aber dann verpassen Sie ja das Beste!«, befand der Sportsfreund. »Das schöne, zünftige Erdinger Alkoholfrei hinterher!«

»Am Chinesischen Turm«, betonte Sabines Schwester oder Geliebte vieldeutig, als handelte es sich um einen Test.

»Mir ist gerade eingefallen … Ich hab noch einen Termin«,

stotterte Wolf. »Ganz hier in der Nähe.« Er sah auf seine Stöcke. »Muss ich die benutzen? Oder kann ich einfach so gehen?«
»Reisende soll man nicht aufhalten!«, rief der Sportsfreund. Total glücklich, dass er etwas rufen konnte.

***

»Danke, dass du mich ohne Termin empfangen hast«, japste Wolf, nachdem er sich auf das Sofa neben Schmidbauers kaltem Kamin fallen gelassen hatte.
»Ich bin immer für dich da«, sagte sein Agent. »Aber du weißt, dass das hier keine Arztpraxis ist? Mein letzter Erste-Hilfe-Kurs war im letzten Jahrhundert. Eher Mitte als Ende.«
»Es geht gleich wieder. Muss nur ein bisschen verschnaufen.«
»Fordert dich die Arbeit so?«
»Arbeit? Nein, deswegen bin ich nicht hier. Ich war nur gerade in der Gegend. Walken. Du weißt schon, gehen. Am Stock.«
Der alte Schmidbauer lachte sein charmantes Koboldlachen.
»Walking, natürlich, sehr lustig. Und jetzt sag mal ehrlich, was dich hertreibt.«
»Das ist wirklich alles. Deine Agentur liegt auf halbem Weg zur U-Bahn, und so weit habe ich es einfach nicht mehr geschafft.« Er erzählte ihm die Geschichte in groben Zügen, erwähnte dabei auch die Verbindung des Walking-Clubs zu La Veroniqua.
Schmidbauer war zwar von der Geschichte angetan, interessierte sich aber viel mehr für den Arbeitsfortschritt seines Autors.
»Und wie läuft es mit der Veroniqua?«, fragte er.
Wolf hatte Glück, dass er bereits von der körperlichen Anstrengung rot angelaufen war. »Mit Veroniqua? Gut, gut. Ich meine, so als Freunde. Ich bin ja schließlich verheiratet, und sie stellt ihre Karriere an erste Stelle, was auch völlig in Ordnung ist …«
»Ich meinte in erster Linie, mit dem Buch.«
»Ach, das Buch!« Das hatte Wolf fast vergessen. »Das schreibt sich quasi von alleine.«
»Das freut mich zu hören. Und deine eigenen Projekte?«

»Ich denke über einen Nordic-Walking-Ratgeber nach. Er hat nur einen Satz: ›Ich rate ab.‹ Geht so in die Bartleby-Richtung.«
»Kann man vielleicht als E-Book-Short an Buystuff verkaufen. Hast du auf deinem Walk wenigstens etwas rausgefunden?«
»Dass ich Nordic Walking nicht mag.«
»Ich meine, über den Fall.«
»Ach, der Fall!« Den hatte Wolf ebenfalls fast vergessen. »Nein.«
»Und jetzt?«
»Jetzt ist jemand anderes dran.«

»Ich habe Ihnen etwas mitgebracht!«, rief Wolf voller Freude, dass er noch lebte. Er überreichte Holly ein Paar pinker Walking-Stöcke, um die er eine Schleife gebunden hatte, und erklärte ihr seinen Plan.
»Ich soll auch noch walken?«, fragte sie.
»Ja, und die gute Nachricht ist: Die treffen sich schon morgen wieder. Die sind unerbittlich. Ich habe bereits mit meiner … Dings … mit meiner Veroniqua telefoniert, dass sie Sie dort ebenfalls einschleust. Das war anscheinend gar nicht so einfach nach … allem.«
»Nach allem was?«
»Die haben wohl schlechte Erfahrung mit jemand anderem gemacht, den sie mal angeschleppt hatte. Komplizierte Geschichte.«
»Sie? Wer ist denn diese ominöse Person, die Ihnen bei unseren Ermittlungen hilft.«
»La Veroniqua nennt die sich. Den richtigen Namen kenne ich nicht. Ihren übrigens auch nicht, Fräulein McRose.«
»La Veroniqua?«, rief Holly so laut, dass Wolf Maxine nicht die Ohren zuhalten konnte, weil er reflexartig seine eigenen zuhielt.
»›Alte, ich mach dich Laufsteg‹?«
»Was ist los, sind Sie zusammen zur Schule gegangen oder so?«
»Nein, aber ich bin ein Riesenfan.«
Wolf warf einen kritischen Blick auf Holly. Nicht den ersten.
»Sieht man Ihnen gar nicht sofort an.«

»Man muss doch nicht gleich so rumlaufen wie jemand, von dem man Fan ist. Sie laufen ja auch nicht rum wie …«, sie fuchtelte vor seinem Outfit herum, »… Peter Handke.«

»Ich bin kein Handke-Verehrer.«

»Und wenn Sie es wären, würden Sie so rumlaufen?«

»Ich weiß gar nicht, wie Handke so rumläuft.«

»Sehen Sie!«

»Was sehe …? Ist ja auch egal. Jedenfalls ist das doch eine Win-win-Situation. Sie können beim sportlichen Gehen nicht nur etwas über Niedermeyer rausfinden, sondern vielleicht auch über Ihre La Veroniqua.«

»Ich bin eigentlich keine so große Sportsfreundin …«, sinnierte Holly. Trotzdem wirkte sie weniger überzeugungsbedürftig, als Wolf eingangs erwartet hatte.

»Das haben wir gemein, abgesehen vom Genus.«

Holly strahlte. »Aber ich lerne total gern neue Leute kennen!«

»Perfekt!«, strahlte Wolf zurück. »Wäre ja auch unheimlich, wenn wir mehr als eine Gemeinsamkeit in so kurzer Zeit entdeckten. Sie werden begeistert sein. Das sind durch die Bank tolle Typen. Freunde fürs Leben.«

»Ich bin gespannt: Was haben Sie denn herausgefunden?«

»Wissen Sie, ich möchte, dass Sie ganz unvoreingenommen an diese Sache herangehen. Wir vergleichen unsere Notizen, wenn Sie zurückkommen.«

12

BTS, CBD und OMG

Nach den Strapazen des Vormittags hatte Amadeus Wolf sich den Rest des Tages ausgeruht, so gut es mit Maxine eben ging. Sonderlich gut ging es nicht, denn Maxine hatte die Bewegung an der frischen Luft und die Begegnung mit neuen Menschen mit neuer Energie erfüllt. Sein Ruhetag war ganz und gar nicht ihrer, und so war es seiner auch nur bedingt. Vielleicht habe ich mir das verdient, dachte Wolf. Nordic Walking. Was für ein Irrsinn. Dafür hätte er sich nicht im Süden niederlassen müssen.

So aufgeweckt das Kind nach dem abgebrochenen sportlichen Experiment gewesen war, so lasch hing es am Morgen danach in seiner Trage, als Wolf das Haus verließ. Er blieb erneut vor dem Graffiti an der Hauswand stehen. Er musste diesen WFH Boi finden, den verantwortlichen Künstler, denn der mochte ein wichtiger Zeuge sein, wenn nicht gar ein Verdächtiger. Leider hatte er überhaupt keinen Kontakt zur Hip-Hop-Szene. Oder Draht. Er redete sich ein, dass er diese Kultur respektierte und hochgradig interessant fand. Die Wahrheit jedoch war, dass er damit nichts anfangen konnte. Die aktuellste deutsche Rap-Band, die er kannte, waren Die Fantastischen Vier, und von denen brachte er auch nicht mehr als eineinhalb Liedtitel zusammen. Eines der Mitglieder hatte nebenbei als Vegetarier Karriere gemacht. Das war's. Damit hatte sich sein Fachwissen erschöpft. Das half ihm nicht dabei herauszufinden, wo Münchens B-Boys und -Girls sich tagsüber aufhielten. Bestimmt in der Schule oder bei ihren Eltern.

Aber er hatte eine Eingebung gehabt. Das Graffiti an ihrem Haus. Es war ihm von Anfang an so bekannt vorgekommen. Jetzt wusste er es. In einer der wenigen tatsächlich ruhigen Minuten seines größtenteils verhinderten Ruhetages war es ihm eingefallen. Nun knipste er ein Foto des Werkes, um seinen Verdacht zu überprüfen. Er machte sich auf den Weg in Richtung Pelkovenstraße, bog in dieser links ab und ging am Moosacher St.-Martins-Platz in Richtung Moosacher Stachus. Kurz vorm Alten Wirt blieb er stehen.

Er sah auf das Foto auf seinem Smartphone, das er während des ganzen Weges verkrampft in der Hand gehalten hatte. Er sah auf die Ladenfassade, vor der er stand. Auf das Schild über der Eingangstür: »Harry's Hanf-Shop«. Interessanter als der Name des Unternehmens war das, was um ihn herum war: eine ausufernde Grafik im Sprüh-Stil, die allerlei Wiedererkennbares aus der Hanfwelt darstellte, manches konkret, anderes in Andeutung.

Da waren die gezackten Finger-Blätter der Cannabispflanze, da waren Rauchschwaden, verschiedene Utensilien und einige Figuren im Cartoon-Stil, die einfach glücklicher wirkten als normale Menschen, manche von ihnen mit bunten Strickmützen auf dem Kopf. Wolf wusste, dass dieser Laden, in den er selbstverständlich noch nie einen Fuß gesetzt hatte, zumindest laut Aussage der Betreiber lediglich legale Hanfprodukte verkaufte, doch die Werbung machte sich ohne Zweifel den Reiz des Verbotenen zunutze. Und sie war von der gleichen Hand wie das Graffiti an seinem Miethaus, da war sich Wolf jetzt noch sicherer als zuvor.

Er trat ein. Froh, dass Maxine schlief. Er bezweifelte, dass das hier die richtige Umgebung für ein kleines Kind sein würde.

Der überschaubare Laden war aufgeräumter und blanker geputzt als die meisten Schlachtereien und Käsereien der Gegend. In Glasschränken standen ein paar der erwarteten Rauchutensilien und Samensammlungen, ansonsten waren vor allem Tabletten, Salben, Öle und Haushaltsprodukte im Angebot. Hinter dem Tresen stand ein junger Mann mit einer Baseballkappe, der etwas besser zu dem passte, was Wolf erwartet hatte, als das bieder anmutende Ambiente. »Grüß Gott!«, sagte der Mann freundlich. »Kann ich Ihnen helfen?«

»Grüß Gott«, grüßte Wolf zurück. Manchmal wunderte er sich noch, dass es ihm inzwischen so leicht über die Lippen kam. Beim ersten Mal, als er in seiner damals neuen Wahlheimat derart begrüßt worden war, war er so irritiert gewesen, dass er lange Zeit gar nichts herausgebracht hatte. Er hatte nur gedacht: Die sagen das *wirklich*? Sogar die unter achtzig? Er fragte den jungen Mann: »Sind Sie Harry?«

Der Angesprochene schaute ihn an, als sei das eine absurde Frage. »Wer?«

»Harry. Von Harry's Hanf-Shop.« Er gestikulierte, um ihm zu bedeuten, dass er den Laden meinte, in dem sie standen.

Der Mann schien erleichtert. »Ach, der! Ja, nein, den gibt's nicht. Also, das bin ich.«

»Das war schon sehr aufschlussreich, allerdings fürchte ich, Sie müssen es mir doch noch genauer erklären.«

»Das ist mein Laden, aber ich heiße nicht Harry. Das habe ich nur gemacht, weil es cool klingt. Harry's Hanf-Shop. H und H.«

Wolf nickte. »Sie haben den Namen also gewählt, um eine Alliteration herbeizuführen. Ein Stilmittel, das nicht unter allen Freunden der Formulierungskunst einen astreinen Ruf genießt. Und warum ›Shop‹?«

Der Mann hinter der Ladentheke war wieder von Verwirrung ergriffen. »Na ja, weil man hier Sachen kaufen kann und so …«

»Inhaltlich ist mir das klar, ich meine nur: Warum ›Shop‹? Warum nicht ›Laden‹?«

»Weiß auch nicht … Klingt cooler, irgendwie … ›Laden‹, das ist so was, wo meine Oma einkaufen würde oder so …« Er kicherte, als hätte er von dem konsumiert, was er angeblich gar nicht verkaufte (unter der Ladentheke derweil wahrscheinlich doch, wie Wolf mutmaßte).

»Meine Oma ging früher immer in den Konsum, wie sie gern erzählte, aber lassen wir das. Ihre Generation shoppt also lieber in Shops, als in Läden einzukaufen. Darf ich fragen, wie Sie wirklich heißen?«

Der Mann wurde misstrauisch. »Muss ich Ihnen das sagen? Sind Sie von der Polizei? Alles, was ich hier verkaufe, ist vollkommen legal.«

»Ich meine nur, ob wir vielleicht einen besseren Namen für Ihren Laden finden. Vorname reicht mir.« Wolf redete sich ein, dass er gerade eine Taktik entwickelte, um das Vertrauen des Mannes zu gewinnen und die Informationen aus ihm rauszukitzeln, die rauszukitzeln er gekommen war. Aber die Wahrheit war, dass er den bekloppten Namen des Geschäfts nicht mehr aus dem Kopf bekam und dessen Änderung auf Platz eins seiner Prioritätenliste vorgerückt war.

»Jens«, sagte der Jungunternehmer.

Wolf hielt inne. Dann sagte er: »Gut, dazu fällt mir auch nichts ein. Nichtsdestotrotz hätten Sie ein Pseudonym wählen können, das etwas deutscher klingt. Also, nicht dass ich das nationalistisch meine, um Gottes willen. Deutschsprachiger, meine ich. Vielleicht sogar etwas regionaler. Das spricht Kunden aus der Region emotional an. ›Der Hanf-Hannes‹ vielleicht.«

Jens ließ sich das durch den Kopf gehen. »Hanf-Hannes … warum nicht? ›Shop‹ sollte allerdings schon drin sein. Vielleicht … Dem Hanf-Hannes sein Shop!«

Wolf strahlte und zeigte mit dem Bingo-Zeigefinger auf ihn. »Perfekt! Kommen wir aber jetzt zu meinem eigentlichen Anliegen …«

Jens, der nun Vertrauen zu ihm gefasst hatte, lehnte sich verschwörerisch über den Tresen und sagte: »Sie werden gar nicht glauben, wie viele gestresste Eltern zu mir kommen.«

Wolf hielt der schlafenden Maxine erschrocken die Ohren zu. »Ich bin nicht hier, um Rauschgift zu kaufen«, flüsterte er.

Jens wich erschrocken zurück. »Und ich biete hier keines an! Ich habe stattdessen jede Menge ganz legale, THC-freie oder nahezu THC-freie Cannabisprodukte, die auch ohne Rauschwirkung den Stress reduzieren.«

Wolf sagte: »Ich bin eigentlich nur gekommen, weil ich Sie fragen wollte, wer das Schild über dem Laden gemalt hat.«

»Das war ich«, sagte Jens stolz.

Wolf nahm die Hände wieder von den Ohren seines Kindes und zeigte erneut auf Jens. Diesmal war es nicht der Bingo-Zeigefinger, sondern die Fingerspitze der Anschuldigung. »Sie sind WFH Boi!«

»Scheiße!«

Wolf hielt Maxine wieder die Ohren zu.

»Sie sind doch ein Bulle!«, zischte Jens.

»Nein, nein …«, beschwichtigte Wolf. »Ich bin nur … ein Fan. Sie haben auch das Haus am Anfang der Feldmochinger Straße umgestaltet, nicht wahr?« Er nannte die Hausnummer.

»Nicht so laut! Wenn das meine Eltern hören …«

»Wohnen Sie gemeinsam mit denen hier? Dann erfüllen Sie ja wirklich jede Klischeevorstellung, die ich von unabhängigen Fassadenkünstlern und Hanfhändlern habe.«

»Nein. Ich lebe nur schon lange mit der irrationalen Angst, meine Eltern könnten plötzlich um die Ecke kommen, wenn gerade etwas über mich gesagt wird, das sie nicht hören sollen.«

»Das liegt vermutlich am Rauschgiftkonsum.«

»Ich konsumiere ja gar nicht mehr. Also, kaum. Höchstens mal zu besonderen Anlässen. Kennen Sie dieses Gefühl etwa nicht?«

»Das mit den Eltern?« Wolf kannte es nur zu gut. »Nein. Wo wohnen denn Ihre Eltern?«

»In Augsburg.«

»Dann ist es doch eher unwahrscheinlich, dass –«

Jens fand plötzlich zu einer Forschheit, die Wolf ihm gar nicht zugetraut hatte. »Ich sagte doch, es ist eine IRRATIONALE Angst!« Nachdem Wolf stumm ermahnend auf das schlafende Kind gedeutet hatte, ergänzte Jens ruhiger: »Sie kennen meine Eltern nicht.«

Das stimmte zwar. Aber mit Eltern, die bei einem Familiennamen wie Wolf ihrem Kind den Vornamen Amadeus geben, wusste Wolf dennoch einiges über den langfristigen Einfluss schwieriger Erzeuger. »Wenn Sie brav meine Fragen beantworten, können wir Ihre Eltern da schön raushalten«, sagte er.

Jens knickte ein. »Gut, ja, ich bin WFH Boi. Ich habe Ihr Haus besprüht.«

»Und wenn Sie so ein Haus besprühen … wie gehen Sie da vor? Entscheiden Sie sich spontan für eines?«

Jens schnaubte. »Wo denken Sie hin? So etwas muss nächtelang geplant werden, wenn es gut werden soll. Ich bin ja nicht irgendein kleiner Tagger aus der Vorstadt.«

»Natürlich nicht. Sie sind der legendäre WFH Boi. Während Sie also Nacht für Nacht um mein Haus geschlichen sind, ist Ihnen da etwas Ungewöhnliches aufgefallen? Irgendwelche komischen Leute, die ein und aus gingen?«

»Fragen Sie wegen dem Toten?«
»Ja, ich frage wegen des Toten.«
»Ich war es nicht. Das habe ich auch der Polizei gesagt.«
»Die Polizei war hier?«
»Ja.«
»Wegen des Toten?«
»Ja, wegen dem Toten.«
»Warum?«
»Alte Geschichte. Ich habe denen nichts gesagt. Außer dass ich es nicht war.«

Diese alte Geschichte interessierte Wolf schon, aber mehr interessierte ihn die aktuelle. »Was haben Sie denen also nicht erzählt?«

»Von dem ewigen Gezanke in der obersten Wohnung. Von dem Typen, der den Alten da immer besucht hat. Ist paarmal fast in mich reingeknallt, wenn er aus dem Haus gestürmt ist.«

»Das kann nicht sein. Ich wohne unter der besagten Wohnung. Hätte da jemand gezankt, hätte ich das gehört. Zumal, wenn es so laut war, dass man es noch auf der Straße hört.«

Jens grinste. »Nicht unbedingt. Wenn ich ein Haus auskundschafte, sind alle meine Sinne geschärft. Dann habe ich ein Supergehör. Außerdem ist es Sommer, das Fenster war offen. Da kann man so ein hitziges Gespräch auf der Straße schon mal leichter hören als drinnen.«

Da mochte etwas dran sein. »Haben Sie in der Nacht, in der Sie Ihr Werk endlich angegangen sind, auch etwas Verdächtiges gehört?«

»Nein. Wenn ich arbeite, höre ich Musik.« Er deutete auf seine Ohren. Vielleicht weil er nicht wusste, ob Wolf wusste, mit welchen Organen der Mensch hört. Oder er wollte andeuten, dass er zum fraglichen Zeitpunkt Stöpsel im Ohr hatte.

»Aha«, sagte Wolf. »Fanta Vier?« Er war stolz, dass ihm gerade noch der Kurzname der Band eingefallen war. So konnte er Kennerschaft suggerieren und besser Vertrauen erschleichen.

»Nein.«

»Können Sie den Mann beschreiben, der ein paarmal fast in Sie reingeknallt ist? Alt, jung? Weiß oder dunkelhäutig? Nicht dass ich da irgendjemanden vorverurteilen wollte.«

»Schwierig.« Jens überlegte. »Weiß. Nicht so alt wie der Niedermeyer. Aber definitiv auch nicht mehr jung. So wie Sie, ungefähr. Nur schlanker. Und mit vollem Haar.«

»Aha. Vielen Dank. Sie sind doch ein recht talentierter Illustrator. Könnten Sie ihn zeichnen? Oder brauchen Sie dafür eine Hauswand und eine Woche Vorlauf?«

»Ich kann es versuchen.« Jens holte einen Notizblock und einen Kugelschreiber hinter seinem Tresen hervor und legte los.

Wolf sah, dass das Logo von Harry's Hanf-Shop auf den Block aufgedruckt war. »Wenn Sie den Namen des Ladens ändern, brauchen Sie natürlich auch neues Marketing-Material«, sagte er.

»Ja«, seufzte Jens. »Vielleicht lasse ich es einfach so, wie es ist. Sie sind der Erste, der sich darüber beschwert hat. Und Sie haben nicht mal was gekauft.«

Jens war schnell fertig mit seiner Zeichnung. Sie zeigte einen schlanken weißen Mann mit vollem Haar in WFH Bois typischem Cartoon-Stil. Das konnte jeder sein, der nicht gerade dick, bärtig, glatzköpfig, *of color* oder eine Frau war. Das sagte Wolf dem Künstler auch, der die Kritik mit Fassung trug.

Wolf fragte: »Darf ich die Zeichnung trotzdem behalten?« Vielleicht taugte sie bei längerer Betrachtung ja doch als Auslöser eines Geistesblitzes.

Jens überließ sie ihm, nachdem er sie signiert hatte. »So wird es später superviel wert«, war er überzeugt. »Können Sie dann auf eBay verticken. Kann ich sonst noch etwas für Sie tun?«

»Das war schon jede Menge, vielen Dank. Ansonsten ist Ihnen

nichts aufgefallen? An diesem ominösen Herrn oder anderweitig?«

»Eine Sache ist mir aufgefallen an dem Typen: Er hat nie geklingelt. Er muss einen Schlüssel gehabt haben.«

Also wohnte er im Haus, oder er kannte dort jemanden gut genug, um einen Schlüssel für dessen Wohnung zu haben. Ein Familienmitglied? Niedermeyers Sohn? Die Zeichnung und Beschreibung passte zu niemandem, der im Haus wohnte. Außer vielleicht zu Herrn Wagner; das war schwer zu beurteilen, wenn er nicht vor einem stand. Wolf bedankte sich und steckte das Papier in seine Papatasche. Er sah sich im Laden um. Dann fiel der Groschen. »Haben Sie zufällig auch diese BTS-Tabletten, von denen jetzt alle sprechen?«

»Sie meinen CBD?«

»Sage ich doch.«

»Klar habe ich die. Verkaufen sich äußerst gut. Gerade hier in der Gegend.«

»Ach.«

»Ja.«

»Bei gestressten Eltern, meinen Sie.«

»Auch. Aber nicht nur. CBD hat schließlich nicht nur eine beruhigende und schmerzlindernde Wirkung, sondern auch eine entzündungshemmende. Ideal für Omas mit Arthritis, zum Beispiel.«

»Zum Beispiel. Denken Sie an ein bestimmtes Beispiel?«

»Sie werden verstehen, dass ich meine Kundendaten vertraulich behandeln muss.«

»Ich bin zwar nicht von der Polizei, aber ich habe einen gewissen Ruf. Man nennt mich auch den Manduca-Detektiv.« Niemand hatte ihn jemals so genannt. Jedoch war das der Titel, der ihm vorschwebte, sollte er je auf die Idee kommen, auf Grundlage seiner jüngsten Erlebnisse einen Kriminalroman zu schreiben. Natürlich würde er niemals auf diese Idee kommen. »Und ich bespreche mich regelmäßig mit Kommissar Cem Aslam von der örtlichen Polizei.«

Jens wurde kreidebleich. »Aslam? Der O.G. von Feldmoching-Hasenbergl? Den kennen Sie?«

»Genau, der OMG höchstpersönlich. Wir frühstücken regelmäßig gemeinsam.« Wolf wusste nicht genau, wohin ihn diese neue Strategie führen würde, aber bevor er das austesten konnte, ging die Türglocke, und eine Kundin trat ein.

»Grüß Gott, die Frau Loibl«, sagte Jens herzlich.

»Frau Loibl!«, rief Wolf überrascht. Mehr vom Timing ihres Besuches als von der Tatsache, dass Frau Loibl hier namentlich bekannt war.

»Der Herr Wolf«, schnaubte Frau Loibl. »Stopfen Sie Ihr Baby jetzt schon mit Cannabis voll?«

In ihr Verhältnis hatte eine gewisse Kälte Einzug gehalten, wie Wolf bemerkte. »Das sagt die Richtige«, sagte er.

»Ist reine Medizin. Außerdem bin ich alt genug«, klärte Frau Loibl ihn auf. »Ich bin überrascht, Sie hier zu sehen.«

»Weil Sie dachten, ich würde ohne Schuhe das Haus nicht mehr verlassen können?«

»Weiß nicht, wovon Sie sprechen.« Ihr höhnischer Blick strafte ihre Worte Lügen.

Er wandte sich an Jens. »Wie dem auch sei, ich werde jetzt gehen.« Mit Blick auf Frau Loibl sagte er: »Vielen Dank, das war sehr aufschlussreich.« Dann verließ er Harry's Hanf-Shop, der auch weiterhin so heißen würde.

***

Als der Mann, der Amadeus Wolf beschattete, sah, dass er den Laden verließ, verschwand er schnell hinter einer Litfaßsäule, die einen bevorstehenden Auftritt von André Rieu und seinem Johann Strauss Orchester in der Olympiahalle ankündigte.

Wolf hatte also von dem Laden erfahren. Wie? Durch wen? Hatte WFH Boi gesungen? Was hatte er ausgeplaudert? Oder steckte er mit Wolf und der Rothaarigen unter einer Decke?

Wahrscheinlich würde er sich den Sprüher noch einmal vorknöpfen müssen. Am besten jetzt gleich, sobald die Alte ebenfalls verschwunden war. Keine Zeugen. Er wartete weiter hinter der Litfaßsäule.

※※※

Draußen fiel Wolfs Blick sofort auf die Litfaßsäule. Er starrte sie an. Ich hätte »Johann Strauss Orchester« mit Bindestrichen geschrieben, dachte er. Dann ging er weiter. Andererseits, dachte er, hätte ich auch »Olympiahalle« mit Bindestrich geschrieben. Vielleicht war er in dieser Angelegenheit einfach zu streng. Aber insgeheim war er stolz, wie geschärft seine Sinne waren. Ihm entging nichts.

13
Sie kam, sie ging, sie würde vielleicht wiederkommen

Während Wolf ermittlerische Fortschritte bei seinen Undercover-Ermittlungen im Hip-Hop- und Hanfmilieu machte, machte Holly McRose sportliche Fortschritte auf den asphaltierten Wegen des Englischen Gartens, flankiert von zwei pinken Walking-Stöcken, die sich unangenehm instabil anfühlten, und zwei älteren Frauen mit total originellen Trend-Frisuren, die ihr gehässig gemeinte gute Ratschläge gaben.

Sie liebte es.

Sie musste zugeben, und das tat sie durchaus nicht gern, dass Wolf nicht ganz unrecht gehabt hatte. Das war viel schwieriger, als es aussah. Aber wenn man erst mal drin war, lief es. Oder besser: Es *ging*. Was war sie aufgeregt gewesen, als sie am Morgen aufgestanden war. Hatte sich Ewigkeiten überlegt, welchen Trainingsanzug sie anziehen sollte. Über welche Themen sie sprechen sollte, wie das Eis brechen. Sie hatte sich ein paar flotte Sprüche zurechtgelegt. Es stimmte, was sie Wolf gesagt hatte: Sie lernte gern neue Leute kennen. Das war schon immer so gewesen. Doch nach allem, was geschehen war, und allem, was sie überwunden hatte, hatte sie weiterhin gewisse Schwierigkeiten, neuen Leuten zu vertrauen. *»Fremde sind Freunde, die man nur noch nicht gemacht hat.«* So hatte sie zumindest früher gedacht. Doch diese Lebensweisheit hatte sich als ganz und gar nicht weise herausgestellt.

Sie verdankte Amadeus Wolf so vieles. Es war schön, jemanden als Nachbarn zu haben, mit dem man so unkompliziert über alles reden konnte und der einfach mit jedem gut zurechtkam. Von dem konnte sie sich ein paar Scheiben abschneiden.

Sie schloss auf zu Gina, der professionellen Walkerin. Die war so nett gewesen, ihr etwas von ihrem UV-Spray abzugeben, bevor sie losgegangen waren. Holly sagte den Satz, den sie sich für genau diese Situation zurechtgelegt hatte: »Jetzt gehen wir im Englischen

Garten vom Chinesischen Turm zum Japanischen Teehaus. Da frage ich mich: Sind wir überhaupt noch in München?«

Gina lachte. »So habe ich das noch gar nicht gesehen! Schon toll, wie international es hier ist.«

Die beiden unterhielten sich prächtig. Irgendwann sah Gina Holly von oben bis unten an, als sähe sie sie erst jetzt richtig, und meinte: »Du bist in Ordnung. Hätte ich zuerst gar nicht gedacht.«

»Sehe ich denn nicht in Ordnung aus?« Die meisten Menschen fanden sie charmant und »auf ihre Art hübsch«, wie ihr oft versichert worden war.

»Hat nichts mit dir zu tun ... aber dein Equipment. StarWalk. Das geht gar nicht.«

»Hihi – ›geht‹.«

Gina ließ wieder ihr ansteckendes Lachen hören. »Du bist mir eine Nummer! Aber mal im Ernst: Wir hatten mal jemanden in der Gruppe, der wollte uns diesen StarWalk-Mist auf ganz penetrante Art unterjubeln. Daran ist fast die Gruppe zerbrochen.«

»Erzähl mir mehr.«

***

»Und? Wie war's?«, fragte Wolf süffisant, als sie sich am Nachmittag auf ein Eis am Moosacher Stachus trafen.

»Total super!«, jauchzte Holly. »Ich glaube, das mache ich jetzt öfter.«

»Aber bestimmt in anderer Gesellschaft, was?«

»Wieso denn? Die sind doch meganett. Der Kevin wollte sogar gleich mein Portfolio sehen. Aber das ging mir dann doch ein bisschen zu schnell.« Sie beugte sich verschwörerisch über ihr Spaghettieis zu Wolf. »So eine bin ich nicht.«

»Haben Sie denn etwas herausgefunden? Ich meine, außer dass Sie Nordic Walking mögen?«

»Ich habe herausgefunden, dass ich bessere Ausrüstung brauche. Vor allem Stöcke. Die, die Sie Niedermeyer geklaut haben, sind überhaupt nicht wettkampfgeeignet. Sagt die Gina.«

»Ich meinte eigentlich, ob Sie etwas für den Fall Relevantes herausgefunden haben.«

Sie zwinkerte. »Das ist relevant für den Fall.« Sie erzählte Wolf von Niedermeyers Bemühungen, dem Club das suboptimale Equipment aufzuschwatzen. »Das ist so weit gegangen, dass einige ihn aus dem Club schmeißen wollten.«

»Mit Gewalt? Vielleicht das Treppenhaus hinunter?«

»Das kann ich mir nun wieder nicht vorstellen. Dafür sind die alle viel zu nett.«

»Nicht mal der Portfolio-Typ?«

»Der hat ein Alibi.«

»Das haben Sie gleich überprüft?«

Sie nickte. »Ehrlich gesagt, der kam mir auch nicht ganz koscher vor. Sein Alibi ist allerdings hieb- und stichfest. Mehrere von den Walkern konnten derweil bezeugen, dass Niedermeyer nicht gut auf seinen Sohn zu sprechen war. ›Irgendwann enterbe ich den Bastard!‹, soll er im Wortlaut gesagt haben.«

Wolf gab zu, dass das nicht uninteressant war. Dann erzählte er von den Streitereien zwischen Niedermeyer und einem jüngeren Mann, von denen er erfahren hatte.

»Wo haben Sie denn davon gehört?«, fragte Holly.

»Im Hanfladen in der Pelkovenstraße«, sagte Wolf.

»Harry's Hanf-Shop? Wann waren Sie denn da?«

»Heute Vormittag, als Sie mit dem Club unterwegs waren.«

»Das ist seltsam …«

»Ich weiß. Ich war ja auch nur wegen des Falls dort.«

»Das meine ich nicht. Ich bin nach dem Walking da vorbeigekommen, und da hing ein Schild in der Tür: ›Wegen höherer Umstände bis auf Weiteres geschlossen‹. Ich hatte mir schon Sorgen gemacht, dass dem Jens etwas zugestoßen ist.«

»Kennen Sie diesen Jens?«

»Klar, früher hab ich bei dem immer mein Weed gekauft.«

Wolf schlug seine rechte Faust in seine linke Handfläche. »Ich wusste es! Ich wusste, dass der nicht nur PDF-Tabletten gegen Arthritis verkauft!«

»Inzwischen doch, soweit ich weiß. Hat wohl Riesenärger mit der Polizei gehabt.«
»Und wo kaufen Sie Ihr Rauschgift jetzt?«
»Gar nicht mehr. Jetzt brauche ich es nicht mehr.«
»Und früher haben Sie es gebraucht?«
Holly strich sich eine Strähne aus dem Gesicht, die gar nicht in ihrem Gesicht war. Sie überging die Frage. »Viel wichtiger ist doch nun, dass wir weitere Hinweise haben, die unseren Anfangsverdacht bestätigen. Wir müssen uns Niedermeyers Erben vornehmen.«

14

Panne in Bogenhausen

Am nächsten Morgen bemerkte Holly den Krach erst, als Wolf ihr die Tür öffnete. Es war wie ein startendes Flugzeug, dessen Start niemals aufhörte. »Was ist denn das für ein Lärm?«, schrie sie, als sie sich wie gewohnt unaufgefordert an Wolf vorbei Eintritt verschaffte. »Kein Wunder, dass Sie mein Klingeln nicht gehört haben.« Wolf, der der Tageszeit entsprechend eine Pyjama-Bademantel-Kombination trug, tippte auf das Display seines Smartphones. Das Dröhnen verstummte. »Sie haben schon länger geklingelt?«
»Bestimmt seit einer halben Stunde.«
Wolf sah auf die Uhrzeitanzeige des Smartphones und schüttelte den Kopf. »Unsinn. Dann hätte sich Frau Loibl längst beschwert.«
»Gut, vielleicht eine halbe Minute. Müssen Sie denn immer alles so haargenau nehmen?« Sie deutete mit dem Kinn auf das Gerät in seiner Hand. »Was war das?«, fragte sie. »Ein Spiel?«
Wolf lachte, als sei das ein absurder Gedanke. »Wo denken Sie hin? Ich habe doch keine Telespiele auf meinem Mobiltelefon! Das ist eine Applikation – früher sagte man: ein Programm –, die das Geräusch eines Staubsaugers simuliert.«
»Simuliert sie auch die Wirkung eines Staubsaugers und saugt Staub?«
»Nein, nur das Geräusch.«
»Ihre Idee? Damit müssen Millionen zu machen sein. ›Candy Crush‹ kann einpacken.«
Wolf wusste bestenfalls ungefähr, was »Candy Crush« war, doch er hatte das unbestimmte Gefühl, dass seine Nachbarin einen untypischen Anfall von Sarkasmus hatte. »Es handelt sich nicht um meine Idee, ich bin nur einer ihrer vielen Nutznießer. Sie wissen, die kalte Welt der Technologie und Hochfinanz ist mir fremd, ich habe es eher mit den schönen Künsten.«
Holly nickte, stolz lächelnd. »Genau wie ich.«

»Nicht ganz genauso wie Sie. Es ist jedenfalls wissenschaftlich erwiesen, dass Babys bei laufendem Staubsauger besser schlafen, weil sie das Geräusch an die Klanglandschaften im Mutterleib erinnert.« Er fasste sich an den eigenen Bauch, der seine Figur schon mal weniger dominiert hatte, als befände sich darin bereits das nächste Baby. »Da drinnen ist es nämlich zumindest akustisch gar nicht so friedlich, wie wir, denen uns leider alle aktiven Erinnerungen an diese Umgebung verloren gegangen sind, meinen. In uns drinnen rumort es auf einem ungeheuren Geräuschpegel, und zwar permanent. Das bisschen Knurren und Gluckern, das manchmal durchdringt, ist nur die Spitze des Eisbergs. Akustisch betrachtet.«

»Dann sind unsere Bäuche also bestens schallisoliert.«

»Auch wenn ich mich eher als Kopfmenschen betrachte, so knie ich doch mitunter ehrfürchtig nieder vor dem Wunderwerk, das wir den ›menschlichen Körper‹ nennen. Da fällt mir ein: Es gab mal ein Lied von irgend so einem flüchtig bekannten Popinterpreten, in dem der Protagonist seiner Angebeteten zusang, ihr Körper sei ein Wunderland. Ich bin wahrlich kein Anhänger von Pennälerpoesie und vergänglicher Junk-Kultur, aber diese Textstelle ist bei mir hängen geblieben, weil ich dachte: Der junge Mann hat gar nicht mal unrecht.«

»Dennoch glaube ich nicht, dass er Magenknurren meinte.«

»Schade.«

»Sie wirken heute gut ausgeschlafen.«

Wolf hielt das Telefon hoch. »Dank dieses Wunderwerks der Technik. Wir benutzen es nicht jede Nacht, weil Maxi sich auch daran gewöhnen soll, ohne Krach zu schlafen. Aber heute haben wir uns mal wieder den Staubsauger gegönnt.« Er tippte auf dem Display herum. »Sehen Sie, man kann auch ›Föhn‹ oder ›raschelnde Plastiktüten‹ einstellen.«

»Wofür soll das gut sein?«

»Für dasselbe. Unterschiedliche Babys nehmen die Bauchgeräusche wohl unterschiedlich war. Oder vielleicht klingen unterschiedliche Bäuche unterschiedlich.«

Holly runzelte die Stirn. »Föhn kann ich mir noch vorstellen. Aber raschelnde Plastiktüten? Das ist wie so eines dieser ›Was passt hier nicht rein?‹-Rätsel. Ein besonders einfaches sogar.«

Wolf winkte ab. »Sie haben recht, völliger Humbug. Funktioniert gar nicht. Hat Maxine und mich nur ganz ... raschelig gemacht, wenn ich das so flapsig sagen darf.« Er schaltete auf »Raschelnde Plastiktüten«, nur zur Demonstration.

Hollys Gesicht erstrahlte. »Das hatte ich nicht erwartet! Das ist wunderschön!« Ihre Züge entspannten sich. »Ich könnte auf der Stelle einschlafen.«

»Das wollen wir nicht.« Er schaltete ab. »Wie gesagt, da ist wohl jeder anders. Föhn finde ich passabel, aber Staubsauger bleibt das Beste.«

»Aha. Warum nehmen Sie nicht einfach einen echten Staubsauger?«

»Erstens verbraucht der zu viel Strom, zweitens habe ich es durchaus einmal probiert. Es hat nicht funktioniert. Also, bei Maxine ja, nur bei mir nicht. Ich lag die ganze Zeit wach und habe gedacht: Der Staubsauger ist an, der Staubsauger ist an. Mit der App ist das besser. Die klingt wie *irgendein* Staubsauger. Nicht wie *mein* Staubsauger.«

»Und bei dem Krach können Sie selbst schlafen?«

»Wie ein Baby. Wie ein sprichwörtliches Baby, nicht wie ein buchstäbliches Baby, das eben nicht dafür bekannt ist, besonders ausdauernd zu schlafen. Vielleicht kommen da auch bei mir Urinstinkte wieder hoch. Zurück in den Mutterleib. Träumen wir davon nicht alle?« Plötzlich dachte er an seine Mutter. Das war ihm schon lange nicht mehr passiert. »Vielleicht sollte man das auch nicht überanalysieren.«

»Kein Wunder, dass Sie die Streitereien in Niedermeyers Wohnung, von denen Jens Ihnen erzählt hatte, nicht gehört haben.«

»Sie haben die ja ebenfalls nicht gehört, obwohl Sie ebenfalls direkt unter der Niedermeyer-Wohnung wohnen.«

»Wenn ich es mir genau überlege, vielleicht habe auch ich es wegen Ihrer App nicht gehört.« Dabei wusste sie, dass es nicht daran lag. Es lag an den Tabletten, die sie in manchen, in vielen Nächten nahm, um schlafen zu können. Vor allem, um traumlos schlafen zu können.

»Jetzt haben wir recht ausführlich erörtert, wie lange Sie geklingelt haben und warum ich es nicht gehört habe. Bleibt nur noch die Frage: Warum haben Sie geklingelt?«
»Weil wir es heute nicht länger aufschieben können. Heute werden wir den jungen Niedermeyers ein paar unangenehme Fragen stellen.« Sie atmete durch. »Ich bin bereit. Sie auch?«
»Einen Augenblick, ich hole nur eben die Wickeltasche.«

»Moment mal!«, rief Wolf im Treppenhaus.
»Was denn?«, fragte Holly.
»Wir haben etwas vergessen.«
Holly tastete sich ab. »Schlüssel, Portemonnaie, Handy, Kugelschreiber …«, murmelte sie. »Ich glaube nicht. Was denn?«
»Einen Plan. Wir haben noch immer keinen Plan. Wir können da nicht einfach so auftauchen: ›Ding-Dong, haben Sie Ihren Vater in den Tod geschubst?‹.«
Sie überlegte. »Wir sagen, wir haben eine Autopanne.«
»Was, wenn die sehen, dass wir gar kein Auto haben?«
»Ich habe doch ein Auto«, sagte Holly, als wäre das selbstverständlich.

»Ich kann es gar nicht glauben, dass Sie ein Auto haben«, sagte Wolf, als er sich auf die Hinterbank von Hollys rotem BMW Mini quetschte, um Maxines Babyschale zu vertäuen.
»Hat mir mein Highlander gekauft.« Holly zwinkerte. »Was haben Sie denn von dem ersten Geld gekauft, das Sie mit Ihrer Schreiberei verdient haben?«
»Einen Kasten Bier.«
»Das ist auch was Schönes.«
»Ich hatte noch fünf Euro draufgelegt, aber das war es mir wert.«
Als jeder fest verankert auf seinem Platz saß, sagte Holly: »Ich

kann es gar nicht glauben, dass Sie einen Kindersitz haben, obwohl Sie nicht Auto fahren.«

»Mussten wir allein für die Taxifahrt vom Krankenhaus nach Hause kaufen. Maxine sollte nicht schon an ihrem ersten Tag in Freiheit Ärger mit der Polizei bekommen. Ich hätte nicht gedacht, dass ich das Ding jemals wieder brauchen würde.«

»Sehr gern geschehen! Tür zu und los.«

Wolf schloss die Tür mit männlicher Kraft.

»Das ist kein Panzer, wissen Sie ...« Holly startete den Wagen, manövrierte ihn aus der Garage.

»Dabei ähnlich archaisch, aus der Zeit gefallen«, meinte Wolf. »Dass die Menschen im 21. Jahrhundert noch immer in privaten Kraftfahrzeugen die Umwelt belasten und Menschenleben gefährden, mutet mir barbarisch an.«

»Ich dachte, das Archaische im Allgemeinen wäre genau Ihr Ding.«

»Im Allgemeinen ja, im Speziellen nein.«

Holly spürte eine Diskussion aufkommen, die sie für verzichtbar hielt. »Ich muss mich jetzt ein bisschen auf die Straße konzentrieren.«

Alles, was sie für den Rest des Weges hörten, war die sinnliche männliche Stimme des Navigationsgeräts, die sie mit schottischem Akzent sicher in nordöstliche Richtung nach Bogenhausen geleitete.

Das Haus der Niedermeyers stand etwas abseits der Straße zwischen stolzen Bäumen, die sich des vornehmen Grundes, auf dem sie standen, bewusst zu sein schienen. Zu dem dreistöckigen Stuckgebäude führte ein kurzer Kiesweg, den Weg blockierte ein geschlossenes Tor.

»Sieht das aus wie ein Haus von Leuten, die darauf angewiesen sind, jemanden zu beerben, der in einer Mietwohnung in Moosach gewohnt hat?«, fragte Wolf.

»Sie haben doch gesehen, was der Niedermeyer alles hatte. Arm war der nicht.«

»Aber auch nicht stinkreich. Wer auch immer hier wohnt«, er zeigte auf das imposante Haus, »ist stinkreich.«

»Stinkreiche wollen immer noch stinkreicher werden.«

»In Ihrer Schmonzettenwelt vielleicht. Im echten Leben sind unterschiedliche Menschen unterschiedlich. Sogar Reiche.«

»Vielleicht war es nicht Geld, das sie erben wollten.«

»Was sonst? Die mangelhaften Gehstöcke?«

»Vielleicht sind darin Drogen versteckt.«

»FDH-Tabletten?«

Holly löste ihren Sicherheitsgurt, drehte sich im Sitz auf die Knie und sah Wolf auf der Rückbank direkt in die Augen. »Kriegen Sie etwa kalte Füße? Wollen Sie abbrechen?«

Sie hatte ihn ertappt. Wolf konnte nicht länger an sich halten. »Mörder wohnen da!«, ereiferte er sich. »Und ich soll mit einem Baby da rein?«

»Mutmaßliche Mörder.«

»Ach, Gott sei Dank, dann nichts wie los. Komm, Maxi, gehen wir!«

Holly strahlte. »Das ist die richtige Einstellung!«

»Das war Sarkasmus.« Er sah wieder hinaus. »Gucken Sie sich dieses Bauwerk nur an! Das sieht aus wie das Haus von Stephen King. Nur ohne die Fledermaus- und Spinnenornamente am Tor.«

»Sie wissen, wie das Haus von Stephen King aussieht? Sie?«

»Wofür halten Sie mich? Einen literarischen Snob?«

»Nun ja … Stephen King scheint mir eigentlich ganz nett zu sein. Der bringt doch nicht wirklich Leute um, der schreibt nur so.«

»Vielleicht ist er bloß noch nicht belangt worden. Diese Stinkreichen kommen doch mit allem davon.«

»Hören Sie: Wenn Sie sich nicht trauen, mache ich es. Geben Sie mir die Kleine.«

»Warum müssen Sie unbedingt meine Tochter da mit reinziehen?«

»Als Konversationsstarter. Das ist kein Problem. Ich habe meine Nichten schon oft gehalten und getragen.«

»In Mörderhäuser hinein?«
»Mutmaßliche Mö–«
»Okay, okay – ich mach's!« Er befreite Maxine aus dem Sitz und steckte sie in die Manduca. Die beiden verließen den Wagen.
»Sie bleiben hier und lassen den Motor laufen.«
Als er das Tor erreichte, hörte er eine Autotür klappen und Holly hinter ihm aufholen. »Ich komme lieber mit«, sagte sie. »Als Familie sind wir glaubwürdiger.«
Wolf klingelte. Eine ungastliche männliche Stimme aus einer Gegensprechanlage, die technisch offenbar nicht ganz auf dem neuesten Stand war, erkundigte sich nach ihrem Begehr.
»Wir haben eine Autopanne«, sagte Wolf.
»Und das Handy ist kaputt!«, flötete Holly hinterher. Wolf sah sie unverwandt an. Sie flüsterte: »Das Nächste, was er sonst fragen würde, ist, warum wir nicht per Handy Hilfe rufen.«
»Guter Punkt«, flüsterte Wolf.
»Und was wollen Sie von uns?«, kam aus dem alten Lautsprecher.
»Könnten wir vielleicht Ihr Telefon benutzen?«, fragte Holly.
»Haben Sie nicht jeder eines?«
»Bei meinem Mann ist der Akku alle.« Sie lachte, um unbeschwerten Charme bemüht. »Ich sage ihm das so oft. Erwin, sage ich, du musst –«
»Erwin?«, fragte Wolf flüsternd. Holly machte eine fahrige Ich-improvisiere-Geste.
»Das ist jetzt äußerst ungünstig.«
»Wann wäre es denn günstiger?«, fragte Holly. »Vielleicht, wenn wir morgen –«
»Wer ist denn da?« Jetzt klang eine weibliche, nur unwesentlich freundlichere Stimme aus dem Lautsprecher. Unverständliches Gemurmel zwischen den mutmaßlichen Niedermeyers war zu hören.
»Wir sind mit unserem Baby hier gestrandet«, sagte Holly. »Wir bräuchten dringend einen Platz, um die Kleine zu wickeln. Höchste Eisenbahn.«

»Kommen Sie rein«, sagte die Frau, die nun mitfühlender klang, und betätigte den Summer.
Holly sah Wolf an, rollte mit den Augen. »Frauen«, sagte sie.
»Maxine ist völlig trocken«, gab Wolf zu bedenken.
»Gehen wir langsam. Vielleicht macht sie ja noch was.«
Auf dem Weg zum Haus revidierten sie ihren ersten Eindruck. Die Menschen, die hier lebten, waren vielleicht einmal stinkreich gewesen. Heute waren sie es jedoch nicht mehr. Oder sie waren enorm knauserig. Der Rasen und die Einsprengsel von Gartenflächen waren kaum gepflegt, die Vorhänge an den Fenstern hätten von einer Reinigung oder einem Austausch profitiert. Im Haus setzte sich das Bild fort. Viele potenzielle Stellflächen für Kunstwerke und andere Statussymbole waren leer. Die Einrichtung aus dunklem Holz schien eine Widerspiegelung des Mobiliars in der Wohnung des verstorbenen Niedermeyers, nur in einem weitaus grandioseren Stil. Ein Stil, der hoffnungslos veraltet war und den Stinkreiche, die etwas auf sich hielten, längst ausgetauscht hätten. Die Niedermeyers selbst, beide in ihren Fünfzigern, waren leger gekleidet. Ihr anfängliches Misstrauen wandelte sich in Seligkeit, als sie Maxine sahen, die fröhlich gluckste, begeistert von einer neuen Umgebung und neuen Bekanntschaften.
»Sie riecht gar nicht«, sagte Frau Niedermeyer. Sie ging eindeutig regelmäßig zu einem Friseur, aber nicht zu einem teuren.
»Ein völlig geruchloses Baby«, sagte Wolf. »Die sind halt nicht alle so, wie man immer denkt.« Er wandte sich an Holly: »Erna-Schatz, möchtest du das eben übernehmen?«
Holly verzog unwohl das Gesicht. »Du kennst uns ja, Erwinleinchen. Die kleine ... Holly und ich sind immer total synchron, wie das bei Müttern und Töchtern oft der Fall ist.« Sie wandte sich an Frau Niedermeyer. »Meinen Sie, ich könnte mal eben für junge Mütter ...?«
Frau Niedermeyer erklärte Holly den Weg zur Gästetoilette im ersten Stock, und Herr Niedermeyer geleitete Wolf zu einem Abstelltisch im Foyer, auf dem nichts abgestellt war und der deshalb als Wickeltisch herhalten konnte. Wolf nestelte Maxine um-

ständlich aus der Trage und legte sie hin. Er schirmte den Anblick des nach wie vor völlig trockenen Babys mit seinem Körper und der Wickeltasche ab.

»Man riecht noch immer nichts«, sagte Herr Niedermeyer bewundernd.

»Ich find's toll«, sagte seine Frau und klatschte einmal symbolisch in die Hände. »Ein Mann, der auch mal die Windel wechselt …«

»Ja, auch mal …«, knurrte Wolf.

Während an Maxine eine Windel verschwendet wurde, schoss Holly unbeobachtet Handyfotos von allem, was ihr verdächtig vorkam. Spuren des Verfalls, Familienfotos ohne den alten Niedermeyer, fast leere Schmuckkästen und Kleiderschränke gefüllt mit wenig beeindruckender Garderobe, dazu ein Schlüssel an einem Haken, der ihr bekannt vorkam.

Dann klingelte das Handy in ihrer Hand.

Herr Niedermeyer hörte es als Erster. Eine charakteristische Tonfolge, die klang, als würde sie auf einem digital verfremdeten Bambus-Xylofon gespielt. »Was ist denn das?«, fragte er.

»Klingt wie ein iPhone«, sagte Wolf, über seine Tochter gebeugt.

»Wir haben kein iPhone«, sagte Frau Niedermeyer, die jetzt wieder misstrauisch wurde.

»Wir auch nicht«, bemühte sich Wolf. »Also, Handy schon, wie gesagt. Aber kein iPhone. Wir haben das andere. Man muss ja auch nicht jeden Modekram mitmachen.« Genau in diesem Moment erstarb die Melodie. »Ich höre nichts mehr«, sagte Wolf stolz, als wäre das der Beweis, dass es nie etwas zu hören gegeben hatte.

Ein Stockwerk höher zischte Holly in ihr iPhone: »Nicht jetzt, Mama!« Dann legte sie auf und durchwühlte die nächste Schublade.

Die Niedermeyers waren wieder im Bann des Babys, als Holly nach unten zurückkam. »Puh, DAS war gut!«, rief sie. Sie reckte und streckte sich.

»Freut mich …«, sagte Herr Niedermeyer irritiert.

Maxine war wieder vor Wolf geschnallt. »Wir wollen Sie nicht länger stören!«, sagte er.

»Sie stören doch nicht«, sagte Frau Niedermeyer, während sie Maxine ansah.

»Wollten Sie nicht unser Telefon benutzen, um Hilfe wegen Ihres Wagens zu rufen?«, fragte ihr Mann.

»I wo!«, rief Holly. »Nach der ganzen Zeit hat sich die Kiste bestimmt wieder berappelt. Sie wissen doch, wie das ist.«

Die Gesichter der Niedermeyers deuteten an, dass sie das nicht wussten. Nichtsdestotrotz machten sich Holly, Wolf und das Kind zurück auf den Weg zum Auto.

»Was haben Sie rausgefunden?«, flüsterte Holly, als sie draußen waren.

»Nur, dass Herr Niedermeyer eine ungefähr siebzigprozentige Übereinstimmung mit dem Phantombild von WFH Boi hat«, gab Wolf zu. »Wie die meisten männlichen Weißen seines Alters. Ansonsten war ich zu sehr damit beschäftigt, Maxis völligen Mangel an Ausscheidungen herunterzuspielen.«

Holly erzählte von den weiteren Zeichen der Verarmung und des Grabens zwischen den Niedermeyer-Generationen, die sie gefunden hatte.

Im Auto scrollte Holly durch die Bilder auf ihrem iPhone. Beim Schlüssel verweilte sie, vergrößerte die Aufnahme. »Was ich jetzt sagen werde, wird Ihnen nicht gefallen«, warnte sie Wolf.

»Das wird keine völlig neue Erfahrung für mich sein. Was werden Sie denn sagen?«

Sie deutete aufs Haus. »Ich muss da noch mal rein.«

»Unter gar keinen Umständen!«

Aber Holly hatte bereits das Fahrzeug verlassen. »Ich bin sofort wieder da!«

Sie überzeugte die Stimme am Lautsprecher, dass sie etwas im Haus vergessen hatte. Sie wurde durchs Tor gesummt und rannte los.

»Was ist es denn?«, fragte Frau Niedermeyer, als Holly an ihr vorbei ins Innere lief.

»Meine Schminktasche!«, rief Holly ungebremst. Sie hatte schon fast die Treppe erreicht.

»Moment, ich hole sie Ihnen.«

»Nicht nötig!«

Sie rannte die Treppe hinauf. Sie sah das Schlüsselbrett. Sie schnappte sich den verdächtigen Schlüssel und steckte ihn ein. Ihr Herz schlug bis zum Hals, nicht nur wegen des Rennens. Sie rannte wieder nach unten, zur Tür hinaus.

»Vielen Dank noch mal!«, rief sie, bevor sie die Tür hinter sich zuknallte, auf dem Kiesweg weiter zum Tor rannte und in ihren Wagen sprang.

***

Drinnen vor der geschlossenen Haustür sagte Frau Niedermeyer zu Herrn Niedermeyer: »Ich hätte schwören können, dass die keine Schminktasche dabeihatte. Weder vorher noch jetzt gerade.«

»Die ist ja nicht mal geschminkt«, sagte ihr Mann.

***

Der Wagen rührte sich nicht vom Fleck.

»Treten Sie aufs Gas!«, forderte Wolf.

»Es geht nicht!«, ächzte Holly, die genau das und noch einiges mehr mit Füßen und Händen tat.

»Wie, es geht nicht? Haben Sie sich beim Rennen den Fuß verknackst?«

»Ich trete, ich mache, aber es geht nicht!«

»Ziehen Sie mal den Choke oder so.« Er wusste nicht, wovon er sprach, doch das musste sie nicht wissen.

Sie drehte sich zu ihm um. »Geben Sie es zu: Sie wissen gar nicht, was das ist. Sie werfen nur irgendein Wort in den Raum, das Sie schon mal gehört haben. Wissen Sie überhaupt, wie Autos funktionieren?«

»Meinen Sie etwa, ich hätte einen Führerschein? Ich bin Schriftsteller!«

»Ich habe einen.«

»Ein Glück.«

»Warum haben Sie denn keinen?« Während sie sprachen, versuchte sie weiter, den Wagen in Gang zu setzen.

»Ich bin damals durchaus versuchsweise das eine oder andere Mal in die Fahrschule gegangen, aber das hat mir nicht gefallen. Diese Leute ... die hatten so gar nichts mit mir zu tun. Ich fand ihr Interesse an Straßenschildern, Vorfahrtsregeln und Stundenkilometern so ... bizarr. Diese Menschen waren sechzehn, siebzehn, achtzehn ... genau wie ich ... In diesem Alter sollte man doch andere Prioritäten haben ...«

»Jungs, Mädchen, Partys ...«

»Literatur! Theater!«

»Das hätte ich als Nächstes gesagt.«

»Jedenfalls konnte ich mir nicht vorstellen, ein Auto auf denselben Straßen zu fahren, auf denen diese Menschen ebenfalls in ihren Autos unterwegs waren. Und später habe ich mir zu meiner kulturellen Ablehnung noch eine ökologische gestrickt. Die ist den meisten Geistern leichter zu vermitteln.«

»Aber wenn Sie jemand im Auto mitnimmt, ist das okay? Ist das nicht ein bisschen heuchlerisch?«

Wolf hielt den Zeigefinger in die Luft. »Ja, aber nur ein bisschen! Das ist der springende Punkt. Wenn Sie mich in Ihrem Wagen mitnehmen, versündigen Sie sich an der Umwelt immerhin nicht so sehr, als säßen Sie allein im Wagen. Weil Sie zwei volljährige Menschen transportieren und einer somit nicht auch noch allein in einem Kraftfahrzeug die Umwelt verpestet.«

»Also tun *Sie mir* einen Gefallen, wenn *ich Sie* im Wagen mitnehme?«

»Wenn Sie es partout so sehen wollen …«

»Dabei könnten Sie doch gar nicht allein in einem Kraftfahrzeug die Umwelt verpesten. Weil Sie gar nicht wissen, wie das geht.«

»Ich speziell nicht. Es handelt sich ja in erster Linie um eine Hypothese, die sich nicht auf jede Situation eins zu eins anwenden lässt. Das heißt jedoch nicht, dass sie sich auf *keine* Situation anwenden ließe.«

»Ich glaube, das ist mir zu theoretisch.«

»Moral ist ja immer theoretisch, ein rein geistiges Konstrukt. Ein Abfallprodukt der Religion, wenn Sie so wollen.«

»Moral ist ein Abfallprodukt?«

»Oder Nebenprodukt der Religion, falls Ihnen das lieber ist.«

»Ich bin nicht religiös, also nicht in dem Sinne, dass ich an einen alten weißen Mann mit Bart da oben glaube, aber doch vielleicht, dass da irgendetwas ist, schon was Spirituelles, das größer ist als wir kleinen –«

»Oh, bitte nicht schon wieder diese Leier!«

»Ich will nur sagen: Man kann auch moralisch empfinden, ohne religiös zu empfinden.«

»Absolut. Und doch kommt diese Moralvorstellung von der Religion, die die Gesellschaft geprägt hat, in der wir leben. Wir mögen nicht an Gott glauben, aber wir halten Nächstenliebe, Großzügigkeit, Hilfsbereitschaft, Nachgiebigkeit, Achtsamkeit und das alles für selbstverständlich.«

»Das ist ja auch selbstverständlich.«

»In christlich geprägten Kulturen ja. Wenn Sie mal woanders hinschauen, zum Beispiel in viele asiatische Länder, ist das nicht so selbstverständlich. Nehmen Sie nur die Buddhisten …«

»Buddhisten sind ja wohl die Allerachtsamsten!«

»Das gilt vielleicht für die 08/15-Buddhisten in Ihrer Yoga-AG. Sehen Sie allerdings nach Myanmar oder Sri Lanka, da sind buddhistische Gruppierungen nichts anderes als terroristische Vereinigungen. Die katholischen Kreuzritter waren die reinsten Friedenstruppen dagegen.«

»Jetzt übertreiben Sie aber.«

»Allenfalls ein ganz kleines bisschen. Nichtsdestotrotz ist die westliche Verniedlichung dieser fanatischen, dogmatischen, sektiererischen, intoleranten und oft militanten Ideologie etwas, was mir gehörig gegen den Strich geht.«

Holly stieß einen spitzen Schrei aus und senkte den Blick in Windeseile auf ihr Armaturenbrett, als könnte sie dort weitere Bedienelemente finden, um ihren Wagen endlich zu starten.

»Was ist passiert?«, fragte Wolf.

»Sehen Sie nicht hin!«

»Wo hin?«

»Der junge Niedermeyer steht am Fenster und beobachtet uns.«

Wolf sah hin. »Tatsächlich. Der guckt wie so ein Killer-Buddhist.«

»Jetzt hören Sie aber auf. Der Dalai-Lama –«

»Lassen Sie mich gar nicht erst vom Dalai-Lama anfangen! Der Dalai-Lama und die CIA –«

Der Wagen sprang an.

»Gott sei Dank!«, rief Wolf im Affekt.

»Vielleicht war's der Dalai-Lama«, sagte Holly.

Vielleicht war er das, dachte Wolf. Wollte mich zum Schweigen bringen.

Sie fuhren davon und vertieften das Thema nicht. Als sich im Wagen ein unangenehmer Geruch ausbreitete, fuhren sie schneller.

»Jetzt wollen wir mal sehen«, sagte Holly, als sie wieder vor ihrer Haustür standen. Sie steckte den Schlüssel, den sie bei den Niedermeyers entwendet hatte, ins Schlüsselloch.

Er passte.

»Ich bin heilfroh, dass ich nicht irgendeinen Schlüssel geklaut habe, der den jungen Niedermeyers gehört.«

»Dieser Schlüssel gehört doch den jungen Niedermeyers«, sagte Wolf.

»Ja, aber es ist nicht irgendein Schlüssel.«

»In welches Schloss er passt, ist doch in der Besitzfrage unerheblich. Gestohlen bleibt gestohlen.«

Sie ignorierte Wolfs Festhalten an dieser Unwesentlichkeit. »Dieser Schlüssel beweist, dass die jungen Niedermeyers sich zur Wohnung des alten Niedermeyers Zutritt verschafft haben könnten, obwohl sie gegenüber der Polizei behauptet haben, es nicht getan zu haben.« Holly drehte den Schlüssel herum und öffnete die Tür. »Funktioniert!«

»Sie tun, als hätten Sie noch nie unsere Haustür geöffnet.«

»Pro forma müssen wir natürlich ebenso überprüfen, ob er in Niedermeyers Türschloss passt.«

Sie schlichen sich ins oberste Stockwerk. Die Tür zu Niedermeyers Wohnung stand weiterhin einen unauffälligen Spalt weit offen, so wie die beiden sie bewusst hinterlassen hatten, sollte es sich als notwendig erweisen, buchstäblich oder sinnbildlich weitere schmutzige Wäsche zutage zu fördern. Der Schlüssel passte. Holly versuchte zu drehen. Er drehte sich nicht.

»Mist«, sagte Holly.

»Scheibenkleister«, sagte Wolf.

Hollys Miene erhellte sich sofort wieder. »Das bedeutet, dass der alte Niedermeyer sein Schloss ausgetauscht hat. Das wiederum spricht ebenfalls Bände.«

»Vielleicht war es auch nie der Schlüssel zu dieser Wohnung gewesen. Dass er unten passt, heißt ja nur, dass er zu irgendeiner Wohnung im Haus passt.«

»Sie meinen … der junge Niedermeyer hatte *auch* ein Verhältnis mit Frau Loibl?«

»Ich meine nichts dergleichen!«

»Oder seine Frau eins mit dem Wagner? Oder doch der Mann und Herr Wagner? Nicht dass das irgendwie schlimmer wäre.«

»Sie verrennen sich da in etwas.«

Eine Verbindung zwischen dem Hausmeister und den jungen Niedermeyers schien unwahrscheinlich. Nichtsdestotrotz war es nun Herr Wagner, dem es weiter auf den Zahn zu fühlen galt. Doch zunächst brauchte jemand eine frische Windel.

15

Der Mann ohne Plastikkralle

Nach einer halb durchgeschlafenen Nacht sah die Sache schon wieder ganz anders aus. Die ernüchternden Ergebnisse der aufwendig geplanten Recherche bei Niedermeyers Hinterbliebenen hatte Wolf fast vergessen, als er mit seiner endlich endgültig eingeschlafenen Tochter im beinahe buchstäblichen Schlepptau bei Holly auf der Matte stand. »Heute ist ein besonderer Tag!«, ließ er sie wissen.

Holly konnte Wolf zwar hören, mit dem Sehen klappte es durch ihre vom Schlaf verquollenen Augen noch nicht so recht. »Weihnachten?«, fragte sie, im Halbschlaf frei assoziierend. »Kafkas Geburtstag?« So langsam wachte sie auf und stellte sich mehr auf ihren Gesprächspartner ein.

»Heute ist der Tag, an dem sich der Skatclub von Niedermeyer und Wagner im Alten Wirt trifft!«

»Und da wollen Sie wirklich hingehen? Spielen Sie überhaupt Skat?«

»Mein Großvater war Semiprofi.«

»Ihr Großvater? Wie lange ist das denn her?«

»Nicht so lange, dass ich mich nicht mehr daran erinnern könnte. Großartiger Mann. Kerngesund. Hat ein langes Leben gelebt.«

»Und so etwas ist erblich? Ich meine nicht die Gesundheit und das lange Leben, sondern das Geschick fürs Skatspiel?«

»Natürlich nicht. Ich liebte meinen Großvater, und er liebte mich, aber wir teilten nicht viele Leidenschaften. Fußball, Lotto und Skat – das war seine Welt. Mit Fußball konnte ich nichts anfangen – ich war ein heranwachsender Junge, was soll man erwarten? Lotto hatte ich früh als Scharlatanerie durchschaut. Blieb also Skat. Glücklicherweise hatte ich in jungen Jahren eine sehr intensive Dostojewski-Phase, wie wohl jeder Grundschüler. ›Der Spieler‹, Sie wissen schon.«

»Tja, meine Dostojewski-Phase liegt schon zu lange zurück.« Holly hatte sich vor ein paar Jahren im Hugendubel im Olympia-Einkaufszentrum eine günstige Gesamtausgabe vom Grabbeltisch gekauft, aber bislang einfach noch nicht die Zeit gefunden, die Schutzfolie zu öffnen. »In ›Der Spieler‹ wird Skat gespielt?«
Wolf lachte, als hätte Holly einen cleveren Insiderwitz gerissen. »Natürlich nicht, in ›Der Spieler‹ wird Trente-et-quarante gespielt. Aber ich konnte bereits früh abstrahieren.«
»Also wurde Skat das Band zwischen Ihrem Großvater und Ihnen.«
»So ist es.«
»Und Sie können sich zwischen gewohnheitsmäßigen Skatspielern behaupten?«
»Behaupten? Die werden gar nicht wissen, wie ihnen geschieht. Vermutlich werde ich noch den einen oder anderen Schinken mit nach Hause bringen. Auch wenn es uns darauf natürlich nicht ankommt.«
»Diese Schinken-Anspielung sagt mir nun gar nichts.«
»Bei solchen Turnieren gibt es immer Schinken zu gewinnen.«
Holly runzelte die Stirn. »Wie sicher sind Sie sich da?«
»Mein Großvater hatte eine stolze Siegerschinkenkollektion.«
»Das ist natürlich schon ein bisschen her …«
»Solche Traditionen sterben nicht so schnell. Das sind sehr konservative Leute.«
»Und da wollen Sie als quasi-alleinerziehender Vater mit Kind auftauchen?«
»Natürlich nicht!« Wolf schlug sich vor den Kopf. »Richtig! Maxine! Hatte ich ganz vergessen! Warten Sie, ich bin gleich wieder da!«
Maxine ließ er zurück.

***

Als Wolf wieder in Hollys Tür stand, präsentierte er stolz eine enorme Tragetasche. Holly hatte sie bereits bei ihrem Ausflug zu den Niedermeyers gesehen. »Das ist eine sogenannte Papatasche«, erklärte Wolf. »Alberner Begriff, ich weiß. Wenn man allerdings erst mal Kinder hat, gewöhnt man sich an so manch albernen Begriff, sogar als ausgesprochener Sprachästhet. In Ihrem Fall passt er natürlich nicht … aber ›Mamatasche‹ würde da auch nicht passen …«

»In meinem Fall …«

Wolf stellte die Tasche auf den Boden und zog den Reißverschluss auf. »Man kann natürlich auch einfach ›Wickeltasche‹ dazu sagen, und manchmal tue ich das auch der Verständlichkeit halber, obwohl es nicht das ganze Bedeutungsspektrum der Sache abbildet. Ich erkläre es Ihnen.« Er lüpfte jedes Teil, das er erwähnte, aus einem der vielen Abteile der Tasche. »Das hier ist ihre Trinkflasche. Die befülle ich vorher, doch eventuell müssten Sie noch mal nachwärmen. Das hier sind Feuchttücher, können Sie oben und unten verwenden, Sie wissen schon. Pflaster, die Sie hoffentlich nicht brauchen …«

»Die Feuchttücher werde ich hoffentlich ebenfalls nicht brauchen …«

Wolf lachte herzhaft. »Oh doch, die brauchen Sie, glauben Sie mir. Also weiter … Babypuder. Das werden Sie wahrscheinlich wirklich nicht brauchen. Sie wird nicht leicht wund. Aber besser haben und nicht brauchen als brauchen und nicht haben, nicht wahr?«

»Wie Schusswaffen.«

»Genau. Das hier ist eine Wickelunterlage …«

»Wickelunterlage?«

»Sie könnten auch den professionellen Wickeltisch in unserer Wohnung verwenden, aber wenn es passiert, wollen Sie es wahrscheinlich lieber so bald wie möglich hinter sich bringen. Einfach nur ausklappen und irgendwo hinlegen, wo es für Sie am bequemsten ist und möglichst wenig wackelt. Ihr Schreibtisch zum Beispiel.«

»Ich glaube nicht, dass –«

»Und das hier sind die Windeln.« Er zählte. »Drei Stück. Mehr als genug. Wahrscheinlich brauchen Sie nur eine.«

»Ich –«

Er hob die Hand, um ihrer Rede Einhalt zu gebieten. »Ich weiß, was Sie sagen wollen. Aber ich kann Sie beruhigen: Das ist ganz einfach. Absolut selbsterklärend. Nicht mehr so wie zu Zeiten meines Großvaters, haha. Einfach den Popo in den Teil, der nach Popo aussieht, den Rest vorne vor und das Ganze mit den vorinstallierten Klebebändern fixieren. Fertig. Wenn Sie das erst ein paarmal gemacht haben, gelingt es im Schlaf. Oft muss es das auch. Vorher, beim Säubern, müssen Sie natürlich darauf achten, immer vom Geschlecht weg zu wischen. Und die gebrauchte Windel … Na ja, Sie sollten sich vielleicht einen Eimer bereitstellen, mit dem Sie keine allzu sentimentalen Erinnerungen verknüpfen.«

»Ich bekomme so langsam das Gefühl, dass Sie von mir erwarten, ich würde mich um Ihre Tochter kümmern, während Sie in die Kneipe gehen und Karten spielen.«

»Wenn Sie das so sagen, hat das einen rollendynamisch sehr bedenklichen Unterton, den ich strikt ablehne. Ich gehe da ja nicht zum Vergnügen hin, sondern um einen Mordfall aufzuklären. Wozu Sie mich angestiftet haben.«

»Ich habe Sie allenfalls dazu angestiftet, diesen Fall mit mir gemeinsam aufzuklären. Und jetzt soll ich bloß auf das Kind aufpassen.«

»Das ist ungerecht. Ich habe viel öfter auf das Kind aufgepasst.«

»Es *ist* auch Ihr Kind!«

Jetzt erst bemerkte Wolf die Angst in Hollys Augen. Er sagte: »Holly, Sie schaffen das. Es wird wahrscheinlich eh nicht allzu lange dauern. Obwohl ich ein ausdauernderer Kartenspieler als Walker bin, dahin gehend muss ich Sie warnen. Und wenn Sie die Windel nicht wechseln wollen, dann stinkt es halt ein bisschen länger. Und schreit. Dann übernehme ich, sobald ich zurückkomme. Vielleicht passiert in der Zeit auch gar nichts, worum Sie sich kümmern müssten.«

»Es sind nicht die Windeln allein … Es ist nur … Sie ist ein Baby … und das ist so eine riesengroße Verantwortung …«

Wolf hielt sich die Hände vor die Ohren. »La, la, la – das will ich gar nicht hören! Wenn ich mir das jeden Tag bewusst machen würde, verbrächte ich den Rest meiner Lebenszeit in Schockstarre, kalten Schweiß absondernd.«

Holly lächelte. »Okay. Verstehe. Augen zu und durch.«

»Ganz so locker bitte auch wieder nicht nehmen.« Beide sahen zu Maxine, die auf Hollys Sofa lag, neben ihrem sitzenden Vater, und gerade an einem ihrer Projekte arbeitete. Möglicherweise dem Auf-den-Bauch-Drehen aus eigener Kraft. Das wollte ihr zwar noch nicht recht gelingen, aber der Speichel floss trotzdem schon über ihre Wange auf den Couchbezug. »Das tut mir leid«, sagte Wolf. »Sie speichelt wirklich sehr. Lässt sich aber leicht entfernen.«

Holly winkte ab. »Das macht gar nichts. Ich sabber selbst wie blöde auf dieses Sofa, wenn ich meinen Mittagsschlaf mache.«

Wolf stand auf.

»Ist wie verhext«, führte Holly aus. »Wenn ich auf der linken Seite liege, schlafen mir die Arme ein. Rechts fange ich an zu sabbern. Das ist nicht schön, aber immer noch besser als kribbelnde Arme.«

Wolf entfernte sich vom Sofa. »Ich setze mich mal auf Ihren Sitzball, falls Sie nichts dagegen haben. Ich spüre schon wieder meinen Rücken.« Fast wäre er sofort auf denselben gefallen, nachdem er auf dem Ball Platz genommen hatte, doch er konnte gerade noch eine wackelige Balance an sich reißen.

Holly setzte sich neben Maxine, sah sie liebevoll, wenngleich ein bisschen skeptisch an. »Ich habe wirklich nicht viel Erfahrung mit so was. Wie kann ich sie denn zum Beispiel dazu bringen, Bäuerchen zu machen? Gibt es da irgendwelche Spezialgriffe?«

»Machen Sie sich da überhaupt keine Gedanken. Sie macht kein Bäuerchen.«

Holly schaute alarmiert. »Was heißt das: Sie macht kein Bäuerchen?«

»Selten. Sie ist halt nicht der Bäuerchen-Typ. Die Hebamme sagt, das kommt schon mal vor. Nicht alle Babys sind gleich. Im Großen und Ganzen werden Bäuerchen überbewertet.«

»Sie haben eine Hebamme? Dann kann die doch auf die Kleine aufpassen.«

»Hebammen sind keine Babysitter. Noch so eine von ihren Weisheiten.«

»Ich habe nie eine Hebamme bei Ihnen gesehen.«

»Warum sollten Sie? Sind Sie auch so eine Frau Loibl, die sich nichts entgehen lässt, was im Haus vor sich geht?«

»Ich schnüffle nicht, aber als Schriftstellerin habe ich eine natürliche Neugier. Augen und Ohren immer offen. Es ist ein Fluch und ein Segen.«

»Die Hebamme war halt nur ein- oder zweimal da.«

»Hebammen kommen nicht nur ein- oder zweimal. Ich habe das recherchiert für meine Prequel-Novelle ›Die Hebamme des Highlanders‹. Vielleicht wird eine Spin-off-Serie draus. Sie haben sie vergrault, nicht wahr?«

»›Vergrault‹ hat so einen negativen Beigeschmack. Sie hatte schnell eingesehen, dass ich schon alles weiß und alles kann. Also in Bezug auf Babys.«

»*Ich* kann aber nicht alles! Was kann ich denn zum Beispiel tun, damit sie einschläft oder so? Muss ich mir diese App runterladen? Oder wird Schlaf bei Babys auch überbewertet?«

»Singen Sie ihr einfach etwas vor. Das Elefanten-Lied, zum Beispiel. Ich kann Ihnen den Text ausdrucken oder als PDF schicken. Sollten Sie mal eigene Kinder haben, zwingt man Sie sowieso, es auswendig zu lernen.«

»Das mit den Bäumen und Zwischenräumen? Das kennt doch jeder. Ist das nicht etwas zu flott als Schlaflied?«

»Sie müssen es langsamer singen. Aber nicht die Strophe mit den Zwergen. Das versteht sie noch nicht.«

»Die habe ich sowieso immer gehasst. Warum sind da plötzlich Zwerge? Total inkonsistentes Worldbuilding.«

Wolf hüpfte vor Begeisterung auf dem Ball. »Finden Sie nicht auch? Und die Sache mit den Brücken ist auch keine Glanzleistung.«

Holly nickte eifrig. »Brücken/Lücken. Sehr vorhersehbar. Nach Bäume/Zwischenräume äußerst enttäuschend.«

»Sehen Sie, wir verstehen uns! Sie werden das Kind schon schaukeln. In erster Linie sprichwörtlich, natürlich. Buchstäblich nur, wenn es unbedingt nötig ist, und sehr behutsam.« Er nahm sein Kind wieder auf. »Jetzt lasse ich Ihnen für den Rest des Tages Zeit zur freien Verfügung und bringe Ihnen Maxi heute Abend wieder vorbei.« Er war verschwunden, bevor Holly weitere Bedenken anmelden konnte.

※※※

Am Abend fühlte Wolf sich ungewohnt leicht. Es lag wahrscheinlich daran, dass er kein Baby umgeschnallt hatte, die Verantwortung für ein paar süße Stunden in vertraute Hände geben konnte. Einmal wieder ohne Papatasche in eine Wirtschaft gehen. Am Abend. Ohne Gehstöcke. Vielleicht würde er sich sogar ein Bier gönnen.

Normalerweise war jetzt im Sommer im Innern des Alten Wirts nicht viel Trubel, da sich die Nachbarschaft lieber draußen im Biergarten verlustierte. Heute allerdings hatte es geregnet, weshalb die Gäste sich nun mehrheitlich in die rustikale Schankstube quetschten. Wolf brauchte eine Weile, um Wagner und seine Mitstreiter auszumachen. Den Mann, der Wolf dabei mit finsterer Miene vom Tresen aus beobachtete, bemerkte er nicht.

Wagner war der Älteste unter der Handvoll von Spielern, die sich in einer Sitzecke um ihn herum versammelt hatten. Die anderen schienen zu ihm aufzusehen wie zu einem Mentor. Wolf stellte sich vor, bestellte sich sein Lieblingsbier, das er, als es kam, fast auf ex austrank, und nahm die Szenerie in sich auf. Er hatte ein paarmal seinen Großvater zu dessen Skat-Treffen begleiten dürfen. Diese Leute sahen irgendwie anders aus und benahmen sich anders. Gut, war halt eine ganz andere Generation. Schinken sah er nirgends. Die jungen Leute saßen über kleinen bunten Bildchen in der Größe von Panini-Sammelklebebildern, die offenbar Szenen aus einem Fantasy-Comic oder -Trickfilm zeigten, den er nicht kannte. Vielleicht waren das die Preise. Das war schon ein bisschen enttäuschend. Aber er war ja nicht wegen des Schinkens gekommen, sondern wegen der Informationen.

Wolf klatschte in die Hände. »So, jetzt packt mal eure Sammelbildchen weg und lasst uns eine Runde Skat kloppen«, sagte er.

Die anderen lachten herzhaft, einer haute ihm auf die Schulter. »Eine Runde Skat!«, wieherte er. »Wie zu Großvaters Zeiten!«

»Eine Runde oder mehr«, bekräftigte Wolf.

»Der war gut!«

Wolf bedankte sich herzlich, bestellte noch ein Bier.

Wagner war offenbar der Leiter der Versammlung. Als sich eine Weile nichts tat, sagte er zu Wolf: »Also?«

»Also was? *Hit me!*«

»Wo sind Ihre Karten?«

»Ich habe noch keine bekommen.«

»Sie müssen natürlich Ihre eigenen mitbringen.«

Das fand Wolf befremdlich. »Ich habe meine Karten zu Hause vergessen. Können wir nicht einfach alle mit Ihren spielen?«

Die anderen schauten verdutzt und brachen erneut in schallendes Gelächter aus. Wolf sah sich verwirrt um. Er betrachtete die Bildchen auf dem Tisch genauer. Darauf waren Helden und Monster abgebildet, dazu obskure Zahlenwerte.

Als er sich wieder eingekriegt hatte, sagte Wagner: »Haben Sie überhaupt schon einmal MTG gespielt?«

»MTG …«

»›Magic: The Gathering‹.«

Wolf plusterte sich auf. »Ob ich schon einmal ›Magic‹ … Mit der Muttermilch habe ich es … jeden Tag und jede Nacht … Wir hatten ja sonst nichts, damals … Das können sich die jungen Leute heutzutage gar nicht mehr vorstellen …«

Wagner bot ihm an: »Sie haben wirklich gedacht, dies ist der Skatclub, oder?«

Er ließ die Schultern hängen. »Ja, habe ich.«

»Der Skatclub ist hinten, im Hirschzimmer.«

»Und der alte Niedermeyer hat trotzdem mit Ihnen gespielt?«

»Im Hirschzimmer hatte der Hausverbot. Wir sind weniger … wählerisch.«

»Na dann …« Wolf machte keine Anstalten aufzustehen.

»Na dann?«

»Spielen wir eine Runde von diesem ›Magic‹-Zeug, wo ich schon mal hier bin. Vielleicht kann ich in Ihre Karten mit reingucken.«

Wagner sah ihn argwöhnisch an. »All die Fragen über mich und Niedermeyer. Geben Sie es zu, nur deshalb sind Sie hier: um mir in die Karten zu schauen.«

Wolf gab es zu. Hier, an diesem öffentlichen Ort, fühlte er sich sicher. Außerdem war er schon beim zweiten Aventinus Doppelbock. »Ja, ich verdächtige Sie. Wenn nicht direkt der Ermordung Niedermeyers, so verdächtige ich Sie sehr wohl, mehr über diese Sache zu wissen, als Sie zugeben. Sie waren in Niedermeyers Wohnung.«

»Ich bin der Hausmeister. Früher oder später bin ich in jeder Wohnung.«

»Sie müssen es gar nicht abstreiten.« Der Doppelbock machte Wolf nicht nur mutig, sondern auch ein bisschen langsam.

»Ich habe es doch gerade quasi zugegeben!«

»Wir haben einen Ihrer Lego-Steine in der Wohnung gefunden.«

Wagner wurde kreidebleich. »Welchen?«

»Jaha, da staunen Sie nicht schlecht!« Wenn man den Alkohol nicht mehr gewohnt war, stieg er einem ganz schön zu Kopf.

»Spielen Sie keine grausamen Spielchen mit mir! Hier geht es um Lego!«

»Die Wolverine-Kralle.«

Wagners Gesicht nahm einen flehenden Ausdruck an. »Wo ist sie jetzt? Bitte sagen Sie mir, dass Sie ihr nichts angetan haben!«

»Sie ist an einem sicheren Ort.« Wolf hatte keine Ahnung, wo die verdammte Kralle war. Er machte eine mentale Notiz, dass er und Holly ein besseres Ablagesystem für ihre Beweismittel brauchten oder überhaupt ein System. Wegen des Alkohols vergaß er es sofort wieder. Einer der vielen Nachteile, die mentale Notizen gegenüber tatsächlichen Notizen hatten.

»Dieser Stein ist eine Seltenheit. Die Edition wurde vom Markt genommen, nachdem sich etliche Eltern über den Schmerz beschwert hatten, den der Stein beim Drauftreten verursacht. Ich meine … Wie blöd kann man sein?«

»Das tut aber wirklich ganz schön weh. Könnte ich mir vorstellen.«

Wagner gab sein charakteristisches Schnaufen von sich. »Lego tut immer weh, wenn man drauftritt! Nach dieser Logik müsste man alle Lego-Steine verbieten.«

»Man wird noch träumen dürfen.«

»Wie bitte?«

»Ich meine: Nicht so laut, damit Sie Denen-da-oben nicht noch Ideen geben.«

Wagner fasste sich wieder. »Sie haben recht. Ich hätte den Lego-Stein gerne zurück. Er ist wertlos für Ihre Ermittlungen. Er beweist nur, dass ich in der Wohnung war, und das beweist nur, dass ich meinen Job mache.«

»Ich gebe Ihnen den Stein zurück, wenn Sie mir Informationen geben. Sie müssen mehr über Niedermeyer wissen als sonst wer im Haus.« Außer vielleicht Frau Loibl, dachte er. Also lediglich mehr als Holly und Wolf. Und das war nicht schwer.

»Abgemacht. Eine Sache weiß ich wirklich, die nicht jeder weiß.«

»Schießen Sie los, und der Lego-Stein gehört Ihnen, als wäre nie etwas geschehen.« Vorausgesetzt, Holly wüsste noch, wo er war.

»Niedermeyer hatte ein Verhältnis mit der Loibl.«

Wolf ließ wieder die Schultern hängen. »Das wusste ich schon. Das wusste das ganze Haus schon.« Was nun stimmte.

»Pech. Sie haben mir Ihr Wort gegeben.«

»Genau betrachtet galt das Wort nur für den Fall, dass Ihre Information wirklich neu für mich wäre …« Doch Wolf verachtete Erbsenzähler und Prinzipienreiter. Nicht zuletzt, weil man an anderen Leuten eben immer das nicht mochte, was man an sich selbst nicht mochte. Er gestand Wagner seinen Lego-Stein zu.

Wagner lehnte sich triumphierend zurück. Schlitzohrig sagte er: »Sie müssen nicht so ein Gesicht machen. Ich habe nichts mit dem Mord zu tun, aber ich habe selbst einen Verdacht. Den teile ich gerne mit Ihnen.« Er streichelte den Stapel Karten vor ihm auf dem Tisch, als wünschte er sich, es wäre eine weiße Katze auf seinem Schoß.

Wagners Pose ließ darauf schließen, dass ein Haken an der Sache war. Dennoch sagte Wolf: »Nur raus damit.«

»So einfach geht das nicht.«

»Habe ich mir gedacht.«

»Erst müssen Sie gegen mich spielen, Mr. Wolf.«

»Habe ich mir ebenfalls fast gedacht. Aber wie schon festgestellt – ich habe keine Karten.«

»Dem kann Abhilfe geschaffen werden«, sagte der schurkische Kartenstreichler und schnippte mit den Fingern.

Einer seiner Vasallen stattete Wolf mit einem Deck »Magic«-Karten aus, Wolf nahm sie an sich. »Wiedersehen macht Freude«, zischte der Vasall.

»Und nun?«, fragte Wolf sein Gegenüber.

»Mischen«, forderte der auf und machte es ihm vor, enervierend langsam.

Wolf mischte ebenfalls, bis er genug hatte, und sagte: »Hat sich schon mal jemand zu Tode gemischt.«

»Also, spielen wir. Nehmen Sie Ihre Hand.« Wagner nahm fünf Karten von seinem Deck, Wolf tat es ihm gleich. Er sah sich die Karten an. Darauf waren Bilder von Landschaften und Fabelwesen und jede Menge Textinformation, die er unmöglich auf die Schnelle verarbeiten konnte. Er war ein Genussleser. Wie andere darauf bestanden, dass Essen mehr als nur Nahrungsaufnahme für sie sei, so war Lesen für Wolf mehr als bloße Informationsaufnahme. Was soll's, dachte er. Ich achte einfach mit meiner messerscharfen Beobachtungsgabe darauf, was Wagner macht, und tue es ihm nach. Der Rest ist bei solchen Spielen eh Glückssache, und Glück ist stets den Anfängern hold.

»Sie fangen an«, sagte Wagner.

»Das kann ich nicht«, sagte Wolf und meinte es wortwörtlich. »Ich muss drauf bestehen.«

»Kann ja nicht so schwierig sein«, behauptete der verhinderte Skat-König. »Der Typ mit dem langen Schwert sticht den Typen mit dem kurzen Schwert.« Er knallte eine Karte auf den Tisch, die einen gefährlich aussehenden Ritter zeigte. »Ich will sehen!«

Wagner seufzte, seine Vasallen kicherten. »Nehmen Sie die Karte vom Tisch und spielen Sie zuerst ein Land.«

Wolf steckte den Ritter zurück in sein Deck. »Ein Land?«

Der Vasall, der ihm die Karten geliehen hatte, zeigte scheu auf eine in Wolfs Hand. »Kann ich auch eine Insel spielen?«, fragte Wolf seinen Gegenspieler.

»Eine Insel ist ein Land.«

»Nicht zwangsläufig! Helgoland zum Beispiel heißt zwar so, aber –«

»Spielen Sie die verdammte Insel!«

Das tat Wolf.

Um ihn herum wurde wieder gekichert. Wagner sagte: »Ein Tipp, weil Sie es sind: Das wird nicht reichen.«

»Sage ich ja, dass eine Insel kein richtiges Land ist. Zumindest nicht jede Insel.«

Der Vasall flüsterte: »Spielen Sie noch eine Ebene, sonst haben Sie keine Chance.«

»Eine Ebene?«, fragte Wolf.

»Eine Ebene ist auch ein Land«, sagte Wagner.

»Der reine Wahnsinn! Dieses Spiel ist absolut unlogisch und undurchschaubar. Wie ein gutes Buch! Ich liebe es!«

Doch die Liebe brachte ihm kein Glück im Spiel. Wagner haute magische Kreaturen und grobschlächtige Krieger und diverse unterstützende Flüche und Zauber raus, dass es nur so seine Art hatte. Wolf sah kein Licht und verstand nicht, warum, weil er eben an dieser ganzen Situation überhaupt rein gar nichts verstand.

»Nehmen Sie es nicht zu schwer«, sagte Wagner gönnerhaft. »Sie konnten gar nicht gewinnen.«

»Natürlich nicht. Ich kannte die Regeln ja gar nicht.«

Wagner schien ein bisschen irritiert und ziemlich beleidigt. »Das ist es nicht allein.«

»Das ist aber schon ein ziemlich großer Teil davon.«

»Sie konnten nicht gewinnen, weil ich ein Weltklasse-›Magic‹-Spieler bin.« Die anderen Kartenspieler um ihn herum nickten eifrig. »Ich bin sozusagen eine Legende.«

»Und doch sind Sie hier in Moosach und nicht in Las Vegas am High-Roller-›Magic‹-Tisch mit … Gandalf und Frodo.« Wolf merkte, dass sich seine Schlagfertigkeit besserte. Hatte vielleicht mit seiner neuen Berufung als schnippischer Kriminalermittler zu tun. Er bestellte einen weiteren Doppelbock.

Wagner beugte sich über die Tischplatte und deutete Wolf an, es ihm gleichzutun. Der kam der Aufforderung nach. Wagner flüsterte: »Es wirken Kräfte in der internationalen ›Magic‹-Szene, die das zu verhindern wissen. Ein Talent wie meines muss unterdrückt werden.«

Wolf flüsterte zurück: »Ach so. Sie haben also das, was man heutzutage unter Medizinern als einen riesigen Dachschaden bezeichnet.«

Wagner lehnte sich wieder zurück und sagte stolz: »Ja, ich bin mir ziemlich sicher, dass ich eine besondere Begabung habe, die nicht jeder versteht und die manchen Angst macht. Aber eines Tages, da bin ich mir ebenso sicher, wird über mich eine rührende Fernsehserie gedreht. So wie ›Das Damengambit‹, nur mit ›Magic‹ anstatt mit Schach.«

»›Das Damengambit‹?«

»Haben Sie das etwa nicht gesehen?« Wagner und sein Gefolge lachten demonstrativ durch ihre Nasen.

»Gesehen?«

Wagner seufzte, ein griechischer Chor aus Seufzern setzte als Nachhall ein. »Das ist eine Miniserie, in der ein Waisenmädchen sehr gut Schach spielen kann und später, als junge Frau … auch.«

»Das klingt wie eine sehr unbeholfene Beschreibung der Handlung eines Romans von Walter Tevis, der vermutlich nicht von ungefähr ebenfalls ›Das Damengambit‹ heißt. Den hatte ich mal als junger Mann in meiner dritten Schachphase gelesen.« Sein Blick verklärte sich ob der Erinnerung. »Die Beschreibungen der Schachpartien haben mich Nacht für Nacht um den Schlaf gebracht.« Seine Gedanken schweiften ab, und er dachte voller Liebe daran, was ihn dieser Tage Nacht für Nacht um den Schlaf brachte. Wie es Maxine wohl gerade bei Holly erging?

Er kehrte auch geistig zurück an den Tisch. »Was mich aber noch mehr beeindruckte, war, wie viel Tevis über das sagte, worüber er nichts sagte. Richtiges Schreiben ist nämlich eigentlich Auslassen, müssen Sie wissen.« Wenn die Welt nur ahnte, was er alles auf den rund siebenhundert Seiten von »Nirgendwoland« ausgelassen hatte.

»Mhm«, sagte Wagner, der offenbar nicht fand, dass er das wissen musste. Für Bücher hatte er nur etwas übrig, wenn sie mindestens achthundert Seiten umfassten und auf dem Umschlag mindestens ein Drache und ein Waldläufer-Paladin abgebildet waren, was sich gefälligst im Inhalt des Buches widerzuspiegeln hatte. Ansonsten galt: Serien waren die neuen Romane. Das sagten schließlich alle. »Klingt wie die Netflix-Serie«, fand er.

»Dazu gibt es eine Netflix-Serie?«, fragte Wolf. Er musste sich das unbedingt ansehen. Womöglich war ja dieser Verein doch kein gänzlich unvorstellbares Zuhause für »Nirgendwoland«. Wen kannte er bloß, der ein Netflix-Abonnement haben mochte? Niemanden, natürlich. Doch. Holly vielleicht. Wolf stand auf.

»Was machen Sie denn jetzt?«, fragte Wagner verwirrt.

»Was soll ich schon machen? Ich gebe mich geschlagen. Ich werde die Information nicht aus Ihnen herauskitzeln können. Ich hoffe nur, Sie können ruhig schlafen, wenn der Mörder das nächste Mal zuschlägt.«

»Nun setzen Sie sich wieder hin. Das Spiel war doch nur … ein Spiel. Ich sage Ihnen, was ich weiß. Was Sie daraus machen, ist Ihre Sache. Aber ich muss Sie warnen: Manchmal ist die Wahrheit so verstörend, dass nicht jeder sie vertragen kann.«

Wolf setzte sich wieder hin. »Keine Sorge, ich kann die Wahrheit vertragen. Also, wer hat Niedermeyer ermordet?«

»Unsere Nachbarin.«
»Frau Loibl? Unwahrscheinlich angesichts ihrer Gicht.«
»Nicht die. Ihre spezielle Freundin …«
»Sie ist nicht … Wir sind nur … allzu, nicht speziell.«
»Sie sollten mal lesen, was sie unter Pseudonym geschrieben hat. Da wird einem ganz anders.«
»Die Holly-McRose-Romane? Das glaube ich gerne.«
»Holly McRose? Harmloses Zeug! Noch nie etwas von Harriet Hammer gehört?«
»Sollte ich?«
»Sie standen neulich gemeinsam mit ihr vor meiner Tür und haben mir merkwürdige Fragen gestellt.«
»Das war Frau McRose aus dem ersten Stock.«
»Das war sie nicht immer.« Er holte sein Smartphone heraus. »Ich zeige Ihnen mal was. Ich stelle Ihnen vor: Harriet Hammer.« Er hatte sofort gefunden, was er Wolf zeigen wollte. Der fragte sich, ob Wagner die betreffende Internetseite stets auf Abruf hatte oder ob er einfach viel souveräner im Umgang mit moderner Kommunikations- und Informationstechnologie war als er selbst.

Unter dem Suchbegriff »Harriet Hammer« erwartete ihn ein Defilee völlig inakzeptabler Buchcover, bestehend aus kruden Collagen von Aufnahmen blutverschmierter Hieb- und Stichwaffen sowie abgetrennter Körperteile (auch daran Blut) und grauenhaft verzerrten Titel-Schriftzügen (ebenfalls bluttropfend), die ungefähr so leicht zu lesen waren wie die Logos unabhängiger skandinavischer Death-Metal-Bands auf ungebügelten Tour-T-Shirts. Die Titel konnte er nur entziffern, weil sie in der Auflistung auf Buystuff.com noch einmal neben den Produktabbildungen in neutraler Schrift angegeben waren. Wolf rief ein paar Leseproben auf, kam aber nie weit. Zum einen wegen der menschenverachtenden Gewaltexzesse, die von den ersten Seiten an auf die Leser einprasselten, zum anderen (und vor allem) wegen der vielen Stilblüten und schiefen Metaphern.

Am populärsten war anscheinend die »Alter weißer Mann«-Trilogie, ein Rache-Epos bestehend aus »Alter weißer Mann, was nun?«, »Alter weißer Mann ohne Eigenschaften (und Kniescheiben)« sowie dem radikal kirchenkritischen Hardcore-Thriller »Ein alter weißer Mann hing am Glockenseil«. Wobei »populär« eine zu optimistische Einschätzung war. Die Kundenrezensionen waren nicht allzu gut. Eine besonders garstige Ein-Sterne-Rezension war die, die am häufigsten als hilfreich bewertet worden war. Mehr als der Inhalt interessierte Wolf der Name des Verfassers: »Niedermeyer MUC«. Er tippte auf den Namen, öffnete das Profil des toten Hobbyrezensenten, um alle seine Beiträge zu sehen. Er hatte alle Harriet-Hammer-Romane bewertet. Und alle von Holly McRose. Alle mit jeweils nur einem Stern und wenig schmeichelhaften Worten.

»Und Sie meinen, dass Harriet Hammer meine ... unsere Holly McRose ist?«

»Ich meine das nicht, ich weiß es.«

»Woher?«

»Wir sind uns schon einmal begegnet. Vor Jahren auf einem Autorentreffen.«

»Die RoCoCo?«

»Die Romance Convention & Conference? Da gehen doch nur Mädchen hin!« Verächtliches Lachen von ihm und den Vasallen. Sie gingen offenbar weniger gern dahin, wo Mädchen hingingen. »Nein, auf der DraConia. Von ›Dragon‹, ›Con‹ und ... ›ia‹ eben. Ich war da mit meinem ersten Roman ...«

»Ich wusste gar nicht, dass Sie auch Schriftsteller sind.« Heute war wohl jeder Schriftsteller. Nur er nicht. Vermutlich hatte Frau Loibl ebenfalls einen erotischen Memoiren-Band in Vorbereitung.

»Mittlerweile konzentriere ich mich neben meiner hausmeisterlichen Tätigkeit vor allem auf meine Lego- und ›Magic‹-Karriere. Aber damals promotete ich meinen Debütroman ›Der rote Drache der schwarzen Paladine‹. Also, ›schwarz‹ im Sinne von böse-chaotische Gesinnung, natürlich. Nicht so ein woker, unrealistischer Quatsch, der mit klassischer Fantasy nichts mehr zu tun hat.«

»In welchem Verlag ist der denn erschienen?«

»In gar keinem«, sagte Wagner stolz. »Habe ich ganz alleine

veröffentlicht. War den Gatekeepern der Verlagsbranche zu heiß. Ich habe auch ganz alleine meinen Stand auf der Convention bezahlt und aufgebaut. Na ja, nicht direkt auf der Convention, eher zwischen dem Parkplatz und der Bushaltestelle, aber das sind natürlich die besten Plätze, wo alle vorbeimüssen.«

»Und da kam Frau McRose ebenfalls vorbei.«

»Frau Hammer damals noch. Sah auch hammermäßiger aus, wie so ein Gothic-Vamp mit schwarzem Lippenstift und schwarzen Zöpfen und so. Hat mich einfach so angesprochen, als wäre das ganz normal. Wir haben Bücher getauscht, und sie hat mir ein paar Tipps gegeben. Sie war halt schon länger in der Szene aktiv. Wir haben außerdem unsere MySpace-Profile ausgetauscht, aber danach – nichts mehr. Totale Funkstille. Ich bin aus allen Wolken gefallen, als plötzlich der Umzugswagen vor unserem Haus stand und sie ausstieg. Beziehungsweise erst, als ich sie von Nahem gesehen hab, denn da habe ich sie erst erkannt. War schon eine ganz schöne Veränderung. Und wo sie einfach so wieder in mein Leben getreten ist, habe ich natürlich erst mal sonst was gedacht. Mir ist direkt das Herz ein bisschen höher gesprungen. Und dann tut sie so, als würde sie einen gar nicht mehr kennen! Nicht mal auf den zweiten Blick, wie ich sie. Sie hatte von Anfang an nur ihr grausames Spiel mit mir gespielt.«

»Vielleicht standen auch die rund zwanzig Jahre Altersunterschied zwischen Ihnen?«

»Zwanzig Jahre fallen doch heute kaum noch ins Gewicht, wo die Leute immer länger immer gesünder bleiben.« Er haute sich mit beiden Händen auf die schwabbelige Brust über seinem Bierbauch. »Zwanzig Jahre sind die neuen zwei Jahre.«

»Dann sind zwei Jahre die neuen ...« Wolf kam nicht drauf. Nach soundsovielen Doppelbockbieren waren Zahlenspiele nicht mehr seine Stärke. Das war jetzt außerdem nicht so wichtig. Viel wichtiger war, dass sein Baby nun in der Gewalt von Harriet Hammer war, Autorin von »Zwangsamputationen und andere Kleinigkeiten«. Er rief verzweifelt zum Tresen: »Taxi!«

Natürlich konnte er sich nicht bemerkbar machen. Er konnte

sich bei Bedienungen nie bemerkbar machen, solange die nicht sowieso gerade wegen der Bestellungen anderer an seinen Tisch gekommen waren.

Er hatte es ja nicht weit. Er warf einen Haufen zerknüllter Geldscheine auf den Tisch, wie er es aus amerikanischen Filmen kannte, murmelte: »Stimmt so«, und rannte zur Tür hinaus.

※※※

Der Mann, der Wolf und die anderen bei ihrem seltsamen Treiben mit großem Interesse beobachtet hatte, schnellte ebenfalls in die Höhe und folgte Wolf in einigermaßen sicherem Abstand. Da hörte er eine enorm autoritäre Stimme hinter sich.

»Einen Moment, Meister!«

Er hielt an. »Jetzt nicht«, grollte er über die Schulter. »Ich muss los.«

»Nicht bevor du bezahlt hast«, sagte der Wirt, der trotz des Lokalnamens ein relativ junger Wirt war.

»Schreib's auf meinen Deckel.«

»So nicht, mein Freund.«

»Weißt du etwa nicht, wer ich bin?«

Als er in das Gesicht dieses schwierigen Kunden sah, kam dem jungen Mann die anfängliche Autorität abhanden. »Nein, ich …«, stammelte er.

Der Kunde kam mit großen Schritten auf ihn zu, die Hand in der Innentasche seiner schweren Jacke. »Dann sollst du mich jetzt mal kennenlernen.«

※※※

Im Mietshaus in der Feldmochinger Straße war keine Spur von Holly. Keine Spur von Maxi. Da war nur ein Zettel an Hollys Tür. »Ich habe die Kleine in den Park gebracht. Folgen Sie uns nicht, wenn Sie wissen, was gut für Sie ist. XOXO Holly«.

Wolf wusste nicht, warum sie sich jetzt Xoxo Holly nannte,

doch er wusste, dass das nicht nach einer stabilen Persönlichkeit klang, mit der er sein Kind allein lassen wollte. Er rannte in die überflüssige Garage, die ihnen zur Wohnung aufgezwungen worden war, und schwang sich aufs Fahrrad.

16
Holly auf dem Hügel

Amadeus Wolf war derart von Sorge um seine Tochter zerfressen, dass er anfangs ganz vergessen hatte, wie sehr er Fahrradfahren hasste. Mit der Zeit kam die Erinnerung zurück. Ein heimlicher Beobachter seiner schwungvollen Fahrt hätte ihm seine Abneigung derweil kaum angesehen. Der hätte ihn vermutlich sogar für einen ausgesprochenen Radsportenthusiasten gehalten, wenn auch für einen von unwahrscheinlicher Statur und ungewöhnlicher Montur. (Seinen heimlichen Beobachter hatte Wolf allerdings bereits dadurch abgeschüttelt, dass jener im Alten Wirt von Wolfs überstürztem Verlassen des Lokals völlig überrumpelt worden war und seine Rechnung nicht schnell genug begleichen konnte. Er hatte nicht ausreichend Bargeld mit sich geführt, und die Maschine für die Karte bereitete mal wieder Probleme.)

Schnell und schnittig bog Wolf von der Feldmochinger in die Dachauer Straße ein, der er folgte, bis er in Richtung Olympiapark abbiegen konnte. Wie immer verfluchte er die Dunkelheit der Anlage. Der Park war eines der Wahrzeichen der Stadt, und dem konnte man nicht eine Handvoll zusätzlicher Straßenlaternen spendieren? Zumindest in einigen Abschnitten sah man hier nachts die Hand vor Augen nicht. Dachten die Verantwortlichen in der Stadtverwaltung, oder wo auch immer sie sitzen mochten, nicht an die vielen jungen Mütter und Väter, denen nachts nichts übrig blieb, als ihren schlaflosen Nachwuchs mit Beruhigungsabsichten durch den Olympiapark zu kutschieren? Man konnte ja wohl kaum die ganze Zeit die gut beleuchtete, aber ansonsten wenig einladende Dachauer Straße rauf- und runterschieben. Vielleicht hatten die Verantwortlichen keine Kinder. Oder wohnten nicht in der Nähe des Olympiaparks und bestückten stattdessen andere Grünanlagen mit Leuchtmitteln.

Wolf kam an den Olympia-Hügel. Oben sah er eine in einen Trainingsanzug gekleidete Gestalt mit einem Kinderwagen. Die

Gestalt hielt etwas in den Armen. Etwas von der Größe und Form eines Babys. Holly und Maxine, folgerte er messerscharf. Er hielt nicht an. Er würde diesen nicht sonderlich hohen, aber doch reichlich steilen Grashügel hinaufradeln. Mit dieser besonderen Kraft, von der man immer wieder las: Das Kind gerät unters Auto, Mutter reißt, ohne nachzudenken, das Auto hoch.

Um den Olympia-Hügel hinaufzuradeln, reichte diese Kraft nicht. Schiebend und schnaufend kam Wolf oben an. Die ersten Worte, die er unter seinen schweren Atemzügen an Holly richtete, waren ihm selbst nicht verständlich.

Holly, die mit dem Rücken zu ihm stand, drehte sich um, zuerst erschrocken von der nächtlichen Störung, dann hocherfreut, ihn zu sehen. Sie sah auf das Fahrrad. »Sie sind den ganzen Weg auf dem Drahtesel hergekommen?«

Er ließ das Rad zu Boden fallen, nach wie vor außer Atem. »Drahtesel ... ist nun wirklich ... ein Wort, das ...«

Holly zog die Stirn kraus. »Was?«

Wolf hielt beschwichtigend die Hände vor den Körper. »Nichts! Gar nichts! Sie mögen dieses Wort wahrscheinlich, oder?«

»Nun ja ... ich finde es eigentlich ganz witzig ...«

»Genau das ist es! Eigentlich ganz witzig! Gar kein Grund, sich aufzuregen ...«

»Ich rege mich doch gar nicht auf. Sie allerdings scheinen mir ein bisschen neben der Spur ...« Sie trat einen Schritt näher.

»Stopp! Kommen Sie nicht näher!«

Sie hielt an. »Haben Sie etwas? Etwas Ansteckendes?«

»Ich meine ... kommen Sie schon näher ... aber langsam! Und geben Sie mir das Kind!«

Holly lachte. »Sie konnten es wohl gar nicht erwarten! Kann ich verstehen, Sie ist so ein wunderbares kleines Mädchen. Die möchte man am liebsten stehlen.«

In der Dunkelheit war nicht auszumachen, wie es Maxine ging. Holly machte keine Anstalten, sie ihrem Vater zurückzugeben.

»Holly, spielen Sie keine Spiele mit mir ... Das ist es doch nicht wert ...«

»Sie sprechen wirklich in Rätseln. Mehr noch als sonst, meine ich.«

»Holly, ich weiß von den Rezensionen.«

»Rezensionen?«

»Niedermeyer hat Sie getrollt. Hat zu allen Ihren Büchern äußerst garstige Ein-Sterne-Rezensionen auf Buystuff geschrieben.«

»Das wusste ich nicht!«

»Tun Sie nicht so. Sie sind doch eine dieser Vollblut-Online-Autorinnen …«

»Natürlich lese ich jede Rezension, aber ich sehe so gut wie nie auf die Namen. Warum erzählen Sie mir das eigentlich ausgerechnet jetzt und ausgerechnet hier?«

»Weil ich weitere Verbrechen verhindern möchte …«

Jetzt dämmerte Holly, worauf er hinauswollte. »Sie meinen wirklich, ich hätte den Alten wegen einer schlechten Rezension umgebracht?«

»Es waren deutlich mehr als nur eine. Und da ist die Sache mit der größeren Wohnung. Die haben Sie öfter erwähnt, nicht ohne Neid.«

Sie überlegte. »Okay, das ist ein besserer Grund. Aber von den Rezensionen wusste ich wirklich nichts.« Sie schnaubte. »Dieser alte Bastard. Ich könnte ihn … na ja, zu spät.« Erschrocken sah sie auf das Bündel in ihren Armen. »Oh, Entschuldigung! So etwas sollte man nicht sagen.« Der Rest von dem, was sie sagte, ging in babysprachlichem Gurren unter.

»Dann geben Sie zu, dass Sie ihn ermordet haben, weil Sie seine Wohnung wollten!«

»Was? Sie legen mir Worte in den Mund! Ich könnte niemandem etwas zuleide tun!«

»Sie vielleicht nicht. Aber wie steht es mit … Harriet Hammer?«

Sie strahlte. »Oh, Sie haben mein aktivistisches Frühwerk gelesen?«

»Warum haben Sie mir diese Bücher verschwiegen? Sie verschweigen mir doch sonst nie etwas von dem ganzen Zeug, das Sie schreiben!«

»Angesichts einer Leiche im Haus fand ich es pietätlos, darauf hinzuweisen. In den Büchern geht es ganz schön zur Sache.«
»Ich weiß!«
»Sie haben sie wirklich gelesen?«
»Holly, ich flehe Sie an! Geben Sie mir mein Kind!«
»Oh, sicher – hier!« Sie reichte ihm Maxi. Sie schien unversehrt und uninteressiert an der Situation. »Sie hätten aber wirklich nicht flehen brauchen. Wollen wir uns nicht an der Tanke eine Heiße Hexe teilen und über alles reden?«
Plötzlich schien alles so albern. »Tanke … Heiße Hexe …«
»Oder später. Vielleicht brauchen Sie erst mal eine Mütze Schlaf.«
»Eine Mütze …«
»Nicht Ihr Lieblingsausdruck?«
»Nein … aber das macht nichts, Holly.«
»Das macht nichts? Ihnen? Sie sollten sich wirklich mal ausschlafen. Meinetwegen kann ich auch die Kleine wieder nehmen. Wir verstehen uns jetzt ganz gut.«
»Nein!« Wolf hielt Maxine so weit von Holly fort, wie es seine Arme ermöglichten. Als wäre das Kind ein Speiseeis und Holly hätte gerade gefragt, ob sie mal lecken dürfte.
»Sie vertrauen mir immer noch nicht?«
»Doch … Entschuldigung. Es war nur alles ein bisschen viel.«
»Das verstehe ich.« Sie musterte ihn genau. »Da ist noch etwas, oder?«
»Wissen Sie, von wem ich die Info über Harriet Hammer habe? Von Wagner.«
»Na, so was. Dann hat sich der Abend ja gelohnt. Und? Haben Sie den Schinken gewonnen?«
»Ganz knapp nicht. Worauf ich hinausmöchte: Sie kennen Wagner.«
»Sie doch auch.«
»Schon vorher.«
»Sie doch auch.«
»Sie aber offensichtlich besser. Sie haben ihm nach seinen Aus-

sagen mal intime Selfpublisher-Tipps auf so einem Drachen-Kongress gegeben.«

Sie überlegte. »Daran kann ich mich beim besten Willen nicht erinnern. Hatten wir das Thema nicht schon mal? Ich habe jetzt bereits wieder vergessen, wie er aussieht.«

Wolf dachte nach. »Ich auch.«

»Solche Typen kennen Sie doch! Kaum ist man als Frau mal unverbindlich nett zu denen, denken die gleich sonst was und sind verknallt bis über beide Ohren. Und wenn man das dann nicht erwidert, wollen sie einem gleich einen Mord anhängen.«

Wolf nickte. Er kannte solche Typen. Er war selbst einer von denen. Abgesehen von der Sache mit dem Mord-Anhängen. Eine von diesen Frauen, in die er sich wegen ein bisschen unverbindlicher Nettigkeit bis über beide Ohren verknallt hatte, hatte er immerhin geheiratet, mit ihrem vollen Einverständnis. Nur bei Holly hatte es mit dem Verknallen noch nicht geklappt. Vielleicht war da jetzt ein Ehe-Riegel vor. Oder vielleicht war Holly einfach nicht nett genug.

»Haben Sie außer dieser Information über meine Bibliografie, die Sie übrigens auch meiner Wikipedia-Seite hätten entnehmen können, etwas aus Wagner rausquetschen können?«, fragte sie.

»Nun ja …«

Holly legte ihm einen Zeigefinger auf die Lippen. »Nein! Sagen Sie es mir nicht. Sagen Sie es mir morgen, bei unserem nächsten offiziellen Ermittler-Meeting. Keine Spoiler jetzt …«

»Spoiler …«

»Noch so ein Wort, das Sie nicht mögen, was?«

»Das Wort ist tatsächlich nicht gerade fein. Doch ist es eher die Sache an sich, die mich manchmal rasend macht …«

»Oh, mich auch! Ich kann Spoiler einfach nicht ab!«

»Aber genau diese Einstellung meine ich! Warum denn nicht? Mehrere seriöse wissenschaftliche Studien haben bewiesen, dass Spoiler rein gar nichts verderben. Im Gegenteil: In A/B-Gruppentests hat sich gezeigt, dass Probanden, denen entscheidende Handlungsdetails einer Erzählung vorab verraten wurden, mehr

Spaß an der Erzählung hatten als die, die völlig uninformiert an sie herangegangen waren.«

»Also, bei mir ist das anders.«

»Das glauben Sie! Nach meiner Beobachtung ist das ein recht junges Phänomen, das erst mit dem Internet als Massenmedium Einzug gehalten hat. Dieser Informationsüberfluss hat eine Generation von Mimosen herangezogen und ihre Elterngeneration ebenfalls zu Mimosen gemacht. Ich weiß noch, dass wir es als Kinder kaum erwarten konnten, alles, aber auch wirklich alles, vorab zu erfahren, wenn etwas Neues von, sagen wir mal, Botho Strauß anstand. Der Plot wird heute behandelt wie eine heilige Kuh, von der nicht gesprochen werden darf. Dabei ist der Plot an einem erzählerischen Werk doch eines der eher zu vernachlässigenden Elemente.«

»Was finden Sie denn wichtiger?«

»Themen! Figuren! Situationen! Die Geschichte drum herum ist immer das, was man hinterher als Erstes vergisst, wenn wir ehrlich sind.«

»Aber finden Sie es nicht auch spannend, wie wir den Fall Niedermeyer langsam aufrollen, ohne eine Ahnung, was uns erwartet?«

»Es ist nicht ganz ohne Reiz. Allerdings möchte ich behaupten: Wenn mir jetzt jemand verraten würde, dass ... zum Beispiel ... Frau Loibl die Mörderin ist ...«

»Frau Loibl scheidet ja nun aus offensichtlichen Gründen aus ...«

»Oder ihr unehelicher Sohn, der vielleicht ganz plötzlich aus dem Nichts auftaucht ...«

»Sehr an den Haaren herbeigezogen.«

»Jedenfalls wäre ich nicht eingeschnappt. Denn ich hatte genug Spaß am ganzen Drum und Dran.«

Holly sah ihm tief in die Augen und lächelte. »Ich habe auch Spaß am ganzen Drum und Dran.«

»Apropos. Eines müssen Sie mir verraten: Was war eigentlich mit diesem komischen Zettel, den Sie mir hinterlassen haben?«

Er holte ihn aus seiner Hemdtasche und las vor. »›Folgen Sie uns nicht, wenn Sie wissen, was gut für Sie ist.‹ Das klingt ja gruselig.«
»Ich meinte nur, dass ich Ihnen ein bisschen Ruhe gönne.«
»Und was heißt ›Xoxo Holly‹? Ist das ein neues Pseudonym?«
»Das kennen Sie nicht? ›Ex, Ow, Ex, Ow‹? Das ist Internet-Englisch für *hugs and kisses*.«
»Ach so.«
Sie breitete die Arme aus.
»Danke schön«, sagte Wolf und rührte sich nicht vom Fleck. »Sie haben recht. Gehen wir heim und sehen morgen weiter. Mütze Schlaf und so.«
Holly ließ die Arme sinken, sah auf den Kinderwagen und auf Wolfs Fahrrad. »Beides werden Sie aber nicht nach Hause bekommen.«
»Das Fahrrad lasse ich einfach hier.«
Holly erschrak. »Das geht nicht! Das wird mit Sicherheit geklaut!«
Seine Augen leuchteten voller Hoffnung auf. »Meinen Sie wirklich?«
Holly hob das Rad vom Boden auf. »Nehmen Sie den Kinderwagen, ich schwinge mich aufs Stahlross. Wir sehen uns morgen.«
Wolf verdrehte die Augen und murmelte: »Stahlross ...«
»Was haben Sie gesagt?«
»Nichts! Ich meine: Danke noch mal!«
Holly strampelte davon, sichtlich mit dem zu großen Rahmen und der ungünstigen Einstellung von Sattel und Lenker kämpfend, gleichwohl einen grimmigen Spaß an der Sache entwickelnd.
Wolf machte sich mit Maxine in ihrem Wagen zu Fuß auf den Weg durch den Park, dessen Dunkelheit ihn nun nicht mehr schrecken konnte. Er wusste, dass er derjenige war, der seinem Kind ein Gefühl von Schutz und Sicherheit vermitteln sollte, und er war sich sicher, dass er das auch tat. Trotzdem, gegen alle Grundsätze des gesunden Menschenverstands, war es oft sie, die ihm ein Gefühl der Sicherheit gab. Das Gefühl, dass alles gut werden, sich alles einrenken würde, was nicht eingerenkt war. Weil eine

Welt mit ihr darin nicht schlecht sein konnte. Dieses Gefühl einer positiven, stabilen Verbindung mit der Welt verlor er nur, wenn er längere Zeit von Maxine getrennt war. Er fragte sich, wie Silke das aushielt.

***

Vielleicht war das mit dem Fahrrad keine objektiv gute Idee gewesen, doch Holly brauchte jetzt etwas, an dem sie sich abrackern konnte.

Die eigenen Bücher seien wie die eigenen Kinder, behaupteten einige. Man dürfe keine Favoriten haben, jedes sei auf seine Art etwas ganz Besonderes, bla, bla, bla. Wenn Bücher wirklich Kinder waren, stellte sich die Frage: War es möglich, seine eigenen Kinder völlig zu vergessen? Holly hatte tatsächlich seit Ewigkeiten nicht mehr an Harriet Hammer und die Harriet-Hammer-Romane gedacht. Hatte nicht mehr an sie denken müssen. Sicher, sie waren als E-Bücher noch verfügbar, aber kaum jemand wusste, dass sie dahintersteckte, und die paar Leser, die sie heute noch fanden, machten auf ihren Honorarabrechnungen schon lange keine Posten mehr aus, auf die man zweimal schaute. Und nun hatte Amadeus Wolf sie gefunden. Und sie würden darüber reden müssen.

Sie würde ihm nicht die ganze Geschichte hinter diesen in jeder Hinsicht schrecklichen und in einigen Hinsichten äußerst wichtigen Büchern erzählen. Sie hatte das nicht hier, in diesem dunklen Park gekonnt, nicht auf dem unwirtlichen Hügel, und sie würde es vielleicht auch morgen früh im sonnendurchfluteten Café nicht schaffen. Vielleicht würde sie es nie schaffen. Manche kalte Dunkelheit war gegen jede Art von Licht und Wärme immun. Sie hatte so hart daran gearbeitet, Holly McRose zu werden und die Vergangenheit hinter sich zu lassen. Oder sie zumindest in die hinterste, dunkelste Ecke zu verbannen. Da sollte sie bleiben, möglichst für immer.

17
Schade, dass man hier nicht NULL Sterne geben kann

Am nächsten Tag schien die Sonne, und Holly McRose sah noch weniger wie eine geisteskranke Serienmörderin aus als in der Nacht zuvor. Sie hatten sich im babyfreundlichen Café Riedmair nahe dem Moosacher St.-Martins-Platz verabredet, wo Maxine und Amadeus Wolf Stammgäste waren und Wolf regelmäßig nonchalant mit den jungen Müttern flirtete, wie er meinte, obwohl unabhängigen Beobachtern bestimmt aufgefallen wäre, dass die Frauen nur nett waren und vereinzelt vielleicht ein bisschen Angst hatten vor der großen, kahlköpfigen, vollbärtigen Erscheinung des ehemaligen literarischen Wunderkindes. Sobald man das Baby an ihm bemerkte, wich der Rübezahl-Skinhead-Eindruck selbstverständlich einer Sanfter-Riese-Anmutung, doch das Kind war auf den ersten Blick an diesem imposanten Leib schwer auszumachen.

Diesmal führte er Maxine in ihrem Kinderwagen mit sich. Holly saß bereits auf einer der Bänke vor dem Café und studierte die Speisekarte.

Wolf fragte zur Begrüßung: »Sie haben hier draußen auf mich gewartet? Das wäre nicht nötig gewesen.«

»Es ist so ein schönes Wetter!«, freute Holly sich. Da konnte man ihr nicht widersprechen. »Da wollen Sie ja wohl nicht drinnen sitzen?«

Da konnte man ihr durchaus widersprechen. »Wissen Sie, was ich wirklich hasse?«, begann Wolf.

»Jede Menge Sachen, die anderen Leuten eher egal sind und die ich mir, ehrlich gesagt, nicht alle gemerkt habe.«

»Ich meine etwas, was ich Ihnen noch nicht erzählt habe.«

»Draußen sitzen?«

»Nein. Ich meine … ja. Letztendlich schon. Aber ich wollte eigentlich weiter ausholen.«

»Das können Sie sich ja nun sparen, wo ich schon richtig geraten habe.«

Auf diesem Ohr war er taub. »Was ich wirklich nicht leiden kann, ist der Ausdruck ›typisch deutsch‹. Damit werden so gut wie nie Dinge, Zustände oder Verhältnisse beschrieben, die tatsächlich typisch deutsch sind, sondern lediglich trivialste Alltagskränkungen, die global der menschlichen Natur innewohnen und die man somit in Timbuktu, Alaska und Laos genauso antreffen wird wie in den DACH-Staaten. Ob Kleinlichkeit oder Kleingeistigkeit – das ist nicht typisch deutsch, das ist typisch menschlich. Wer immer alles, was ihm nicht in den Kram passt, als ›typisch deutsch‹ abstempelt, ist selbst typisch deutsch, denn er hat noch nie weit genug über seinen eigenen deutschen Tellerrand geschaut, um zu sehen, dass es anderswo nicht menschlicher, gütiger, freundlicher zugeht.« Zumindest ging Wolf stark davon aus. Er hatte Deutschland selbst nur selten verlassen, da er zu den Menschen gehörte, die wussten, dass Reisen nichts bringt, weil man ja doch immer überall derselbe war. Holly hatte da gänzlich andere Erfahrungen gemacht.

»Das kann sein«, sagte sie wenig überzeugt. »Aber ich verstehe nicht, was das mit Draußensitzen zu tun hat.«

Wolf hob seine rechte Hand. »Moment! Gleich! Erst muss ich noch über Waldmeister sprechen.«

»Waldmeister?«

»Es gibt nur zwei Dinge, die wirklich typisch deutsch sind. Abgesehen von dem Abstempeln von allem Unerfreulichen als ›typisch deutsch‹. Nämlich draußen sitzen und Waldmeister.«

Holly sah wieder in die Karte. »Ich glaube nicht mal, dass sie hier irgendwas mit Waldmeister –«

Wolf winkte ab. »Das ist nicht der Punkt. Waldmeister, oder zumindest der Waldmeistergeschmack in Süßspeisen, ist außerhalb des deutschen Sprachraums und Kulturkreises nahezu unbekannt. Über diese Grenzen hinaus wissen allenfalls gut ausgebildete Botaniker um das Kraut. Waldmeister zum Essen ist international lediglich dadurch bekannt, dass es in der ›Blechtrommel‹ erwähnt wird.«

»Ich glaube, da überschätzen Sie, wie detailliert ›Die Blechtrommel‹ international rezipiert wird. Also wäre draußen sitzen und Waldmeisterwackelpudding essen so ziemlich das Deutscheste, was man machen kann?«

»Draußen sitzen! Habe ich fast vergessen! Das ist eben das andere wirklich typisch Deutsche. Sobald ein Geschäft ein paar Möbel vor die Tür stellt, müssen die Leute zwanghaft draußen sitzen und so tun, als ob es nichts Schöneres gibt. Egal ob um sie herum der Asphalt kocht oder die Nachbarn noch das Eis von den Windschutzscheiben ihrer Autos kratzen. Die halten das vermutlich für mediterran. Dabei wissen gerade die mediterranen Völker, dass man nicht bei jeder Nahrungsaufnahme bedingungslos draußen sitzen sollte. Sicherlich nicht, wenn's friert, und schon gar nicht – und das scheint mir der springende Punkt –, wenn die Sonne unbarmherzig auf einen runterknallt.«

»Tut sie ja noch nicht. Wenn man draußen sitzen muss, ist jetzt genau die richtige Zeit.«

»Muss! Da haben Sie es!«

»Das habe ich doch nur so dahingesagt.« Tatsächlich hatte sie das starke, fast zwanghafte Bedürfnis, bei jeder Gelegenheit draußen zu sitzen, die sich ihr bot. Das war keine Sehnsucht nach dem Mediterranen, sondern hing zusammen mit der langen Zeit, die sie in äußerer und innerer Dunkelheit verbracht hatte. Doch das war eine Geschichte für einen anderen Tag, ein anderes Wetter.

»Sie hassen also draußen sitzen und Waldmeister. Notiert.« Sie machte keine Anstalten aufzustehen.

»Waldmeister hasse ich nicht. Sehr schmackhaft, solange man ihn nicht überzuckert und die Bitterstoffe ihre Arbeit verrichten lässt. ›Typisch deutsch‹ muss schließlich nicht zwangsläufig negativ behaftet sein. Genau das habe ich ja anfangs angeprangert. Draußen sitzen hingegen – die Insekten, das blendende Licht, die Hygiene ... Die Natur ist nicht immer auf unserer Seite, müssen Sie wissen. Ich kann dem nichts abgewinnen.«

»Nicht mal dem Biergarten?« Sie sah ihn mit einem flehenden Blick an, der zu sagen schien: Bitte begehen Sie jetzt nicht den ultimativen Frevel.

Er schüttelte den Kopf, nicht gegen den Biergarten, sondern gegen den Frevel. »Der Biergarten, zumindest in seiner klassischen Form, die Selbstverpflegung erlaubt und niemanden dem Diktat der Gastronomie unterwirft, ist einer der wenigen wirklich klassenlosen und demokratischen Orte auf deutschem Boden. Er ist eine gelebte Utopie, wenn auch nur für einen kurzen Moment. Ein süßer Traum, den zu träumen ich niemandem absprechen möchte.«

»Da bin ich beruhigt.«

»Also?«

»Also was?«

»Gehen wir rein?«

»Nein.« Da war etwas in ihrer Stimme und ihren Augen, das keinen Widerspruch duldete. Sie hielt die Karte hoch. »Nehmen wir ein ›Frühstück für zwei‹?«, fragte sie, als Wolf sich gesetzt hatte.

Er sah ebenfalls in die Karte. »Das klingt nach so einem Paar-Ding ...«, gab er zu bedenken.

»Verstehe. Sie wollen nicht, dass die Gerüchteküche brodelt. *Die beiden Schriftsteller aus dem Todeshaus bestellen ›Frühstück für zwei‹! Draußen!*«

Wolf murmelte, die Karte wie ein Artefakt studierend, das seine ganze Aufmerksamkeit erforderte: »Ich würde gerne das amerikanische Frühstück nehmen, aber da steht, dass es Bacon enthält. Das macht es mir leider unmöglich.«

»Sind Sie allergisch gegen Bacon?«

»Ich bin allergisch gegen Anglizismen. Ich bin allergisch gegen die völlig unnötige Übernahme von englischen Vokabeln für Dinge, für die es bestens etablierte, allseits bekannte, leicht verständliche deutsche Ausdrücke gibt.«

»Das finde ich typisch deutsch. Ist halt ein amerikanisches Frühstück.«

»Mit Speck würde ich's nehmen. Hier zählt ja nun nicht mal das oft gehörte Unsinnsargument, dass das englische Wort halt kürzer und knackiger wäre. Speck. Ein kürzeres und knackigeres

Wort kann ich mir kaum vorstellen. Speck. Speck. Speck. Da läuft mir das Wasser im Munde zusammen.«

»Dann geben Sie sich einen Ruck.«

»Niemals.« Er analysierte weiter die Niederschrift des Angebots, hin und wieder Lebensmittelbezeichnungen brummelnd, die ihm nicht passten. Schließlich sagte er: »Gut, nehmen wir das ›Frühstück für zwei‹. Stehen wir dazu.«

Holly sah ihn zweifelnd an. »Trotz der Croissants?«

»Was haben Sie denn gegen Croissants?«

»Warum nicht ›Hörnchen‹, wie es schon unsere Großeltern nannten? Ist das nicht dieselbe Geschichte wie Bacon?«

»Na ja ... Französisch ... das ist ... das ist eine Kultursprache!«

Holly bestellte flink das »Frühstück für zwei«, weil sie das Thema auf leeren Magen nicht vertiefen wollte.

Als der größte Teil des Wursttellers, der drei Bio-Rühreier mit Speck (sogar wortwörtlich laut Karte, wie Wolf zufrieden feststellte), des hausgemachten Frucht-Müslis, der französischen Hörnchen und verschiedener anderer Brotkreationen verspeist oder zerkrümelt war, zückte Holly ihr Smartphone. Sie sagte: »Jetzt wollen wir mal sehen, wen und was Herr Niedermeyer sonst so rezensiert hat.«

Offenbar hatte die sportliche Aktivität ihrem toten Nachbarn zu Lebzeiten noch ausreichend Zeit gelassen, um das Internet mit seiner Meinung vollzuschreiben. Holly manövrierte sich durch Besprechungen von Büchern aller erdenklicher Genres, altersgerechten CD-Veröffentlichungen, Alleskleber, Wandersocken, Schreibgeräten, Handtuchhaltern, Körpercremes, Rauchmeldern, DVD-Boxen, Adventskalendern, Modellbausätzen, Feuchttüchern und selbstverständlich jeder Menge Nordic-Walking-Equipment. »Oh, er hat sogar Sie rezensiert!«, rief sie.

»Mich?«

»Ihr Buch. ›Nirgendwoland‹. Aber das wussten Sie wahrscheinlich schon.«

»Das wusste ich nicht. Ich lese keine Rezensionen meiner Bücher. Keine professionellen und erst recht keine von unqualifizierten Wichtigtuern, die einen literarischen Text nicht mal erkennen würden, wenn er ihnen in den Hintern beißt.«

»Na ja, wenn mir ein Text in den Hintern beißen würde, würde ich ihn vielleicht auch nicht sofort erkennen …«

»Entschuldigung, ein schiefes Bild.«

»Sie scheinen sehr aufgewühlt. Schlechte Erfahrungen mit Rezensionen gemacht?«

Wolf verschränkte die Arme vor der Brust. »Eigentlich sollte es mir nichts ausmachen. Ich schreibe ja nicht, um jedem Trottel zu gefallen. Aber dann sollen die Trottel doch einfach meine Bücher nicht lesen! Ich meine, ›Nirgendwoland‹ hat fast siebenhundert Seiten. Ob einem ein Buch gefällt oder nicht, weiß man doch nach zehn, in extremen Zweifelsfällen höchstens fünfzig Seiten.«

Holly nickte über ihrem Cappuccino. »Ich selbst habe als Leserin eine Dreißig-Seiten-Regel.«

»Sehen Sie? Und wenn man literarisch so fein kalibriert ist wie ich, reichen meistens schon wenige Sätze, um zu wissen, ob das was wird oder nicht. Und sobald man einsieht, dass das nichts wird, liest man ja wohl nicht die anderen siebenhundert Seiten auch noch! Und schreibt hinterher ins Internet: ›Schade, dass man hier nicht NULL Sterne geben kann!‹ Mit mindestens drei Ausrufezeichen! Und fühlt sich womöglich sogar clever dabei, weil ganz bestimmt nie zuvor jemand auf diese geistreiche Schmähung gekommen ist.«

»Also, dazu muss ich sagen, dass ich prinzipiell jedes Buch, das ich anfange, zu Ende lese. Eine weitere persönliche Regel von mir.«

Wolf sah sie entgeistert an. »Was ist mit dieser Dreißig-Seiten-Regel?«

»Trotzdem. Aus Prinzip. Ich habe schließlich dafür bezahlt.«

»Aber … aber … dann bezahlen Sie ja doppelt! Mit Geld und mit Lebenszeit. Die Geldverschwendung können Sie nicht mehr ungeschehen machen, aber Sie können die Zeitverschwendung noch vermeiden! Ich möchte nicht wie ein Sinnspruch aus einem Abreißkalender mit Blumen- und Sonnenuntergangsmotiven aus dem Ein-Euro-Shop klingen, doch: Unsere Lebenszeit ist kostbar! Die sollte man nicht mit Dingen verschwenden, die einem nichts als Groll bereiten. Einen schlechten Film kann man in Ausnahmefällen mal zu Ende ansehen, wenn man gerade die Fernbedienung nicht findet oder von den Strapazen des Tages paralysiert ist. Das fällt kaum ins Gewicht. Ein Buch hingegen ist zeitlich nicht so verlustfrei wegzukonsumieren.«

»Da haben Sie recht«, sagte sie, um ihn nicht noch mehr aufzuregen, obwohl sie sicher war, dass er unrecht haben musste. »Aber mal ganz ehrlich: Die Jubel-Besprechungen sind doch meist in der Überzahl, auch bei Ihnen, wie ich sehe. War es nicht ein erhebendes Gefühl, als Sie Ihre erste Fünf-Sterne-Rezension bekommen haben?«

»Ja, bis ich sie gelesen habe.«

»Was stand denn da?«

»›Schnelle Lieferung, 1A Zustand, gerne wieder‹.«

Holly ließ ihr Smartphone keck vor seinem Gesicht kreisen. »Wollen Sie jetzt wissen, was Niedermeyer über Sie geschrieben hat, oder nicht?«

»Geben Sie her.« Sie reichte ihm das Handy. Wolf las die Überschrift von Niedermeyers »Nirgendwoland«-Rezension laut vor. »›Nirgendwotalent‹. Originell.« Es war eine lange Rezension. »Ich glaube nicht, dass ich das alles lesen möchte.«

»Scrollen Sie zum letzten Satz.«

Das tat Wolf. Er las vor: »›Schade, dass man hier nicht NULL Sterne geben kann!‹ Drei Ausrufezeichen.« Er reichte Holly ihr Smartphone zurück. »*Quod erat demonstrandum.*«

Holly sah sich weitere Seiten an. »Er hat übrigens sogar Wagners Roman besprochen.«

»Den gibt es auf Buystuff?«

»Den gibt es vermutlich nur auf Buystuff.«

»Welchen Verkaufsrang hat der denn?«

Sie sah nach. »Siebenstellig.«

Sie teilten ein gehässiges Lachen, das die beiden ansonsten sehr unterschiedlichen Schriftsteller zum ersten Mal im Kontext ihrer

Zunft vereinte. »Und welche Gemeinheiten hat er dazu vom Stapel gelassen?«, fragte Wolf.

Holly riss erstaunt die Augen auf. »Er hat fünf Sterne gegeben!«

»Was hat er denn geschrieben? ›Schnelle Lieferung, 1A Zustand, gerne wieder‹?«

Holly las vor. »›Großartiges Fantasy-Epos der alten Schule, in dem Männer noch Männer und Frauen noch Frauen sind und alle Rassen wissen, wo ihr Platz ist. Nicht so ein woker neumodischer Quatsch mit weiblichen Zwergen und schwarzen Elfen. Ich meine nicht Dunkel-Elfen. Sie wissen schon, was ich meine. Man darf das Wort ja nicht mehr sagen, nicht mal in der Konditorei, sonst ist man gleich wieder Nazi.‹«

»Igitt«, sagte Wolf.

Holly schloss die Seite. »Haben Sie zufällig einen guten Display-Reiniger dabei?« Sie sah nachdenklich auf ihr Smartphone. »Verstehen Sie mich nicht falsch. Ich will nicht sagen, dass ich froh bin, dass –«

»Natürlich nicht!«

»Auch schlechte Menschen haben schließlich ein Recht auf –«

»Absolut!«

»Aber irgendwie … wäre mir wohler …«

»… wenn wir den Mord an einem netteren Menschen aufklären könnten.« Wolf nickte. »Ich weiß, was Sie meinen.«

Eine Weile blickten beide still in ihre Getränke. Dann sagte Holly: »Aber wir können uns das nicht aussuchen, oder?« Es klang nur halb nach einer rhetorischen Frage.

»Nein«, sagte Wolf. »Auf die verschwindend geringe Wahrscheinlichkeit hin, dass es so etwas wie Karma oder anderen übernatürlichen, moralinsauren Hokuspokus doch gibt, müssen wir das jetzt durchziehen. Vielleicht wird der Nächste netter.«

»Hoffentlich. Ich meine … nicht, dass ich hoffe, jemand Nettes würde möglichst bald ermordet werden …«

»Natürlich nicht!«

»Aber wenn, dann …« Sie wusste selbst nicht, was dann. »Ich meine … ich hoffe, es wird keinen Nächsten geben. So.« Mit dieser

Lösung war sie zufrieden, obwohl sie nicht behaupten konnte, dass die Aussage ganz der Wahrheit entsprach.

»Ich auch«, sagte Wolf, obwohl er zugeben musste, dass ihre kleine Mördersuche seit Langem der befriedigendste Aspekt seines Lebens war, der nichts mit dem jungen Leben an seiner Seite zu tun hatte.

Sie gingen weiter Niedermeyers weiterhin nicht originelle Rezensionen durch und wurden dabei immer müder, bis sie auf eine Firma stießen, die Nordic-Walking-Equipment herstellte. Das Ungewöhnliche an seinen Rezensionen zu deren Produkten war keineswegs sein Missfallen, das stets in die einstudierte Unmutsäußerung über die fehlende Null-Sterne-Option mündete, sondern dass Niedermeyer nicht der Einzige war, der dort wetterte. Auf jede wütende Rezension hatte der Hersteller mit wütenden Kommentaren reagiert, oft lieferten er und Niedermeyer sich in der Kommentarspalte polternde Dialoge.

»Total unprofessionell von diesen Leuten«, fand Holly. »Die oberste Regel lautet: Niemals negative Rezensionen kommentieren. Da muss man einen kühlen Kopf bewahren. So wie Sie und ich. Na ja, in erster Linie wie ich.«

»Wir sollten uns diese Firma mal genauer ansehen«, fand Wolf. Dann sah er den Namen. »StarWalk. Das ist doch das Unternehmen, dessen Produkte Niedermeyer gehortet hatte und seinem Club aufschwatzen wollte.«

»Das macht keinen Sinn«, fand Holly. »Warum verkauft der im großen Stil Sachen, die ihm nicht gefallen?«

»Ergibt! Ergibt! Das ERGIBT keinen Sinn!«

»Finden Sie auch, oder?«

Die Firma StarWalk verkaufte ihre Produkte offenbar selbst als Anbieter über die Plattform von Buystuff.com. Holly rief die Informationsseite des Herstellers auf, fand aber nur eine Postfachadresse. »Ich weiß gar nicht, ob das legal ist«, sagte sie.

»Ist es nicht«, antwortete Wolf. »Überprüft jedoch keiner.«

Dieses Insiderwissen hatte er von seiner Ehefrau, die in bestimmten Stimmungen schon mal Betriebsgeheimnisse ausplauderte, über die zu schweigen sie vertraglich verdammt war.

Eine Google-Suche förderte ebenfalls keine Postadresse zutage. »Immerhin ein Münchner Postfach«, sagte Holly. »Trotzdem bringt uns das nicht viel weiter.«

Wolf lächelte. »Ich weiß, wie wir an die Adresse gelangen.«

»Schießen Sie los.«

»Buystuff.com. Die sind doch in München. Die haben die Adresse bestimmt irgendwo in ihrem System. Wir spazieren einfach da rein und holen uns, was wir brauchen.«

»Buystuff.com? Ich dachte immer, da arbeiten nur Roboter …«

»Meine Frau arbeitet da!«

»Ach ja. Entschuldigung. Es war nicht so gemeint.« Ein kleines bisschen vielleicht schon. Unbewusst, möglicherweise. Holly kannte Silke zwar kaum, aber diese hatte auch nie eine Aura versprüht, die den Wunsch in ihr hätte keimen lassen.

»Jedenfalls kenne ich da Leute, die uns weiterhelfen können.«

***

Klar sitzen sie draußen, dachte der Mann, der Tag und Nacht unbemerkt an ihrem Leben teilnahm. Deutsche müssen immer draußen sitzen.

Wenigstens erleichterte das seine Tarnung, als er gemütlich im Innern des Cafés über einer Tasse schwarzem Kaffee und einem Teller Scrambled Eggs mit Bacon saß, den er kaum angerührt hatte, weil er so fasziniert war von dem Geschehen vor dem großen Fenster. Leider hielt sich seine Fähigkeit, Lippen zu lesen, in überschaubaren Grenzen, doch bei gewissen Stichpunkten wurden die beiden laut genug, dass er Gesprächsfetzen ausmachen konnte.

»Null Sterne. Fünf Sterne. Speck. Waldmeister. Nazi. ERGIBT Sinn.« Er würde diesen Code schon knacken.

Er stand auf und nahm seinen Kaffee to go, was Wolf nicht gutgeheißen hätte.

18

Die Hacktivisten von Hallbergmoos

Der Firmen-Campus von Buystuff.com bestand aus Spiegelglas, Beton, Stahl, harten Kanten und flackernden Anzeigetafeln. Vor wenigen Jahren noch war diese grüne Gegend im stadtentlegenen Norden Schwabings bekannt gewesen für allerlei alternative Kulturzentren, doch inzwischen lagen die Areale fest in der Hand der Industrie. Als Amadeus Wolf mit der schlafenden Maxine vor der Brust den größten der glänzenden Würfelbauten betrat, kam sofort das Firmenmaskottchen angerollt, der gut aufgelegte Roboter Buy-Buy. »Buy-Buy!«, flötete er zur Begrüßung.

»Es scheint mir, das Potenzial künstlicher Intelligenz wird von der Boulevardpresse stark überschätzt«, sagte Wolf zu ihm.

»Buy-Buy!«, sagte Buy-Buy.

Wolf ging an ihm vorbei zur Rezeption, die aussah wie eine Kreuzung aus Nachrichtenstudio und Raumschiffbrücke. Hinter einem ausladenden Tisch saß eine junge, attraktive Frau mit langen schwarzen Haaren. Hinter ihr wiederum hingen Uhren, die die wichtigsten Zeiten der Welt anzeigten: Seattle, Luxemburg, Peking.

»Kann ich helfen?«, fragte die Rezeptionistin.

Wolf lächelte sie widernatürlich strahlend an. »Alexa, du kennst mich doch noch! Ich war das Plus-eins meiner Frau auf dem letzten Buystuff-Sommerfest. Wir beide haben zusammen Cocktails mit portugiesischem Craft-Gin getrunken und versucht herauszufinden, ob das Unterhaltungsprogramm, das die Geschäftsleitung organisiert hatte, ironisch oder ernst gemeint war.«

Sie grinste. »Ich erinnere mich. Dieser Frank Zappa!«

»Zander.«

»Was weiß ich? Irgend so ein alter weißer Mann eben.«

»Das ist schon ein Unterschied.«

Sie verdrehte die Augen. »Okay, Boomer.«

»Boomer? Ich bin nicht viel älter als du …«

»Stimmt. Das vergisst man ganz leicht.« Das hatte Wolf schon öfter gehört. »Bist du gekommen, um über die guten alten Zeiten zu quatschen?«

»Nein. Ich bin gekommen, um mit Tobias Aumüller zu quatschen.«

Alexa tippte etwas in ihre Tastatur. »Ich hab dich hier nicht drin …«

»Ich bin da auch nicht drin. Ich bin spontan vorbeigekommen. Wir sind alte Freunde, Tobi und ich.« Das stimmte nicht so ganz, aber sie waren einander tatsächlich gewogen. Sie waren sich bei verschiedenen Firmenveranstaltungen über den Weg gelaufen und hatten festgestellt, dass sie über eine gewisse Schnittmenge an Gesprächsthemen verfügten. Dass Tobias den Unterschied zwischen Zappa und Zander kannte, hatte sicherlich etwas damit zu tun.

Alexa zog die Stirn kraus. »Der Tobias hat ein gelbes Badge. Das könnte schwierig werden.«

»Ich weiß nicht, was das bedeutet.«

Sie hielt den grünen Firmenausweis hoch, den sie um den Hals trug. »Ich habe ein grünes Badge, ich bin quasi Freiwild, auf einer Stufe mit Temps und Online-Redakteuren. Ich muss mich sogar mit Leuten ganz ohne Badge abgeben, das ist mein Job. Gelbe Badges darf man nur stören, wenn andere gelbe Badges oder höher involviert sind «

»Ist das ein Ampelsystem?«

Alexa bestätigte.

»Was ist mit roten Badges? Rein interessehalber.«

»Keine Direktnachrichten, keine gemeinsamen Fahrstuhlfahrten und kein Blickkontakt, wenn du nicht mindestens ebenfalls ein rotes Badge hast.«

»Mindestens? Was gibt es denn da drüber?«

»Jeans-Badge. Das hat nur unser Country Leader. Weil er so ein lässiger Typ ist.«

»Nur der Führer trägt Jeans.«

Sie verzog das Gesicht. »Wenn du es so sagst, klingt es so deutsch.«

»Wie dem auch sei: Tobias und ich sind *so*.« Er verrenkte vor ihrer Nase seine Finger. »Du bekommst wahrscheinlich mehr Schwierigkeiten, wenn du ihm nicht von meinem Besuch erzählst, als wenn du ihn einfach rufst.« Er spürte, wie Maxi an seiner Brust erwachte. Also hatte er wahrscheinlich nur noch wenige Momente, in denen er sich in Zimmerlautstärke verständlich machen konnte.

»Tut mir leid … X-Site ist so ziemlich die allerwichtigste Abteilung hier im Haus. Niemand weiß so genau, was die eigentlich tun. Ich kann da unmöglich jemanden rausholen.«

Das ganze Foyer zuckte zusammen, als unvermittelt die Sirene losheulte. Nur war es keine Sirene, es war Maxine, die aus dem Schlafe erwacht war und diesen Umstand öffentlich kritisierte. Wolf deutete auf eine Reihe von retro-futuristisch gestalteten Sitzmöbeln in Neonfarben unweit der Rezeption. Er schrie über das Geschrei: »Ist schon okay! Wir setzen uns einfach da hin und warten, bis Tobias Feierabend hat!« Die Mittagspause war gerade knapp vorbei.

Es dauerte dann nur wenige Augenblicke, bis Alexa Tobias herbeigerufen hatte. Er steuerte sofort auf Wolf zu. Herrendutt, Vollbart, Shorts und Flipflops. Trotzdem ein ganz netter Typ, fand Wolf. Sind ja nicht alle so.

»Hey, schön, dich zu sehen!«, rief Tobias und warf einen Blick in die Manduca. »Und das muss die berühmte Maxine sein. Schreit die immer so?«

»Nein, eigentlich ist sie immer ganz brav. Moment, ich stelle sie gleich ab.« Wolf schaltete die Staubsauger-App seines Smartphones auf mittlerer Lautstärke an, steckte sie zum Baby in die Babytrage, und sofort war von dort nichts außer weißem Rauschen zu hören.

»Erstaunlich«, fand Tobias.

»Das ist eine App, die Staubsaugergeräusche simuliert.«

»Tolle Idee. Die muss Millionen wert sein. Ich bin direkt ein bisschen neidisch.«

»Du hast hier sicherlich dein Auskommen. Was genau macht ihr eigentlich bei X-Site?«

»Alles und nichts.« Er flüsterte: »Also, ich in erster Linie nichts.« Er sah sich gehetzt um. Lauter verkündete er: »Das war nur ein Witz! Unser Backlog ist unglaublich! Wir brauchen dringend mehr Headcount!« Wieder leise fügte er hinzu: »Man weiß nie, ob nicht jemand zuhört, der einem eine Peer Review schreiben muss. Die verstehen hier nicht alle meinen Humor. Oder überhaupt Humor.« In natürlicher Gesprächslautstärke verkündete er: »Du sprichst das übrigens falsch aus. Wir sagen nicht ›Ex-Site‹, sondern ›Cross-Site‹.«

»Dann spricht das Alexa auch falsch aus.«

»Wohin kämen wir denn, wenn Alexa alles wüsste? Mit ihrem grünen Badge.«

»Cross-Site. Dann bist du also so ein bisschen wie der Jesus von Buystuff.com?«

»*Buystuff.com*«, wiederholte Tobias, als hätte er das Wort noch nie gehört.

»Spreche ich das auch falsch aus?« Wolf hatte sich immer so viel auf sein Englisch eingebildet.

»Könnte man so sagen. Intern nennt die Firma niemand so. Wir sagen einfach nur ›BS‹.«

»Dann bist du der BS-Jesus? Also stimmen die Gerüchte, dass ihr plant, eine firmeneigene Religion zu launchen? Eine BS-Religion?«

Wieder schaute Tobias sich gehetzt um. »Was redest du denn da für einen Unsinn?«, zischte er. »Hahaha!«, rief er ohne Hahaha in den Augen. »Nicht so laut!«, flüsterte er wieder. Und gleich danach in Zimmerlautstärke, beinahe gefasst: »Keine Ahnung, was du gehört hast, aber vergiss es wieder. Meinst du etwa diese Testgemeinde in Luxemburg? Das hat die Presse total aufgeblasen und aus dem Kontext gerissen. Keiner wurde zu irgendetwas gezwungen, alle sind noch am Leben, allen geht es den Umständen entsprechend gut.«

»Ich habe nicht den leisesten Schimmer, wovon du sprichst«, sagte Wolf wahrheitsgemäß. Er hatte in den letzten Monaten aufgrund bestimmter Umstände die Nachrichten nicht mehr so gründlich verfolgt, wie es die eine oder andere Nachricht vielleicht verdient gehabt hätte.

Tobias zwinkerte. »Und das ist die Antwort, bei der wir bleiben, nicht wahr?«

Wolf überlegte, ob er sich Sorgen um Silke machen musste. Dabei machte er sich eh schon Sorgen um Silke. Sollten weitere Sorgen dazukommen, würde er nicht mehr funktionieren können. Und er musste funktionieren. Daran erinnerte ihn die lebendige Wärme an seiner Brust. Und das elektronische Rauschen ebendort.

»Eigentlich bin ich wegen eines anderen Themas gekommen.«

In Tobias' Blick kam eine vage Hoffnung auf, dass dieses Thema weniger verfänglich sein könnte. Gleichzeitig schimmerte auch die panische Gewissheit durch, dass es eine Unzahl weiterer Themen gab, die gleichermaßen verfänglich waren. Wenn nicht verfänglicher. »Ich hoffe, es hat nichts mit Projekt TwiX zu tun ...«

»Was ist das?«

»Nichts. Gar nichts. Wie kommst du überhaupt auf Projekt TwiX?«

»Ich bräuchte eine Adresse.« Wolf legte Tobias den Fall Niedermeyer dar.

»Warum geht ihr damit nicht zur Polizei?«

»Wir können nicht zur Polizei gehen.« Wolf lehnte sich tief in Tobias' privaten Bereich hinein. So viel Intimität war ihm selbst äußerst unangenehm. »Wenn das einer versteht, dann du.«

Das leuchtete Tobias ein. Seine Neugier war eindeutig geweckt. Dennoch sagte er: »Ich komme in Teufels Küche ...« Das war immerhin kein Nein.

»Wenn das so ist ...« Wolf schaltete die Staubsauger-App aus. Im Nu fing Maxine wieder an zu schreien. Sie war deutlich lauter als der virtuelle Staubsauger. Die Menschen in der Empfangshalle schauten in ihre Richtung, um herauszufinden, welch menschliches Getöse die stille Hi-Tech-Harmonie störte.

Tobias bat mit Blicken und Gesten, die App wieder an- und das Baby wieder auszuschalten.

Wolf tat ihm den Gefallen. »Je schneller wir uns handelseinig werden, desto schneller kann man dich hier nicht mehr bei verdächtigen Gesprächen mit dem Mann der Frau sehen, die unter mysteriösen Umständen bei einer Dienstreise verschwunden ist.«

»Das ist ja nun eine völlige Verdrehung der Tatsachen …«

»Hat das die Presse bei der Berichterstattung über euren Laden jemals interessiert?«

Tobias überlegte. Er atmete durch. Er atmete ein weiteres Mal durch. Es artete in Atemübungen aus. Dann sagte er: »Was soll's? Ich bin hier eh raus, sobald meine nächsten *shares vesten*. Bevor die mich auch noch kriegen.«

»Dich kriegen?«

»Nichts! Gar nichts! Du hast nichts gehört!«

»Vielleicht sollten wir uns an einem Ort weiterunterhalten, an dem du etwas freier sprechen kannst.«

Tobias überlegte. »Ich wüsste einen.« Er gab ihm die Adresse. »Aber du musst allein kommen. Ohne Handy.«

»Ich werde es ausschalten.«

»NEIN! Weißt du denn gar nichts darüber, wie die arbeiten?«

»Und wenn ich ein … Burner Phone benutze?«

Tobias lachte überheblich wie ein Informatiker, der feststellte, dass er mehr von Informatik verstand als der interessierte Laie, der gerade mit einer ehrlichen Frage an ihn herangetreten war. »Das hilft gegen DIE rein gar nichts.«

Wolf war es eigentlich egal. Er hatte nur mal »Burner Phone« sagen wollen wie ein richtig in etwas Verwickelter. Wo man so ein Burner Phone herbekam und welche Features es hatte, wusste er ohnehin nicht. Er kannte den Begriff aus modernen Quatsch-Filmen, bei denen er hin und wieder beim nächtlichen Fernsehen hängen blieb, weil er weder schlafen noch schreiben konnte. »Aber Maxine werde ich mitbringen müssen«, sagte er.

Tobias nahm das schlafende Baby genauestens unter die Lupe, als wollte er feststellen, was es wusste und was es ausplaudern konnte. »Die ist okay«, sagte er schließlich. »Ich glaube nicht, dass sie ein Sicherheitsrisiko darstellt.« Er nannte Wolf eine Zeit, zu der ein Vater mit Kind in der Öffentlichkeit nicht allzu viel

Verdacht erregen würde. »Kommt pünktlich und stellt sicher, dass euch keiner folgt.«

***

Pünktlich zu kommen, stellte mit dem örtlichen Personennahverkehr eine gewisse Herausforderung dar, also machten Wolf und Maxine sich sofort auf den Weg. Wolf fütterte und windelte das Kind in einem Café zwischen Isartor und Donnersbergerbrücke, das als mütterfreundlich bekannt war. Am Ostbahnhof ließ er sein Smartphone in einem Schließfach und stieg in die S8 Richtung Flughafen. Er musste in Hallbergmoos aussteigen. Das befand sich gerade eine gehässige Station außerhalb des dritten Rings, der von Wolfs Monatskarte abgedeckt war. Es war unwahrscheinlich, auf diesem kurzen Streckenabschnitt erwischt zu werden. Aber nicht unmöglich. Missmutig löste er eine Karte nach dem Zufallsprinzip.

Ob es die richtige war, sollte er nie erfahren, denn es wurde tatsächlich nicht kontrolliert.

Die lokalen Fahrkartenautomaten und das Tarifsystem zu verstehen, hatte er schon vor Jahren aufgegeben. *»Silke, wenn ich noch einmal das Wort ›Streifenkarte‹ hören muss, schreie ich«*, hatte er gesagt, und Silke hatte verstanden. Hatte verstanden, dass ihr Mann einen Kopf für viele Dinge hatte, jedoch nicht für alle. Sie hatten sich für ihn auf ein Monatskartenabonnement geeinigt, obwohl es unwahrscheinlich war, dass er dessen monetären Wert je wieder rausfahren würde, da er doch die meiste Zeit hinterm Schreibtisch verbringen würde, um literarische Bestseller zu verfassen. Dennoch war der Seelenfrieden, sich niemals wieder beim Besteigen öffentlicher Verkehrsmittel irgendwelche Gedanken über Ringe und Zonen und Tarife machen zu müssen, unbezahlbar. Solange man sich nicht allzu weit hinauswagte. Aber so war es halt, das Leben. Es ermutigte einen nicht, sich allzu weit hinauszuwagen. So war quasi der MVV wie das Leben selbst.

Vielleicht steckte ein Buch darin.

Ohne Smartphone war Wolf in Hallbergmoos aufgeschmissen. Denn ohne Smartphone musste er Passanten oder Anlieger nach dem Weg fragen. Damit tat er sich in belebten Fußgängerzonen oder gut befüllten Wohngebieten schon schwer genug. Doch hier gab es weder Passanten noch Anlieger, vor denen er eine Scheu hätte entwickeln können. Hier waren nur Felder, so weit das Auge reichte. Irgendwo tuckerte ein Trecker. Bevor er sich allerdings Gedanken darüber machen konnte, wie nun weiter zu verfahren sei, fuhr ein Wagen vor und hielt wie eine unverhohlene Provokation direkt vor ihm an. Es war ein klobiger Wagen für mehrere Personen. Oder eine durchschnittliche Anzahl von Personen mit größerem Gepäck. Der Begriff »VW-Bus« kam ihm in den Sinn. Wahrscheinlich war es so etwas. Wolf konnte Automarken und Automodelle nur schwer auseinanderhalten, dieses Männlichkeits-Gen hatte sich bei seiner Mannwerdung abgespalten und war nie zurückgekommen. VW-Busse allerdings kannte er aus der Spät-Beat- und Hippie-Literatur. Er hatte mal so eine Phase gehabt, musste er zugeben. Zum Glück nur vor sich selbst.

Auf die Seite des Vielleicht-VW-Busses waren zwei Buchstaben gesprüht: ein S und ein B. Das S war spiegelverkehrt. Im Innern des Wagens sah Wolf eine Gestalt in einem Kapuzenpullover. Angesichts der Haltung und ihrer Bewegungen war zu vermuten, dass es sich um eine relativ junge Gestalt handelte. Sie machte etwas auf ihrer Seite der Tür. Womöglich versuchte sie, das Fenster herunterzukurbeln. Es gelang ihr nicht. Es war ein schon älterer Vielleicht-VW-Bus, das erkannte man auch ohne Fachkenntnisse. Schließlich öffnete die Gestalt die Tür. Sie lüpfte ihre Kapuze, und Wolf konnte erkennen, dass es sich um eine junge Frau mit kurzen Haaren und ohne sichtbare Spuren von Schminke handelte. Sie sah sich Wolf und das Baby von oben bis unten an. Dann sagte sie: »Sind Sie der Typ mit dem Baby?«

»Ich denke schon«, entgegnete Wolf.

»Ich würde Sie ungern abtasten.«

»Danke schön.«

»Die haben gesagt, ich soll Sie abtasten.«
»Sie müssen nicht alles machen, nur weil die es sagen.« Wer immer *die* sein mochten.
Sie grinste schräg, als wollte sie sagen: »Jetzt sprichst du meine Sprache, Alter.« Die Fahrerin ließ ihn einsteigen. Er nahm auf dem Beifahrersitz Platz. Die Frage nach einem Kindersitz konnte er sich wahrscheinlich sparen.
Von Nahem bemerkte er, dass die Haare seiner Fahrerin nicht nur kurz, sondern praktisch kaum vorhanden waren. Auch ihre Augenbrauen waren rasiert, was ihr auf den ersten Blick eine gefährliche Präsenz verlieh. Ihre Stimme jedoch war freundlich, und auch ihre Augen verrieten keine imminenten Mordabsichten. Ihren reichlich abgewetzten Kapuzenpulli zierten allerlei Aufnäher politischen Inhalts; auf den meisten ging es darum, Hakenkreuze und ihre Träger ohne große Rücksicht zu entsorgen. Er revidierte seinen ersten, ins Negative tendierenden Eindruck der jungen Frau. Kommt schließlich nicht drauf an, was man auf dem Kopf hat, sondern was man im Kopf hat, dachte er und stellte erschrocken fest, dass seine eigene innere Stimme verdächtig nach der Stimme seines Vaters klang, bei einer seiner verkrampften Toleranzübungen. Gut, immerhin hatte sein Vater sich bemüht.
»Wofür steht denn das SB außen am Wagen?«, fragte er, nachdem sie schon eine ganze Weile durch endloses, sinnloses Grün gefahren waren. Wolf hoffte, der Fahrservice würde ihm und Maxine auch für den Rückweg zur Verfügung stehen. Falls sie nicht eh, seinen ungewohnt optimistischen Instinkten zum Trotz, direkt in eine tödliche Falle chauffiert wurden.
»Shuttle Bus«, sagte die junge Frau.
»Das S ist spiegelverkehrt. Ist das Absicht?«
Sie nahm ihre Augen kurz von der Straße und warf ihm einen Blick zu, eine Mischung aus Verdacht und Anerkennung. »Gut erkannt. Aber es ist nicht spiegelverkehrt. Beide Buchstaben stehen auf dem Kopf. Eigentlich heißt es BS.«
»Ah. Buystuff.«
»Genau.«

»Dann sind Sie so etwas wie eine Gegenbewegung. Wie bei den Satanisten das umgedrehte Kreuz. Sie sind das Anti-Buystuff.«

Sie fixierte die leere Straße nun intensiver, als es nötig war.

»Nicht ich allein.«

»Das meinte ich auch nicht. Ich meinte, Sie im Sinne von … ihr … Typen. Ihr Leute. So Leute wie … Sie.« Er spürte, wie ihr Sympathiepegel sank.

Sie murmelte etwas Unverständliches.

»Warum eigentlich ausgerechnet Hallbergmoos?«, fragte Wolf, in der Hoffnung, das Gespräch in eine fruchtbarere Richtung zu lenken und seinen Anfang vergessen zu machen. »Weil das hier so … *off the grid* ist?« Noch so ein Terminus aus der Burner-Phone-Kategorie, den er schon immer unbedingt mal irgendwo unterbringen wollte.

»Hier in Hallbergmoos hat alles begonnen. Und hier wird es enden.«

»Was hat das zu bedeuten?«

Sie überlegte, bevor sie antwortete. »Ich habe schon zu viel gesagt.«

Den Rest der Fahrt verbrachten sie schweigend.

Es war eine recht lange Fahrt, bis sie an einem recht normalen Einfamilienhaus in einer recht normalen Einfamilienhaus-Gegend ankamen. Davor erwartete sie bereits Tobias, der gerade die das Grundstück umgebende Hecke schnitt. Er begrüßte sie.

Als Wolf ausgestiegen war und das Haus eingehend betrachtet hatte, sagte er: »Einen konspirativen Treffpunkt hatte ich mir irgendwie anders vorgestellt. Aber wahrscheinlich ist das gerade das Geniale: Niemand würde einen solchen Hort des Spießbürgertums verdächtigen. Vermutlich wissen die Besitzer nicht mal selbst, was hier in ihrer Abwesenheit stattfindet.«

»Und ob die das wissen«, meinte Tobias, fast ein wenig erschrocken. »Das ist mein Haus.«

»Du hast das extra für solche Treffen gekauft?«

»Nö. Ich wohne hier. Komm doch rein. Aber ich muss dich

warnen: Das ist wie mit der blauen und der roten Pille. Noch kannst du dich entscheiden, die blaue zu nehmen. Dann fährt die Sonja dich zurück zum Bahnhof, und du kannst dein altes Leben weiterleben. Wenn du allerdings die rote Pille nimmst, wird nichts mehr so sein wie vorher.«

»›Bahnhof‹ war das Einzige, was ich davon verstanden habe.«

»Mensch … ›Matrix‹!«

»Neu… Ich gucke eher neue Filme«, stammelte Wolf.

Im Innern immerhin sah das Haus nicht wie ein recht normales Einfamilienhaus aus. Die Einrichtung schon, doch die Menschen, die sich auf Sofas und Sesseln, an Tischen und Theken lümmelten, wirkten nicht wie eine Familie. Zumindest nicht wie eine im herkömmlichen Sinne. Vielleicht wie eine im Sinne des »Fast & Furious«-Begriffes von Familie. Dieser Sinn war Wolf natürlich kein Begriff, da er die Filmreihe ungesehen als neumodischen Quatsch abtat. Es war jedenfalls nicht die Art von Familie, die man gemeinhin in einem äußerst vorstädtischen, quasi dörflichen Einfamilienhaus antraf. Dafür waren die Mitglieder viel zu viele und mehrheitlich nicht blutsverwandt. Alle hatten Bildschirme vor der Nase. Monitore von Laptops und Desktops überwogen, aber es waren auch Smartphones und Tablets dabei. Modelle, die Wolf gänzlich unbekannt waren. Die Blicke der größtenteils jungen Leute waren ernst. Sie ließen sich vom Auftauchen des Neuankömmlings kaum von ihren Tätigkeiten abhalten.

»Ist das da das, was ich meine?«, fragte Wolf.

»Genau«, sagte Tobias stolz. »Das ist die Schaltzentrale der Revolution.« Von hier sollte das Buystuff-Imperium in die Knie gezwungen werden, erläuterte er, von ehemaligen und zukünftig ehemaligen Mitarbeiterinnen und Mitarbeitern. Momentan sah es noch so aus, als würde hier vor allem »Fortnite« in der Profiliga gespielt, aber das mochte nur eine gewiefte Tarnung sein.

»Wegen meiner Angelegenheit …«

»Genau!«, rief Tobias. »Die Adresse dieser Firma. Da müsstest du bitte ein Ticket aufgeben.«

»Wie bitte?«

Tobias lachte laut und auch anderweitig unvorteilhaft. Einige der jungen Leute, die sie zuvor nur scheinbar nicht beachtet hatten, stimmten mit ein, als handelte es sich um einen köstlichen Insider-Scherz. Tobias haute Wolf auf die Schulter. »Keine Sorge, das war nur ein Witz. Ich habe das Ticket bereits selbst aufgegeben, es auf Prio 2 eskaliert, das Ergebnis über einen kabelgebundenen Drucker ohne Netzwerkanschluss ausgedruckt, das Ticket aus dem System und das Dokument aus dem Speicher des Druckers gelöscht. Das kann keiner nachverfolgen.« Er reichte Wolf ein Stück Papier, auf dem die Adresse von StarWalk stand.

Wolf las den Namen des Geschäftsführers vor. »Anton Heuser ...«

»Nie gehört.«

»Ich auch nicht.« Er sinnierte über die Adresse. »Die kommt mir irgendwie bekannt vor.«

»Das war alles ein bisschen tricky. Offenbar heißt die Firma erst seit Kurzem StarWalk. Die Namensänderung wurde aber noch nicht offiziell gemacht oder zumindest nicht behördlich korrekt gemeldet, deshalb firmiert sie an der Adresse noch unter ihrem alten Namen. L-Walker.«

Wolf kratzte sich den Bart. »Hm ...«

»Sagt dir der Name etwas?«

»Einer blöder als der andere. L-Walker. Was soll das denn heißen?«

»Keine Ahnung. Aber wenigstens vergisst man so einen Namen nicht.«

»Das stimmt.« In Wolfs Augen ging das Licht an. »Das hatte ich ganz vergessen! Ich habe L-Walker schon mal gesehen! In der Wohnung und im Keller von Niedermeyer. Genau wie StarWalk. Wieso hat der so viel von der Ausrüstung, die ihm offenbar gar nicht gefällt?«

»Bei passionierten Anhängern der Film- und Fernsehunterhaltung gibt es ein Phänomen namens Hate Watching. Das bedeutet, dass man sich auch Serien und Filme unerbittlich bis zum

Ende ansieht, die man eigentlich gar nicht mag, nur um darüber herziehen zu können. Staffel für Staffel, wenn es sein muss.«
»Was soll das für einen Nutzen haben? Das Leben ist zu kurz für solch Narretei.«
Tobias zuckte mit den Schultern. »Keine Ahnung.«
»Und was hat das mit dem Fall Niedermeyer zu tun?«
»Vielleicht gibt es das unter Sportlern auch. Hate Walking.«
Wolf bezweifelte das. Er starrte wieder auf die Adresse. »Wie dem auch sei … Die Adresse kommt mir bekannt vor, aber L-Walker und StarWalk kenne ich nur aus Niedermeyers Hinterlassenschaften. Da bin ich mir sicher.«
Tobias lächelte verschmitzt. »Ich sage ja, es ist tricky. Und es wird immer trickier.«
»Fast wie ein Kriminalfall, möchtest du sagen?«
»Auch L-Walker war keine gänzlich eigenständige Firma. Die gehört zu so einem Start-up-Brutkasten, unter dessen Adresse sie registriert ist. Heißt Veroniquarama.«
»Veroniquarama … Kommt mir bekannt vor …«
»Dahinter steckt so eine Reality-TV-Schnecke …«
»Veroniqua! Nenn sie nicht so!«
»Ihr kennt euch?«
Sofort war die Hand wieder im Bart. »Zumindest habe ich das die längste Zeit geglaubt. Der Fall spitzt sich zu.« Sollte La Veroniqua in ihn tiefer verwickelt sein, als sie zugegeben hatte? War ihr ganzes Getue mit den Haaren, Klamotten, Brüsten und allem Pipapo etwa nur … Fassade? War sie eine eiskalte Killerin?
Aber warum hatte sie ihm dann geholfen? Die Pillen analysiert? Ihn in den Walking-Club eingeschleust?
Es gab eine ganz einfache Erklärung. Die Pillen waren eine falsche Fährte. Es waren McGuffin-Tabletten. Beweismittel-Placebos. Und der Walking-Club – sonnenklar! Sie wollte ihn umbringen. Ihn aus dem Weg schaffen. Herzattacke, Tod durch Überanstrengung. Es würde wie ein Unfall aussehen. Ein tragischer.
Vielleicht musste er an der Theorie noch ein bisschen feilen, bis sie gänzlich wasserdicht war.

»Geht's dir nicht gut?«, riss ihn Tobias aus seiner Konzentration.

»Mir ging es nie besser. Und nie schlechter.«

Tobias nickte. »So ist das in der Liebe.«

»L-Walker … StarWalk … Veroniquarama …«

»Veroniquarama ist als Name eigentlich ganz schön clever, muss man zugeben.«

»Ja«, gab Wolf zu. »Und StarWalk ist genau die Art von Firmenname, mit der man sich abfinden muss, wenn man absolut keine Lust hat, länger als zwei Minuten über so eine wichtige Entscheidung nachzudenken. Aber was bedeutet L-Walker?«

»Typografisch betrachtet ist L nicht der allerschlechteste Buchstabe, um einen Firmennamen zu dominieren, aber längst nicht der beste. Am allerbesten ist X. Springt sofort ins Auge. Wenn ich ein Firmenimperium befehligte, würde ich jedes Produkt und jeden Service Irgendwas-mit-X nennen.« Tobias gestikulierte visionär und blickte verträumt in die Ferne beziehungsweise an die nächste Wohnzimmerwand. »Oder einfach nur: X.«

»Bei aller Freundschaft: Gut, dass Leute wie du nicht Firmenimperien befehligen.«

»Die Welt wird sich noch umgucken.«

»Für Walking-Stöcke wäre X gar nicht gut. Da denkt man nur an X-Beine.«

»X-Beine wären dann Kult. Und keiner würde mehr sagen: Wir gehen heute eine Runde walken …«

»Das zumindest wäre schön.«

»… sondern: Heute x-en wir mal im Park.«

»Das wird sich nicht durchsetzen. Das geht einfach nicht gut über die Lippen.«

Tobias richtete seinen Blick wieder auf Wolf. Einen intensiven, einschüchternden Blick. »Doch. Das wird sich durchsetzen, wenn ich das sage.«

Wolf schluckte. Er hielt das Blatt Papier, das Tobias ihm gegeben hatte, hoch. »Das hier ist auf jeden Fall eine große Hilfe, auch wenn ich noch nicht genau weiß, wie alle Teile des Puzzles zusammenpassen. Vielen Dank.« Er sah, dass unter der Adresse weitere Zeilen geschrieben waren. Worte, deren Sinn sich ihm nicht sofort offenbarte. Er fragte danach.

»Das könnte für dich ebenfalls interessant sein«, antwortete Tobias, auf einen Schlag wieder ein unbekümmerter, fröhlicher Typ in Flipflops.»Euer Niedermeyer war stolzer Besitzer einer Vanessa-Box, wie ich seinen Daten entnehmen konnte.«

»Sind das diese Lautsprecher, mit denen man sprechen kann und die alles mithören und aufzeichnen, was um sie herum geschieht?«

»Genau die. War ein Riesen-PR-Problem für BS, als das rauskam.«

»Hätten sie vielleicht in X-Box umbenennen sollen.«

»Äh, nein.«

»Auf einmal nicht?«

»Gibt es leider schon.«

»Nie gehört.«

»Bill Gates steckt dahinter.«

»Wo denn nicht?«

»Jedenfalls, um geltendem EU-Recht zu genügen, mussten wir uns verpflichten, jedem Kunden die Möglichkeit zu eröffnen, jederzeit die eigenen Audiodaten aus der Cloud abzurufen oder zu löschen.«

»So weit hat der Niedermeyer sicherlich nicht gedacht.«

»Bestimmt nicht. Da unten findest du die Codes, mit denen du dir die Dateien anhören kannst.«

Es war tatsächlich davon auszugehen, dass auf der Vanessa-Box beziehungsweise in ihrem Cloud-Speicher entscheidende Tathinweise gespeichert waren. »Und wo muss ich das eingeben?«, fragte Wolf.

»Du musst nur die Vanessa-Box mit Namen ansprechen, dann den Code aufsagen.«

»Klingt einfach.«

»Natürlich musst du die Stimme des Besitzers täuschend echt nachahmen.«

»Das kann ja nicht so schwer sein.« Wolf erinnerte sich zwar kaum an Niedermeyers Stimme. Doch er hatte das Gefühl, in den letzten Tagen tief in dessen Seele geblickt zu haben. Das sollte reichen. Er hielt das Blatt erneut hoch. »Ich muss das aber nicht auswendig lernen und das Dokument aufessen oder so?«
»Das ist jetzt ganz allein dein Problem. *Meine* Fingerabdrücke sind da nicht drauf.«
Erst jetzt fiel Wolf auf, dass Tobias hauchfeine, transparente Kunststoffhandschuhe trug.
»Hallöchen zusammen!«, riss Wolf eine ihm inzwischen wohlbekannte Stimme aus seinen Gedanken. Er und Tobias wirbelten herum. Es war in der Tat Holly, die im Flur stand. Sie bestätigte: »Ich bin die Holly!«
Viele konspirative Augenpaare starrten sie an, unter den Augen offene Münder.
Holly lächelte entwaffnend. »Ich sehe, einige erkennen mich. Ja, ich bin *die* Holly McRose, Autorin von ›Der Highlander und die Haremsdame‹ und anderen Bestsellern aus den Buystuff-Charts. Aber lasst euch davon gar nicht verunsichern. Ich bin auch nur ein ganz normaler Mensch, wie die meisten von euch.«
Wolf eilte zu ihr. »Wie haben Sie denn hierhergefunden?«, wollte er wissen.
»Ich bin Ihnen einfach gefolgt. Aus Spaß. Es ist so ein schönes Wetter heute.«
»Zu Fuß?«
»Ich bin in Hallbergmoos auf den nächstbesten Trecker gesprungen und habe gesagt: ›Folgen Sie diesem VW-Bus!‹ Hat der Treckerfahrer wohl sein Leben lang drauf gewartet, dass das mal einer zu ihm sagt. So was sieht man ja sonst nur in Filmen.«
»Ich habe noch nie einen Film gesehen, in dem –«
»Jedenfalls hat der aufs Gas gedrückt, das können Sie sich gar nicht vorstellen.«
»Ich habe kein uns verfolgendes Nutzfahrzeug bemerkt.«
»Na ja, selbst bei Höchstgeschwindigkeit ist so ein Trecker natürlich nicht allzu schnell. War trotzdem rührend, wie dieser

Bauer sich bemüht hat. Zum Glück ist das Land hier ja regionsuntypisch flach, da konnte man auch auf die Distanz guten Sichtkontakt halten.«

Tobias funkelte Wolf böse an. Dann fragte er Holly: »Und wie sind Sie hier reingekommen?«

»Die Tür war offen.«

Wolf funkelte Tobias böse an.

»Gut, ich werde mich darum kümmern, damit so etwas nicht noch einmal passiert«, sagte Tobias.

»Gib ein Ticket auf«, sagte Wolf. Einige der Anwesenden lachten. »Wir müssen jetzt jedenfalls wieder los-x-en.«

Keiner lachte, Holly schaute verständnislos.

**

Sonja fuhr sie zurück zum S-Bahnhof. Auf der Rückbank stöhnte Wolf: »So ein riesiger Aufwand für eine einzige Adresse.«

»Wieso? Ging doch superschnell«, frohlockte Holly. »Nette, unkomplizierte Freunde haben Sie. Hätte ich gar nicht gedacht.«

Am Bahnhof informierte Wolf Holly, dass er sich noch eine Fahrkarte kaufen musste. Als sie ihm dabei zusah, fiel sie aus allen Wolken. »Gesamtnetz? Warum um alles in der Welt nehmen Sie denn keine Streifenkarte?«

Wolf zählte innerlich einen Countdown von drei bis null und sagte dann gefasst: »Das ist ein sensibles Thema, das ich jetzt nicht vertiefen möchte.«

Von Hallbergmoos fuhren sie mit der S8 zum Besucherpark des Flughafens, um von dort mit der S1 nach Moosach zu fahren. Theoretisch ging das schneller als über die innerstädtische Stammstrecke. Allerdings nur, wenn man günstige Verbindungen erwischte. Das taten sie nicht. Außerdem fuhr ab Neufahrn bloß Schienenersatzverkehr, der in Feldmoching endete. Maxine war gar nicht begeistert von dieser Situation, und die anderen Buspassagiere waren wiederum davon gar nicht begeistert. Wolf flüsterte Holly über das Geschrei und den beträchtlichen Geruch zu: »Die denken bestimmt, Sie wären die Mutter.«

Die giftigen Blicke, die sie umzingelten, schienen das zu bestätigen. »Hiermit schenke ich Ihnen die Freiheit. Sie können sich woanders hinsetzen oder verbal darauf hinweisen, dass Sie und das Kind nichts miteinander zu tun haben.«

»I wo«, flüsterte Holly. »Wir sind doch ein Team.« Sie machte Geräusche und Fratzen zu Maxines Unterhaltung.

Das Kind schrie weiter. Wolf lächelte.

19
Silke

Auf dem langen Fußmarsch durch die Fasanerie nach Moosach hatten sie viel Zeit zum Nachdenken. Auf dem Busbahnhof in Feldmoching hatte Wolf zunächst Windeln wechseln müssen, danach hatten alle anderen Gäste des Schienenersatzverkehrs alle Taxis weggeschnappt, und andere Verkehrsmittel fuhren um diese Zeit nicht mehr in akzeptablen Intervallen.

Als sie mit schmerzenden Füßen von der Pelkovenstraße in die Feldmochinger Straße einbogen, sagte Holly: »Sehen Sie, macht doch Spaß, so ein bisschen Bewegung.«

»Ein bisschen Bewegung ja«, gab Wolf zu. »Besonders ohne Stöcke. Und ohne Gesellschaft.«

»Ich bin doch auch Gesellschaft.«

»Sie zählen nicht.«

»Oh.«

Zum ersten Mal sah Wolf einen wirklich verletzten Ausdruck in Hollys Gesicht. »Ich meine, an Sie habe ich mich schon gewöhnt.«

»Mhm.« Trotz der prompten Klarstellung hellte sich ihre Miene nicht auf.

»Wie Maxi.« Besser konnte er seine Zuneigung wohl kaum ausdrücken.

»Aha, ich bin wie das Baby für Sie.«

»Das war ein Kompliment.«

»Ach so!« Das Licht in Hollys Gesicht ging an. »Danke! Das habe ich nicht sofort rausgehört.«

»Vielleicht sollte ich beim Sprechen mehr Emojis verwenden.«

»Wäre super, wenn man das könnte, oder?«

»Hm.«

»Ich hätte gerne mal Mäuschen gespielt, als Sie Ihrer Frau den Hof gemacht haben: ›Silke, ich habe mich viel besser an dich gewöhnt als an irgendwelche anderen Leute. Du bist wie ein Baby für mich. Wollen wir nicht den Bund fürs Leben schließen und ein richtiges Baby machen?‹«

Nun war es Wolfs Miene, die sich verfinsterte. Unbewegt starrte er geradeaus, in Richtung ihres Wohnhauses.

»Oje, das tut mir leid!«, rief Holly. »Zu früh? Ich hätte nicht ›Bund fürs Leben‹ sagen sollen. Ich bin sicher, sie kommt bald zurück …«

»Silke«, brummte Wolf.

»Das nennt man wohl einen freudschen Versprecher. Ich bin –«

»Silke ist wieder da.«

Silke saß vor dem Haus, auf gepackten Koffern. »Ich hatte keinen Schlüssel dabei«, sagte sie niedergeschlagen, als Wolf, Holly und Maxine in Hörweite waren.

»Wir haben einen neuen Ersatzschlüssel«, sagte Wolf. Sie beide hatten sich ihr Wiedersehen anders vorgestellt.

»Zumindest für den Hauseingang«, ergänzte Holly.

»Wir?«, fragte seine Frau. Sie sah Holly an.

»Ich geh schon mal hoch«, sagte die. »Also, hoch in meine Wohnung, meine ich. Ganz alleine, wie immer.« Sie verschwand im Treppenhaus.

»Das war Holly von gegenüber. Frau McRose.«

»Kenne ich.«

»Es ist nicht, was du denkst.«

»Ich bin mir momentan gar nicht sicher, was ich denke.«

Wolf zeigte auf die Koffer. »Du siehst aus, als würdest du abreisen.«

»Ich reise an.«

»Bleibst du länger?«

»Ja. Wenn du willst.«

Wolf nickte. Er wusste nicht, ob es eine reine Übersprunghandlung oder Zustimmung war. Silke wusste es auch nicht. Für den Moment akzeptierten beide die Unsicherheit als gangbaren Kompromiss. »Wieso hast du eigentlich nicht vorher angerufen?«, fragte er. »Oder zumindest getextet?«

»Das habe ich.«

»Wann?«
»Ab dem frühen Nachmittag so ziemlich den ganzen Tag. Kurz bevor du ... ihr ... hier angekommen seid.«
»Ich habe nichts ...« Er hielt inne und tastete sich ab. »Mist.«
»Was denn?«
»Mein Mobiltelefon ist noch in einem Schließfach am Ostbahnhof.«
»Warum?«
»Ist eine lange Geschichte.«
»Ich habe Zeit.«
»Komm doch erst mal rein.«
Er führte sie in ihre gemeinsame Wohnung, legte Maxine ins Bett, die immer noch so friedlich schlief, wie sie es nur bei und nach langen nächtlichen Spaziergängen schaffte, und erzählte seiner Frau die Ereignisse der letzten Tage in groben Zügen. Ihm fiel auf, dass Silke ihrem Kind nicht viel mehr Aufmerksamkeit geschenkt hatte, als irgendein Besucher das getan hätte. Eine Patentante, zum Beispiel.
Ihr selbst schien das ebenfalls aufzufallen. Unter sichtbaren und hörbaren Gewissensbissen begann sie: »Wolf, ich –«
Es klingelte an der Tür.
»Wer klingelt denn um diese Zeit?«, fragte Silke irritiert.
»Das wird Holly sein. Frau McRose.«
»Du musst vor mir nicht verbergen, dass ihr jetzt per Du seid, du und Holly Frau McRose. Das ging ja schnell.«
»Siehst du, das Lustige ist, wir sind gar nicht per Du. Wir sind per Sie plus Vorname. Also ich. Sie nennt mich beim Nachnamen. Du weißt ja, dass ich nicht gerne Amadeus genannt werde.«
»Das weiß ich, Amadeus. Aber warum klingelt sie jetzt?« Es klingelte noch immer.
»Weil sie keinen Schlüssel hat«, sagte Wolf stolz. »Es ist nämlich nicht so, wie du denkst.«
»Das, was du denkst, dass ich denke, denke ich sowieso nicht, denke ich.« Stattdessen dachte sie: Ich klinge schon wie Juliane Werding. »Diese Jogginghosen-Braut ist doch gar nicht dein Typ.«

Die Klingelei fand kein Ende. »Warum klingelt sie denn so lang? Kann die sich nicht denken, dass wir unsere Gründe haben, nicht zur Tür zu kommen?«

Wolf verspürte den Drang, die Jogginghosen-Braut in Schutz zu nehmen, aber er wusste nicht, wie. Seine Beschützerinstinkte konzentrierten sich dieser Tage ganzheitlich auf eine einzige Person. Das war nicht die Person, die gerade Sturm klingelte, und nicht die Person, die sich gerade darüber beschwerte. »Vielleicht denkt sie, ich habe die App an.«

»Die App?«

»Die App, mit der Maxi und ich immer schlafen.« Es gab so vieles, was Silke nicht über ihren Mann und ihre Tochter wusste.

Es klingelte und klingelte. »Die macht mich wahnsinnig. Dann lass sie halt rein.«

Wolf öffnete die Tür. Holly war ganz außer sich. »Hallo, Silke!«, rief sie trotzdem der Höflichkeit halber, als sie ins Wohnzimmer stürmte. »Frau Wolf.«

Silke verschränkte die Arme vor der Brust. »Ich habe meinen Mädchennamen behalten.« Sie informierte Holly nicht, wie dieser lautete.

»Interessant«, sagte Holly, ohne einen Zweifel daran zu lassen, dass sie es völlig uninteressant fand. Was Silke konnte, konnte sie schon lange und besser. Sie konnte sogar ihre Arme vor der Brust verschränken, ohne ihre Arme vor der Brust zu verschränken. Sie wandte sich wieder an Wolf. »Ich bin gerade im Keller gewesen, und wissen Sie, was ich da gesehen habe?«

»Was?«, fragte Wolf.

»Nichts!«

»Wie ›nichts‹? Was genau nicht?«

»Da ist nichts mehr im Keller!«

»Keine Reizwäsche?«

»Doch, die Reizwäsche ist noch da.«

»Welche Reizwäsche?«, fragte Silke dazwischen.

Wolf ignorierte sie. In Panik fragte er: »Meine Bücher?«

»Ihre Bücher sind auch noch da.«

»Gott sei Dank!« Wolf ließ sich aufs Sofa plumpsen.
»Vorsicht mit dem Sofa!«, rief Silke. »Das ist ganz schwer zu reinigen.«
»Man darf nicht drauf sitzen?«, fragte Holly.
»Ein bisschen vorsichtig sollte man schon sein.«
Wolf sagte zu Silke: »Vielleicht sollte ich dir lieber nicht erzählen, was Maxi auf dem Sofa so alles getrieben hat.«
»Dafür ist es nicht gedacht.«
»Darauf nimmt das Leben keine Rücksicht.«
»Ist mir gleich aufgefallen, dass es nicht mehr ganz katalogneu aussieht.«
»Ist das nicht der Sinn von Möbeln?«, fragte Holly.
»Darüber kann man streiten«, fand Silke.
»Aber bitte nicht jetzt!«, rief Wolf. »Holly, bevor Sie mich das ganze Kellerinventar durchgehen lassen: Was ist nicht mehr da?«
»Das Walking-Zeugs.«
»Da war jede Menge Walking-Zeugs. Was genau ist weg?«
»Alles.«
»Das müssen wir uns ansehen!«, fand Wolf.
»Ich bleibe hier«, sagte Silke.
»Gute Idee«, sagte Wolf.
Silke sah gekränkt aus.
»Einer muss schließlich bei Maxine bleiben«, führte er aus.
»Emojis, Wolf«, flüsterte Holly. »Emojis.«

※※※

»Es ist alles weg!«, erklärte Wolf, als Holly und er vor Niedermeyers leerem Kellerabteil standen.
»Sag ich ja«, sagte Holly.
Wolf sah sich das Schloss an. »Keine Spur von Gewalteinwirkung, soweit ich das beurteilen kann.« Er konnte es nicht sehr gut beurteilen.
»Wissen Sie, was ich befürchte?«, fragte Holly.
»Oh nein!«

»Oh doch.«

»Wir müssen sofort nachsehen!«

Diesmal zogen sie die Schuhe nicht aus, als sie Niedermeyers Wohnung betraten. »Gutes Zeichen, dass die Tür noch immer nicht geschlossen wurde«, fand Holly.

Das war das einzige gute Zeichen. Ohne die Walking-Ausrüstung sah die Wohnung völlig verändert aus. »Noch geräumiger«, sagte Wolf. »Das muss man sich mal vorstellen.«

»Das liegt aber nicht nur an dem fehlenden Walking-Zeugs. Noch irgendetwas ist anders. Jemand war hier.«

»Offensichtlich. Oder dachten Sie, das Walking-Zeugs ist hier von alleine rausgewalkt?«

Holly schüttelte den Kopf. »Wenn es das könnte, hätte es ja nicht so schlechte Rezensionen bekommen. Aber wer auch immer hier war, war nicht nur wegen des Walking-Zeugs hier. Die ganze Wohnung wurde durchsucht.«

»Er oder sie wollte wohl sichergehen, dass er keinen einzigen Stock und keinen einzigen Knieschützer übersehen hat.« Wolf sah sich um. »Scheibenkleister. Nichts mehr da. Da hat jemand wirklich ganze Arbeit geleistet.«

»Wer klaut denn so ein minderwertiges Zeug?«

»Es war Beweismaterial, genau wie die Vanessa-Box.«

Sie durchsuchten die ganze Wohnung, aber sie fanden den verräterischen Lautsprecher nicht.

»Ohne die haben wir nichts in der Hand«, sagte Holly.

»Wer könnte sie gestohlen haben? Wer wusste davon?«

»Vielleicht Ihre Veroniqua …?«

»Ach, plötzlich ist es *meine* Veroniqua …«

»Wer ist Veroniqua?«, fragte Silke, die im Türrahmen stand.

»Silke!«, sagte Wolf. »Was ist mit Maxine?«

Silke hielt stumm das Empfangsteil des Babyfons hoch.

»Gut gelöst«, sagte Wolf zu Silke. Zu Holly sagte er: »Veroniqua hat uns bei den Ermittlungen geholfen. Warum hätte sie das tun sollen, wenn sie die Täterin wäre?«

»Um uns auf eine falsche Fährte zu lenken«, mutmaßte Holly. »Immerhin war sie mit diesem Heuser im Bett.«
»Ach, die waren doch nicht im Bett. Das wüsste ich.«
»Wer ist Veroniqua?«, fragte Silke.
»Was ich mich auch frage«, sagte Wolf, »ist, warum der Täter, falls es der Täter war, der die Wohnung durchsucht hat, die Tür nicht hinter sich zugemacht hat.«
Holly überlegte. »Pure Arroganz. Der Täter, oder die Täterin, wähnt sich uns haushoch überlegen, immer einen Schritt voraus.«
»Vielleicht sollten wir meiner Veroniqua wirklich mal einen Besuch abstatten«, sagte Wolf.
»Wer ist Veroniqua?«, fragte Silke.

***

»Wer ist Veroniqua?«
Die Aufnahmen aus der Wohnung des Alten waren glasklar. Endlich verstand er. Heuser. Veroniqua. Teile des Puzzles, die sich leicht zusammensetzen ließen. Die letzten Teile. Bald würde Schluss sein. Er tätschelte die Waffe in ihrem Holster, hörte sich noch einmal die Aufnahmen an.
»Vielleicht sollten wir meiner Veroniqua wirklich mal einen Besuch abstatten.«
Nicht, wenn ich ihr zuerst einen Besuch abstatte, dachte er.

20

Grenzen

Am nächsten Morgen verbrachten Silke, Wolf und Maxine ein relativ zivilisiertes Familienfrühstück miteinander. Wolf hatte eingesehen, dass er vor und nach der Rückkehr seiner Frau nicht alles und jeden ganz optimal angegangen war. Silke gab zu, dass ihre lange Dienstreise ebenfalls nicht der allerfeinste Zug gewesen war und sie beide sich erst mal einen neuen, gemeinsamen Alltag erarbeiten müssten.

Aber erst, wenn Wolf von seiner Arbeit zurückkäme.

***

»Oh mein Gott!«, rief Holly, als sie Veroniquas Hauptquartier in all seiner regenbogenfarbigen Plüsch-Glitzer-Herrlichkeit betrat. »Das ist genau so, wie ich mir das immer vorgestellt habe! Nein – das ist besser, als ich es mir jemals zu erträumen gehofft hatte.«

»Vergessen Sie nicht, dass wir gekommen sind, um eine Verdächtige zu verhören …«, ermahnte Wolf sie.

»Wer so viel Geschmack hat, kann kein schlechter Mensch sein«, sagte Holly, als sie über eine mit türkisem Bärenfellimitat bezogene Stuhllehne streichelte.

Sie waren einigermaßen glimpflich an Johannx vorbeigekommen. Johannx waren zwar nicht amüsiert gewesen, dass Wolf diesmal Maxine nicht dabeihatte, doch Hollys Charme konnten sie ebenfalls nur schwer widerstehen. Außerdem wussten sie etwas über Holly, was Holly selbst nicht wusste, aber sogleich erfahren würde, als Veroniqua wiegenden Schrittes auf die beiden zukam.

»Und Sie sind …?«, fragte sie Holly, als sie ihr die Hand voller frischer Klunker an Nägeln und Fingern reichte.

Holly sagte zuerst nichts. Dann platzte es aus ihr heraus: »Ich bin Ihr größter Fan! Ich habe alle Ihre Styling-Videos gesehen und werde alle Ihre Bücher lesen!« Sie war viel zu erregt, um die ausgestreckte Hand wahrzunehmen, die Veroniqua dezent wieder zurückzog.

Sie lächelte Holly breit und entwaffnend an. »Und ich werde Ihnen liebend gerne alle signieren. Und Ihr Name ist …?« Sie beugte sich weiter vor, als sei entweder sie schwerhörig oder Holly gewohnheitsmäßig leise, was beides nicht der Fall war.

»Äh … Holly. Holly McDings. McRose. Holly McRose.«

Veroniqua bekam noch größere Augen, als es ihr Make-up bereits suggerierte. »Holly McRose? Etwa DIE Holly McRose?« Sie begann, auf der Stelle zu hüpfen. »›Heiße Tage unterm Schottenrock‹?«

Holly nickte schüchtern.

Veroniqua hüpfte weiter. »Oh mein Gott! Ich bin dein größter Fan!«

Holly begann, ebenfalls zu hüpfen. »Oh mein Gott!«

»Oh mein Gott!« Sie hielten sich an beiden Händen und hüpften eine Weile gemeinsam.

Als sie fertig waren, sagte Wolf zu Veroniqua: »Ich war davon ausgegangen, dass Sie einen elaborierteren Geschmack hätten.« Flüsternd fügte er hinzu: »Oder ist das Teil Ihrer Tarnung?«

»Kein bisschen! Haben Sie mich etwa für einen literarischen Snob gehalten? Die Trivialliteratur von heute ist doch oft die Weltliteratur von morgen. Denken Sie nur an Poe und … also erst mal nur an Poe.«

»Bezüglich der zukünftigen Kanonisierung von ›Heiße Tage unterm Schottenrock‹ können also noch Wetten abgeschlossen werden. Ich meinte ja nur, weil Sie sich selbst etwas geringschätzig über Krimiautoren ausgelassen haben.«

»Krimis kann ich auch nicht ab. Mord und Totschlag sind keine Unterhaltung.«

»Ihr Poe ist quasi der Erfinder des modernen Kriminalromans.«

Sie grinste. »Ja, aber der ist Weltliteratur.«

»Frau McRose arbeitet ebenfalls an einer Krimireihe.«

Sie begann wieder zu hüpfen. »Oh mein Gott! Die muss ich unbedingt lesen!«

Es hatte keinen Zweck. »Weshalb wir eigentlich hier sind …«, versuchte es Wolf.

»Ja?«, fragte Veroniqua.

»Was sagt Ihnen der Name Anton Heuser?«

»Anton …« Sie runzelte einstudiert die Stirn. »Gar nichts.«

»Ha!«, rief Wolf und deutete mit dem Zeigefinger auf sie.

»Ha?«

»Sie verwickeln sich in Widersprüche!«

»So kann man das nicht direkt sagen«, wandte Holly ein. Sie erklärte, dass Heusers Unternehmen unter dem Veroniquarama-Schirm firmierte und Heuser selbst in den Tod Niedermeyers verwickelt sein mochte.

»Ach, diese minderwertigen Walking-Sachen?«, sagte Veroniqua.

»Das fällt Ihnen aber spät ein!«, tadelte Wolf, der sich nach wie vor in der Bad-Cop-Rolle gefiel.

»Ich fand's schon relativ schnell …«, sagte Holly.

»Ja«, verteidigte sich Veroniqua, »was meinen Sie, wie vielen Start-ups ich auf die Sprünge geholfen habe? Ich bin so was wie die Mutter Teresa der Start-ups! Da kann man mir wohl nachsehen, wenn ich bei dem einen oder anderen Namen etwas länger brauche.«

»Mutter Teresa war durchaus nicht die Heilige, für die –«, fing Wolf an.

»Wolf«, sagte Holly.

»Tut mir leid«, sagte Wolf zu Veroniqua.

»Ach was!« Sie zwinkerte ihm zu. »Ich mag es, wenn Sie streng sind!«

Wolf wurde ganz anders.

»Wie hieß diese Firma doch gleich?«

»StarWalk«, stammelte Wolf. »Das W als Binnenmajuskel.«

»Würg.«

»Nicht wahr?«

»Ich weiß noch, dass Heuser Niedermeyer bekniet hat, diese unmöglichen Produkte in unserem Walking-Club zu pushen. Das hat reichlich böses Blut gegeben. Sowohl zwischen Niedermeyer und dem Club wie zwischen Niedermeyer und Heuser.«

»Warum denn ausgerechnet Niedermeyer?«, fragte Wolf. »War das so ein Walkfluencer?«

Veroniqua lachte. »Ganz sicher nicht. Die beiden waren befreundet, wenn man das so nennen kann. Vielleicht hatte Heuser auch irgendwas gegen Niedermeyer in der Hand. So ganz genau hat es mich nie interessiert. Lange bleibt mir StarWalk auch nicht mehr erhalten. Der Vertrag läuft zum Ende des Monats aus und wird nicht verlängert.«

»Hat Heuser ein Büro hier?«

Veroniqua bestätigte das und erklärte sich bereit, ihre Besucher dorthin zu führen. Sie benutzten den geheimen Personalausgang des Büros, den Veroniqua eingerichtet hatte, falls mal zu viele Follower vor dem Haupteingang lauerten.

***

Der Mann, der seit Tagen die privaten Ermittlungen im Fall Niedermeyer stumm verfolgt hatte, stolzierte mit großen Schritten in die Rezeption von Veroniquarama, steuerte auf Johannx zu und machte endlich den Mund auf. »Cem Aslam, von der Kriminalpolizei München.« Er knallte seinen Dienstausweis auf den Tisch. »Ich muss mit den beiden sprechen, die gerade reingekommen sind.«

Johannx zogen gekonnt eine Augenbraue hoch. »Reingekommen? Hier? An mir ist keiner vorbeigekommen, und an mir kommt auch keiner vorbei.«

»Das ändert sich jetzt.«

Johannx schienen entrüstet. »Wie kommen Sie darauf?«

»Weil ich jetzt an Ihnen vorbei da reingehe und selbst nach meinen Verdächtigen suche.«

Johannx traten hinter der Rezeption hervor, stellten sich breitbeinig vor Aslam und breiteten ihre Arme ebenfalls aus. »Das wollen wir mal sehen.«

»Ich bin von der Polizei!«, stellte der Kommissar klar, von der ungewohnten Situation empört wie verwirrt.
»Sie nehmen Ihren Job ernst, ich nehme meinen Job ernst. Haben Sie einen Durchsuchungsbefehl?«
»Alter, das –«
»Altex.«
»Ach, so ist das.«
»Ein Problem damit?«
»Wieso sollte ich? Mein eigenes Geschwister sind fluid. Ich war heilfroh, als das raus war und ich mir keine Gedanken mehr machen musste, was denn bloß mit denen los war.«
»Das hat Sie nicht gestört?«
»Hören Sie zu, ich bin einfach gestrickt, und ich mach mir nicht viel aus den sexuellen Vorlieben und Gender-Identitäten von Leuten, die weder ich sind noch regelmäßig Beischlaf mit mir betreiben. Wenn einer sagt, er ist dies oder das, dann ist er halt dies oder das. Oder wenn eine das sagt. Oder einex. Damit hat sich die Sache.«
»Respekt.«
»Kann ich jetzt durch?«
»Nein.«
»Respekt. Aber ich dachte, weil wir uns jetzt so gut verstehen …«
»Grenzen, mein Lieber. Grenzen. Kein Durchsuchungsbefehl, kein Termin, kein Durchkommen.«
»Für fluid sind Sie ganz schön spießig.«
»Was hat das eine denn mit dem anderen zu tun? Ich bin halt spießig. Darauf nehmen meine Geschlechter doch keine Rücksicht.«
»Stimmt auch wieder. Übrigens sagen wir eher Durchsuchungs*beschluss*. ›Befehl‹ klingt so deutsch.«
»›Beschluss‹ klingt genauso deutsch.«
Aslam dachte nach. »Da haben Sie nicht unrecht. Jedenfalls reicht es in diesem Fall, wenn ich den Beschluss nachträglich vorlege. Es ist nämlich Gefahr im Verzug.«

»Das kann ich mir nicht vorstellen.«

»Sie schützen zwei vermutlich gefährliche Individuen, die in einen Mordfall verwickelt sind.«

Johannx lachten laut. »Die beiden? Die können einen zwar zu Tode nerven, aber ansonsten haben die keinerlei schwerkriminelle Ader.«

»Der äußere Anblick täuscht.«

»Mich täuscht nie ein äußerer Anblick.«

Johannx blockierten weiterhin mit breiten Beinen und weiten Armen den Weg. Damit hatte Kommissar Aslam zwei Probleme. Erstens war er entschieden gegen Polizeigewalt, außer wenn die Opfer es wirklich nicht besser verdient hatten. Zweitens schlug er keine Fluiden, da war er dann doch altmodisch. »Gut«, sagte er. »Ich gehe.«

»Jetzt schon?« Johannx schienen fast aufrichtig enttäuscht. »Wo wollen Sie denn jetzt hin?«

»Ich hole Ihren verdammten Beschluss, und zwar rückwirkend. Und dann kriege ich Sie dran wegen Behinderung polizeilicher Ermittlungen.« Aslam hatte nichts dergleichen vor. Viel zu viel Papierkram, und die beiden Verdächtigen waren bis dahin ohnehin über alle Berge. Er hatte einen anderen Plan.

Rückblickend kann man streiten, ob das ein guter Plan war oder nicht. Einerseits hätte Cem Aslam die Chance erhalten, sich als Held des Tages zu beweisen, wenn er nur ein kleines bisschen länger gewartet hätte. Andererseits hätte er als eines von vier grässlich entstellten Brandopfern enden können.

21
Brandbeschleuniger

»Frechheit!«, stieß La Veroniqua aus und stemmte ihre Fäuste in ihre Seiten.

»Es ist total leer geräumt«, sagte Wolf, nachdem er sich in Heusers tristem Büro mit dem hohen Minifenster umgesehen hatte, was keine zeitaufwendige Beschäftigung gewesen war. Mobiliar und Schränke standen zwar noch an Ort und Stelle, doch es war offensichtlich, dass hier keine Akten und Ähnliches mehr zu finden sein würden.

»Nicht total«, sagte Holly. Sie deutete auf das Poster an der Wand, das Veroniqua ebenfalls schon aufgefallen war. Es zeigte eine Großaufnahme der Unternehmenschefin in typischer Glamour-Pose. Nur hatte jemand mit einem dicken schwarzen Stift Bartstoppeln und Pickel in ihr Gesicht gemalt, eine Augenklappe über eines der Augen, diverse Zähne geschwärzt und in der Nähe ihrer sinnlich geöffneten Lippen etwas hingekritzelt, was ein spritzendes Mikrofon hätte sein können. Belassen wir es dabei: Es *war* ein spritzendes Mikrofon.

»Sehr erwachsen«, sagte Wolf.

»Oh, das muss ich mir von Ihnen gerade sagen lassen«, dröhnte Anton Heuser, der hinter ihnen das Büro betrat. Ein überbräunter Sportlertyp, dessen sonnig-sportliche Ausstrahlung doch sehr von seinem irren Blick und wirren Haar sabotiert wurde. Ohne das Irre und Wirre hatte er durchaus eine gewisse Ähnlichkeit mit dem Mann auf dem Phantombild, das WFH Boi angefertigt hatte, stellte Wolf fest.

»Sie müssen Anton Heuser sein«, sagte er.

»Das ist er«, bestätigte Veroniqua.

Holly klatschte in die Hände. »Au fein, jetzt kommt der Schurken-Monolog!«

»Monolog?«, rief Heuser. »Für Monologe habe ich keine Verwendung. Ich –«

»Das können Sie sich ohnehin sparen«, sagte Wolf. »Wir wissen alles.«

»Unterbrechen Sie mich gefälligst nicht, wenn ich Ihnen erkläre, warum ich Ihnen keinen Monolog schuldig bin! Und richten Sie sich schon mal drauf ein, dass es eine Weile dauern wird! Mein ganzes Leben musste ich zuhören, jetzt hört mir mal jemand zu!«

»Du hast minderwertige Walking-Ausrüstung in Billigländern fertigen lassen und wolltest sie hier teuer verticken«, sagte Veroniqua. »Nur, dass keiner den Scheiß gekauft hat. Und dann hat sich auch noch dein Busenfreund und informeller Geschäftspartner Niedermeyer gegen dich gewandt. Über kurz oder lang hätte er es wahrscheinlich nicht bei negativen Online-Rezensionen belassen, sondern darüber hinaus gewisse Unzulänglichkeiten in deiner Geschäfts- und Buchführung entlarvt.«

So weit hatten Wolf und Holly nicht gedacht, mussten sie zugeben. Trotzdem, das Wesentliche hatten sie zusammenbekommen und den korrekten Täter entlarvt. Zumindest beim vierten oder fünften Versuch.

»Gut …«, stammelte Heuser.

»Also haben Sie seine blutdruckhebenden Medikamente gegen Pillen ausgetauscht, die das Gegenteil bewirken, was ihn über kurz oder lang umbringen würde, mit oder ohne Treppensturz«, sagte Wolf, der es bei aller Gewogenheit nicht so aussehen lassen wollte, als habe La Veroniqua den ganzen Fall allein aufgeklärt.

»So war es doch!«, rief Holly, um klarzustellen, dass auch sie an der Auflösung beteiligt war.

»*In a nutshell*«, sagte Heuser.

Wolf rollte mit den Augen.

»Und nun hast du dein Büro leer geräumt, um Beweise zu vernichten«, folgerte Veroniqua.

»Nur diesen Gestank … diesen Gestank haben Sie nicht beseitigen können!«, rief Holly. Es roch tatsächlich sehr penetrant im leeren Büro. »Den Gestank der Schuld!«

Wolf schnüffelte. »Ich glaube nicht, dass das der Gestank der Schuld ist …«

»Nein«, sagte Holly. »Das riecht wie … wie dieses Zeug, mit dem man schneller Sachen anzünden kann … Wie heißt das noch …?«
»Brandbeschleuniger«, sagte Heuser. Er hielt einen Kanister davon in der linken Hand. In der rechten ein brennendes Streichholz.
Holly lachte, schlug sich vor den Kopf. »Natürlich – Brandbeschleuniger! No-Brainer.«
Da hatte Heuser das Streichholz bereits fallen lassen, war zur Tür hinaus und hatte diese hinter sich abgeschlossen. Wenn sein Geschäft schon den Bach runtergegangen war, wollte er zumindest ein paar Versicherungsgelder einstreichen. Klar war das Brandstiftung. Aber die Einzigen, die seine Schuld bezeugen konnten, würden in den Flammen umkommen.

***

Zu behaupten, dass Johannx sich etwas auf ihre gute Nase einbildeten, wäre einerseits nicht ganz verkehrt, andererseits eine starke Vereinfachung der Thematik. Johannx bildeten sich auf so ziemlich jede ihrer Eigenschaften und Sinne etwas ein, auf die meisten zu Recht. Sie rochen den Brand, der mehrere Büros und ein trostloses Treppenhaus entfernt war, nahezu sofort.
»Was zum …!«, sagten Johannx und gingen in Veroniquas Büro, um die Sache mit ihrer Chefin zu besprechen.
Im Büro war niemand, doch der Geruch war hier stärker. Erste vorsichtige Rauchschwaden tasteten sich unter der Tür zum Personalausgang hindurch. Johannx öffneten sie. Mehr Rauchschwaden im Treppenhaus. Johannx folgten dem Geruch zu seinem Ursprung und kamen vor Heusers Büro an, in dem sie La Veroniqua und ihre Besucher schreien hörten. Bislang waren es lediglich Angstschreie, keine Schmerzensschreie.
Johannx versuchten den Türknauf. Erstens heiß, zweitens verschlossen.
Sie dachten nach. Schließlich riefen Johannx: »Durchhalten, Bitches! Ich habe einen Plan!«

Sie rasten zurück durchs Treppenhaus an die Rezeption von Veroniquarama.

***

Johannx hatten Heuser knapp verpasst. Der war das komplette Treppenhaus hinuntergelaufen und durch den Notausgang ins Freie. Dann machte er sich auf zum Haupteingang von Veroniquarama. Er hatte noch Brandbeschleuniger übrig.

***

Als Johannx zurück an ihren Arbeitsplatz gerast kamen, holten sie sofort den Baseballschläger unter ihrem Schreibtisch hervor, den sie stets mit sich führten für den Fall, dass sie mal später Feierabend machen mussten; das Niveau der spätnächtlichen Debattenkultur am Ostbahnhof hatte in den letzten Jahren doch stark nachgelassen. Sie liefen zurück ins Büro von Veroniqua, öffneten ein Fenster und traten hinaus auf die stählerne Fluchttreppe. Die Fluchttreppen an der Außenwand des Gebäudes waren miteinander verbunden. So arbeiteten Johannx sich vor, bis sie das einzige kleine Fenster vor Heusers Büro erreicht hatten.

Es war, als würde man in einen Hochofen schauen. Zum Glück war noch niemand verschmort. Lange allerdings konnte es nicht mehr dauern.

Selbstverständlich ließ sich das Fenster von außen nicht öffnen.

Wolf sah Johannx am Fenster. Er informierte die anderen und versuchte, es zu öffnen. Er verbrannte sich ordentlich die Hand am aufgeheizten Stahl.

Johannx hatten damit gerechnet, dass sich das Fenster nicht auf herkömmliche Weise würde öffnen lassen. Dafür hatten sie den

Baseballschläger mitgebracht. Sie deuteten den guten Menschen, die sie retten mussten, unwirsch an, gefälligst vom Fenster zurückzutreten, und holten aus.

Holly, Veroniqua und Wolf sprangen so weit zurück, wie es im brennenden Büro möglich war, als die Scheibe klirrend zerbarst. Wolf zog sein Tweedjackett aus und säuberte damit den Fensterrahmen notdürftig von Glasscherben. Er wollte die Frauen aufrufen, als Erste durchs Fenster zu steigen, doch er bekam nur ein unschönes Husten zustande.

Die Frauen brauchten ohnehin keine Erklärung. Erst halfen Wolf und Veroniqua der zierlichen Holly durch die schmale Öffnung, dann wurde Veroniqua von einer Seite gezogen, von einer geschoben. Dass Wolf seine Hände dabei vorübergehend an ihrem Hinterteil hatte, war ihm allenfalls sehr tief in seinem Unterbewusstsein gewahr. In einer anderen Situation wäre das sicherlich anders gewesen. In dieser Situation allerdings ging es lediglich darum, ihrer aller Hinterteile unverbrannt in die Freiheit zu befördern.

Wolf war buchstäblich der schwerste Kandidat. Doch mit vereinten Kräften zogen Johannx, Holly und Veroniqua ihn durch das Fenster und ließen ihn auf die Balustrade plumpsen, die die Leitern verband.

»Alter, du musst abnehmen!«, sagten Johannx.

»Ich weiß, Bitch«, röchelte Wolf. Die beiden tätschelten einander glücklich und ungelenk die Arme. Sie waren beide nicht für vollwertige Umarmungen geboren.

***

Als Johannx durchs Fenster zu ihrer Rettungsaktion geklettert waren, betrat Heuser durch die Tür Veroniquas Büro. Er verteilte Brandbeschleuniger im Raum und achtete darauf, nicht alles zu verwenden. Er benötigte den Rest noch in der Feldmochinger Straße.

Viel brauchte es hier eh nicht. Der Plüsch und die Kosmetika brannten hervorragend.

***

Als La Veroniqua, Holly, Wolf und Johannx sich über das Gewirr von Treppen und Leitern zum Erdboden hinabgearbeitet hatten und vom Rasen vor dem Gebäude aus die Lage sondierten, sahen sie, dass es auch in Veroniquas Büro brannte.
»Oh nein!«, rief Wolf. »Ihr Lebenswerk.«
Veroniqua schluckte. »Ein Glück«, sagte sie.
»Genau!«, meinte Wolf. »Eine Chance für einen radikalen Neuanfang! Manchmal hilft nur eine Zäsur. Keine Lügen mehr.«
»Ich meinte: Ein Glück, dass ich versichert bin.«
»Sind Sie?«
»Klar, ich bin doch nicht blöd.«
»Und was machen wir jetzt?«, fragte Holly Wolf.
Nun, da die Anspannung von ihm wich, fühlte er sich nur noch schwach. Er war den Tränen nahe. Einerseits hasste er es, so schwach zu sein. Sich so schwach zu zeigen. Vor Veroniqua. Vielleicht sogar vor Holly. Andererseits war er so schwach, dass es ihm herzlich egal war, welchen Eindruck er auf andere machte. Seine Knie versagten den Dienst. Er setzte sich auf den Rasen.
»Ich will nur nach Hause«, sagte er mit zitternder Stimme. »Ich will zu meiner Familie.«
Veroniqua nahm ihn in den Arm. Wie bereits diese Hinterteil-Geschichte hätte er das unter anderen Umständen mehr zu schätzen gewusst, aber es war selbst unter diesen Umständen nicht übel. »Und da gehören Sie auch hin«, flüsterte sie ihm ins Ohr. Sie löste die Umarmung. »Gehen Sie beide. Ruhen Sie sich aus. Ich werde die Polizei rufen. Das ist alles eine Nummer zu groß für uns geworden.«
Wolf und Holly nickten. Dem war nichts hinzuzufügen und nichts entgegenzusetzen.

22

Harriet Hammer 2: Die Rückkehr

(ACHTUNG: Besonders zartbesaitete Freundinnen und Freunde von Cozy Crime springen bitte direkt zu Kapitel 23!)

Als Wolf seine Wohnung aufschloss, eintrat und keine Begrüßung rief, um das eventuell schlafende Kind nicht zu wecken, musste er feststellen, dass er zu spät kam. Der Mann, der ihn und Holly tagelang verfolgt hatte, und der Mann, der WFH Boi Jens aus dem Verkehr gezogen hatte, war in seine Wohnung eingedrungen, in sein Refugium, saß auf seinem Sofa, neben seiner sichtbar angespannten Frau und hatte seine Schuhe nicht ausgezogen. Seine Turnschuhe. Sneaker, wie er vermutlich selbst sagen würde.

»Wo ist mein Kind?«, fragte Wolf.

»Schläft«, sagte Silke. Ihr Gesichtsausdruck war äußerst säuerlich. Wolf würde wieder etwas zu erklären haben. Sie würde ihn wieder Amadeus nennen. Oder sie würde ihn wieder verlassen, was vielleicht für alle die einfachste Lösung wäre.

»Was machen Sie hier?«, fragte er den Mann auf dem Sofa, der keine großen Anstalten machte, die Waffe in ihrem Holster zu verbergen. »Ist das da eine Pistole an Ihrem Gürtel, oder freuen Sie sich nur, mich zu sehen?«

Kommissar Aslam runzelte die Stirn. »Das ist eine Pistole. Das sieht man doch.«

Silke seufzte. Sie sagte zu Aslam: »Amadeus spricht gerne in Filmzitaten, müssen Sie wissen. Aber nur von uralten Filmen, die kein Schwein mehr kennt.«

Wolf setzte an: »Das ist nicht direkt ein Filmzitat –«

»Mae West soll das gesagt haben, ich weiß«, fiel ihm Aslam ins Wort. »Aber das ergibt doch in diesem Zusammenhang gar keinen Sinn. Sie sehen doch, dass –«

»Vielleicht beantworten Sie jetzt einfach meine Fragen!«, herrschte Wolf ihn an. Er hatte für einen Tag entschieden genügend

Angst gehabt. Er würde sich von diesem Bullen, der aussah wie das Gegenteil, in seinem eigenen Haus nicht erst einschüchtern und dann auch noch verspotten lassen, nur weil eines seiner Bonmots mal nicht astrein zur Situation passte. Gut, es war nicht sein Haus, und selbst in der Wohnung wohnte er nur zur Miete. Aber es ging hier ums Prinzip.

Aslam respektierte Wolfs Kampfgeist. Er nickte. »Eigentlich ist das meine Zeile, aber gut. Tatsächlich haben sich die Fragen, die ich an Sie habe, drastisch reduziert. Ihre Frau hat mir alles erzählt.«

»Also?«

»Setzen Sie sich doch.«

»In meinem Haus entscheide ich selbst, wann oder ob ich sitze.« Er setzte sich. Weil er und er allein es so entschieden hatte.

»Ihr Haus ist das nicht«, sagte Aslam.

»Gut, ich meine die Wohnung, in der ich Miete zahle. Dort hat mir keiner irgendwas zu sagen.«

»Die Miete zahle größtenteils ich«, sagte Silke. Nach wie vor säuerlich.

»Ja, Schatz«, sagte Wolf etwas weniger forsch. Er wollte, dass das mit der Miete auch so bliebe, egal wer oder was sonst so bliebe. Aslam fragte er mit seiner neu gefundenen Härte: »Was hat meine Frau Ihnen erzählt?«

Aslam gab die Geschichte der Mördersuche von Holly und Wolf einigermaßen akkurat wieder.

Wolf ergänzte die jüngsten Details über Heuser und die Brandstiftung. Dann sagte er: »Ich verstehe trotzdem nicht, warum Sie hier sind. Sie hatten den Fall doch bereits zu den Akten gelegt.«

»Das hatte ich auch. Aber nachdem Sie beiden Turteltäubchen mich beim Frühstück gestört haben ...«

»Wir sind keine Täubchen! Turteltäubchen! Wir turteln nicht!«

»... hatte ich das Gefühl, einen Fehler begangen zu haben. Sie haben sich so verdächtig verhalten, dass ich Sie sofort beschattet habe. Tagelang. Dabei hat sich mein Verdacht nur erhärtet.«

»Papperlapapp! Niemand hat uns beschattet. Das hätte ich gemerkt. Eine genaue Auffassungs- und Beobachtungsgabe sind die wichtigsten Werkzeuge meiner Zunft.«

Silke sagte: »Ich hoffe, du meinst die schreibende Zunft. Oder schulst du jetzt komplett um auf Privatdetektiv?«

Wolf sagte nichts. Aslam spottete: »Der Manduca-Detektiv.«

»Woher kennen Sie diesen Namen?«, wollte Wolf wissen. Er hatte ihn nur gegenüber Rauschgift-Jens erwähnt.

Aslam ignorierte die Frage. »Würde ich mir angucken, wenn's auf Netflix käme. Ich habe jedenfalls gesehen, wie Sie und Frau McRose Niedermeyers Wohnung durchsucht haben und später barfuß durch die laue Sommernacht gelaufen sind. Etwas zu Manic-Pixie-Dreamgirl-mäßig, finden Sie nicht?«

»Barfuß? Du?«, fragte Silke. Das Detail der gestohlenen Schuhe hatte Wolf anscheinend ausgelassen, als er für sie die Ereignisse der letzten Tage rekapituliert hatte.

»Gut, in solchen magischen Augenblicken lässt man schon mal fünfe gerade sein und lebt eher im Moment, als auf etwaige Beschatter zu achten ...«, verteidigte Wolf sich.

»Ich habe außerdem beobachtet, wie Sie Harry's Hanf-Shop einen Besuch abgestattet haben«, erklärte der Kommissar.

»Hanf-Shop? Du?«, fragte Silke. Er hatte wohl einige Details ausgelassen.

»Das war doch nur Ermittlungsarbeit«, sagte Wolf zu seiner Frau. »Ich schwöre, ich habe nichts gekauft.« Zu Aslam sagte er: »Dort habe ich Sie allerdings bemerkt. Hatte nur gedacht, Sie lungern halt gewohnheitsmäßig vor solchen Etablissements herum.«

Aslam reagierte mit schlecht gespielter Verblüffung, deren Mangel an Aufrichtigkeit nur für Wolf nicht offensichtlich war. »Wirklich? Sie haben mich hinter der Mülltonne bemerkt?«

»So etwas von offensichtlich.«

»Ich war aber hinter der Litfaßsäule.«

Silke lachte. Wolf sagte: »Die mit den fehlenden Bindestrichen? Da war ich wohl abgelenkt. Doch wie dem auch sei. Nach allem, was passiert ist, und nach allem, was meine Frau Ihnen erzählt hat, wissen Sie ja nun, dass Sie auf der falschen Fährte waren.« Er stand auf, reichte Aslam die Hand. »Ich bin froh, dass das geklärt ist, und wünsche Ihnen noch einen schönen Abend.«

Aslam stand nicht auf und nahm nicht die Hand. »Sie gehen nirgendwohin«, sagte er.

Manche Leute verstanden wirklich keinen Zaunpfahlwink. »Ich meinte auch nicht, dass *ich* –«

»Setzen Sie sich wieder hin.« Wolf kam der Aufforderung nach. »Dass ich Ihre Version der Ereignisse kenne, heißt nicht, dass Sie aus dem Schneider sind. Sie wollten etwas von Niedermeyer. Sie haben in seinem Leben und in seiner Wohnung herumgeschnüffelt. Diesen Heuser und das mit dem Feuer werden wir überprüfen. Aber dass es noch einen dritten Verdächtigen gibt, heißt nicht, dass die anderen beiden von jedem Verdacht befreit sind.«

Wolf seufzte. »Sollten wir nicht Frau McRose hinzuziehen?«

»Muss das sein?«, fragte Silke.

***

Während Wolf und Aslam sich mit gelegentlicher Beteiligung von Silke nett unterhielten, tappte Holly in die Falle. Sie war nicht direkt nach Hause gegangen, sondern hatte in der Tankstelle in der Dachauer Straße noch einen Sechserträger Dosenbier gekauft. Sie trank nicht oft, aber es half beim Einschlafen, wenn sonst nichts beim Einschlafen half. Sie hatte das Gefühl, dass das heute einer dieser Abende war, an denen sie jede Einschlafhilfe nutzen sollte, die ihr zur Verfügung stand.

Jemand war in ihrer Wohnung. Das wusste sie sofort, als sie die Tür leicht geöffnet vorfand. Nach allem, was passiert war, nach allem, was sie vergessen wollte, ließ sie ihre Tür nie unverschlossen. Dieser Jemand war bestimmt nicht gekommen, um ihr beim Einschlafen zu helfen. Oder vielleicht gerade doch, allerdings nicht so, wie es in ihrem Sinne wäre.

Vielleicht war es nur Wolf. Doch wie sollte der die Tür geöffnet haben? Selbst wenn, das war nicht seine Art. Sie bewaffnete sich mit einer Halbliterdose Tuborg und trat vorsichtig ein.

Die Wohnung war ein einziges Chaos. Ihre Mutter fand, dass das ohnehin der Normalzustand ihrer Wohnung war, und scheute auch nicht davor zurück, ihr das bei jedem Besuch mitzuteilen. Wolf, der ihre Mutter nicht kannte, hatte sich ähnlich geäußert. Das hier allerdings war eine ganz andere Kategorie von Chaos. Das sollte Mama mal sehen, dachte sie. Oder lieber nicht. Der Inhalt ihrer Bücherregale war im Flur verteilt, noch unsortierter, als er es ohnehin war. Das konnte nicht Wolfs Werk gewesen sein. Er hatte sich zwar mitunter despektierlich zu ihrem Lektüregeschmack geäußert, aber gar so sehr stören würden ihn die Bücher anderer Menschen nun auch wieder nicht. Schuh- und Krimskramsschränke waren aufgerissen und durchwühlt. Schuhe und Krimskrams lagen im Flur verteilt. Aus dem Arbeitszimmer konnte sie hören, wie dort weitere Unordnung gemacht wurde. Sie schlich in die Richtung des Krachs, die kalte, harte Bierdose im Anschlag, obwohl das Schleichen angesichts der Geräuschkulisse sogar auf sie selbst übervorsichtig wirkte.

Als sie um die Ecke des L-förmigen Korridors geschlichen war und freie Sicht in ihr Arbeitszimmer hatte, sah sie eine Gestalt in Kapuzenpullover über ihren Schreibtisch gebeugt. An jenem alle Schubladen offen und entleert. Sie hob die Dose und rief: »Keine Bewegung!«

Anton Heuser wirbelte herum. »Sie?«, rief er entgeistert. »Spinnen Sie? Das ist meine Wohnung! Wenn hier jemand das Recht hat, sich über jemanden zu wundern, dann ich mich über Sie!«

»Ich dachte, Sie wären tot.«

»In dieser Hinsicht bin ich wie Snake Plissken«, sagte sie. »Klassiker.« Niemand widersprach ihr.

Heuser stürzte sich auf sie mit Gebrüll.

***

Der Krach aus Hollys Wohnung war im Rest des Hauses nicht zu ignorieren. »Haben Sie das gehört?«, fragte Wolf.
»Jetzt lenken Sie nicht ab«, sagte Aslam. »Typische Mietshaus-Geräuschkulisse.«
»Bei Ihnen in Hasenbergl vielleicht.«
»Aber nicht hier im ehrenwerten Klein-Istanbul, oder was?«
Es rumste erneut. Diesmal waren eindeutig Schreie unter dem Rumsen auszumachen. Sie klangen nicht nach Freudengeschrei.
»Das kam aus Frau McRoses Wohnung«, sagte Wolf.
Aslam dachte nach. »Vielleicht sollten wir uns das tatsächlich mal ansehen.«
Jetzt schrie es auch aus dem Schlafzimmer. Maxine war erwacht. Wolf wandte sich an Silke. »Du bist dran«, sagte er nicht ohne Genugtuung.

***

Holly schlug Heuser die Dose gegen den Kopf, was ihn winselnd zu Boden gehen ließ. Die Wucht, mit der sie die Bewegung ausführte, war so stark, dass sie selbst die Kontrolle über die improvisierte Waffe verlor und sie hinfortfeuerte, in eine zu weit entfernte Ecke des Arbeitszimmers.

Ihr Angreifer würde eine gewaltige Beule davontragen und hatte bereits jetzt rasende Kopfschmerzen, doch die Wut in ihm war stärker. Er rappelte sich auf und griff wieder an. Diesmal bekam er Holly zu fassen und brachte sie zu Fall. Trotzdem entzappelte sie sich dem Griff des noch immer Benebelten und machte sich auf in Richtung Wohnungstür. Sie musste Hilfe holen.

Sie erreichte den Eingang nicht. Gerade als sie ihre Hand zum Griff der noch immer einen Spalt weit geöffneten Tür ausstreckte, warf Heuser sich auf sie und knallte mit einer Hand die Tür zu. Frau Loibl würde sich bestimmt beschweren. Hoffentlich bald. Hoffentlich bei der Polizei. Oder bei Wolf, der blitzschnell eins und eins zusammenzählen und die Polizei verständigen würde. Vielleicht doch lieber direkt bei der Polizei.

Noch einmal konnte Holly sich befreien und ihren Gegner von sich treten. Sie griff nach dem Rest des Sixpacks, das sie am Eingang abgestellt hatte. Sie warf eine Dose nach der anderen in Richtung Heuser, der wieder auf sie zukam. Alle verfehlten ihr Ziel. Sie trafen Bücherregale, Krimskramsschränke und Deckenlampen. Eine landete in einer offenen Schublade, als wäre der Wurf ein lange eingeübtes Kunststück gewesen.

»Sie werfen wie ein Mädchen!«, höhnte Heuser. Dann stürzte er sich wieder auf sie. Sie hatte sich selbst in eine Ecke manövriert. Keine Chance zu entrinnen.

**

Aslam sprang auf. »Kommen Sie!«, befahl er Wolf. »Das Geräusch gewaltsam geworfener Halbliter-Bierdosen erkenne ich überall.«

»Hasenbergl eben«, murmelte Wolf und folgte dem Kommissar ins Treppenhaus.

**

Holly wehrte sich nach Kräften, aber Heuser war unerbittlich. Er zerrte sie an den Haaren in die kleine Küche. Dort hielt er sie mit einer Hand fest, mit der anderen nestelte er ein Messer aus der Messerleiste über der Spüle. Es war eines von Hollys Lieblingsmessern, weil es so groß und scharf war. Damit konnte man Zwiebeln so superfein hacken, wie sie es am liebsten mochte.

»Was wollen Sie eigentlich?«, schrie sie.

»Beweise vernichten«, zischte er. »Und erledigen, was ich offenbar zuvor nicht erledigt hatte.« Er führte das Messer an ihre Kehle.

Holly brachte mit ihren Füßen einen Küchenstuhl zum Kippen und bekam ihn mit der rechten Hand zu fassen. Sie rammte ihn Heuser zwischen die Beine. Der reagierte erwartungsgemäß, und sie sprang aus der Küche heraus.

Tausend Dinge tut der Mensch tagtäglich vollkommen unbewusst und macht dabei keinerlei Fehler. Türen öffnen zum Beispiel. Man denkt nicht darüber nach, ob die eigene Wohnungstür nun nach innen oder nach außen aufgeht. Meistens nicht. Über solche Dinge denkt man nur nach, wenn es plötzlich drauf ankommt. Wenn es um nicht weniger als Leben und Tod geht. Und so dachte Holly, aus verständlichen Gründen nicht ganz bei Verstand, als sie die Klinke ihrer Wohnungstür herunterdrückte: Wie war das noch mal – drücken oder ziehen? Alles in ihr schrie: Ziehen! Aber konnte sie ihrer panischen inneren Stimme trauen? In Sekundenbruchteilen versuchte Holly, das Problem rational anzugehen. Sie meinte, mal gelesen zu haben, dass sich Wohnungstüren immer nach außen öffnen müssen, damit man schneller ins Freie eilen kann, wenn man von Flammen oder Mördern verfolgt wird. Also drückte sie.

Sie hatte sich geirrt. In solchen Situationen immer auf den brüllenden Instinkt hören, tadelte sie sich.

Heuser war wieder zu nahe, um jetzt noch mit dem Ziehen anzufangen. Sie flüchtete tiefer in die Wohnung hinein, zurück ins Arbeitszimmer. Hätte eine dumme Gans in einem amerikanischen Horrorfilm so gehandelt, hätte sie gestöhnt und mit den Augen gerollt. Typisch Sofakritikerin eben. Aber da sollte man vielleicht doch erst mitreden, wenn man mal selbst in einer vergleichbaren Lage gewesen ist.

**

Vor Hollys Tür angekommen, hinter der nun mehr Rumsen und Geschrei deutlich jenseits der mietshausüblichen nächtlichen Ruhestörung zu vernehmen waren, drückte Wolf auf den Klingelknopf.

»Was machen Sie denn da?«, fragte Aslam entgeistert.

»Klin…«, begann Wolf, bevor er sich selbst blöd vorkam.

»Sie meinen wohl auch, wir hätten vorher anrufen sollen?« Er kramte in einer schwarzen Schultertasche, die er immer bei sich führte.

»Sie haben recht. Schießen Sie das Schloss auf!«

»So weit muss es hoffentlich nicht kommen.« Aslam machte sich am Schloss mit einem kleinen Werkzeug zu schaffen. »Ich muss Sie leider bitten, sich einmal umzudrehen. Betriebsgeheimnis.«

»Das darf nicht wahr sein«, fand Wolf, drehte sich aber trotzdem um. Er blieb länger umgedreht, als er erwartet hatte. Aslam hatte seine liebe Mühe mit dem Schloss.

※※※

Heuser hatte das Küchenmesser. Noch oder wieder. Er presste Holly gegen ihren Schreibtisch, presste die Klinge gegen ihre Kehle. »Ist dir eigentlich klar, dass wir mit dieser Sache längst hätten durch sein können?«, schrie er. »Ist dir eigentlich klar, dass du alles viel schlimmer machst, wenn du dich wehrst? Dass ich dir umso mehr wehtun werde, je mehr du mir wehtust?«

Eines war Holly jetzt durchaus klar: Heuser ging es längst nicht mehr darum, Beweise zu vernichten oder Zeugen aus dem Weg zu schaffen. Wahrscheinlich hatte er längst vergessen, warum er überhaupt hier war. Er war nun nur mehr Wut und Mordlust. Sollte in seinem Innern noch eine Stimme der Vernunft versuchen, zu Wort zu kommen, so würde die ihm mitteilen wollen, dass er aus dieser Sache nicht mehr rauskäme. Die Polizei musste inzwischen auf dem Weg sein. Selbst wenn sie ihn nicht direkt am Tatort stellen würden, seine Spuren in Hollys Wohnung würde er nicht mehr verwischen können. Und mit den Informationen von Wolf und Veroniqua wäre es nur eine Frage der Zeit, bis sie ihn fänden.

Zu dumm nur, dass ich das alles nicht mehr erleben werde, dachte Holly.

»Ist dir das klar?«, brüllte Heuser ein weiteres Mal, als die Klinge bereits in die Haut an ihrer Kehle eindrang.

Anstatt zu antworten, schloss Holly die Augen.

※※※

Holly kehrte zurück. Zurück in die Zeit, als sie noch nicht Holly war. Zurück in die Zeit nach diesem Vorfall vor Jahren. Vor leider nicht genügend Jahren, um nicht innerhalb von Sekunden wieder dorthin zurückkehren zu können. Die Sache mit … Das war egal, denn sie kehrte ja zurück in die Zeit nach der Sache. In die Zeit, in der sie alle Rollos den ganzen Tag runtergezogen hatte. Mehrere Tage lang. Wochenlang. Viele dunkle Wochen lang gab es nur sie und ihre Highlander. Ihre Highlander-Komplettbox als ein stetiger Lichtblick. Alle Filme und die Fernsehserie in einer aufwendig gestalteten, streng limitierten Sammleredition. Sogar der Renegade-Cut von »Highlander 2: The Quickening«, in dem die Highlander wieder Highlander waren und keine Außerirdischen wie in der Kinoversion. Nicht alle Filme in der Box waren Klassiker, das musste man zugeben. Dennoch waren selbst die schlechtesten besser als … als alles … als alles davor. Als alles unmittelbar davor.

Sie spulte vor zu der Zeit, als sie die Rollos langsam, eines nach dem anderen, wieder hochzog, die Außenwelt hereinließ und in sie hinaustrat. Als sie in die Highlands reiste, in echt, nicht nur in der Fernseh-Phantasie. Mit ihrer Mutter, die ihr zwar manchmal gehörig auf die Nerven ging, weil sie ihre Mutter war, aber die Gott sei Dank eben ihre Mutter war. Mit allem, was dazugehörte. Sie verliebte sich nicht in einen Highlander, gleichwohl verliebte sie sich in die Highlands. Es war nicht die Geburt von Holly McRose. Aber es war die Geburt der Vorahnung von Holly McRose. Die Geburt der Hoffnung, dass es eines Tages eine Holly McRose geben könnte. Trotz allem, was passiert war.

Sie begegnete nicht vielen Menschen in den Highlands. Waren halt die Highlands, und es war noch nicht Touristensaison. So viel Geld hatte ihre Mutter für die Genesung ihrer Tochter auch wieder nicht aufbringen können, wobei es am guten Willen sicherlich nicht gemangelt hatte.

Sie bevölkerte die atemberaubenden, leeren Landschaften mit ihren eigenen Figuren. Imaginären Freunden, sozusagen. Und imaginären Feinden. Imaginären Liebschaften. Sie wusste, dass das alles bloß imaginär war. Sie war ja nicht verrückt.

Holly McRose war eine schwere Geburt. Zurück in Moosach verflüchtigte sich der Zauber der Highlands schnell. Alles kam zurück, was nicht zurückkommen sollte. Harriet Hammer musste sich ans Tageslicht zerren, bevor Holly McRose es erblicken konnte. Holly McRose war das Ziel. Harriet Hammer war das Mittel. Das Werkzeug, sozusagen. Manche Namen stellten sich als bedeutsamer heraus, als ihre Schöpferinnen es beabsichtigt hatten.

Erst als der Hammer seine Arbeit getan und Holly McRose herausgemeißelt hatte, traute sich ihr imaginäres Highlander-Ensemble wieder, einen Blick um die Ecke zu wagen und mit vorsichtigen Schritten aus dem Dunkeln zu treten. Erst jetzt wurden aus ihren Geschichten Bücher. Und Holly McRose wurde ein Wesen aus Fleisch und Blut.

Harriet Hammer war ein Werkzeug, und Werkzeuge lässt man nicht überall herumliegen, wenn man sie nicht mehr braucht. Aber man wirft sie auch nicht weg. Man verwahrt sie an einem Ort, an dem man schnell an sie herankommt, falls man sie wieder einmal benötigen sollte.

***

»Ich habe gefragt, ob dir das klar ist«, schrie Heuser. Es schien ihm ungeheuer wichtig, dass irgendjemandem irgendetwas klar wäre. Extrem nervtötend.

Harriet riss die Augen auf. Das Messer an ihrer Kehle ärgerte sie. Ihre Linke wanderte über die Tischplatte, gegen die sie gepresst wurde. Sie fand einen Kugelschreiber, den sie Heuser spontan ins Auge stechen wollte.

Leider war sie keine Linkshänderin. Sie verfehlte das Auge, brachte ihm aber einen Schnitt an der Stirn bei. Er taumelte einen Schritt zurück, ließ das Messer fallen.

Zu weit weg für Harriet. Schnell sah sie sich nach weiteren Waffen um. Schere zu weit weg. Plastikkugelschreiber kaputt. Sitzball ... *Dieser dämliche Sitzball!*

Heuser setzte zu einem weiteren brüllenden Angriff an.

Sie schnappte sich den dämlichen Sitzball an seinem Griff und schlug ihn Heuser mitten ins Gesicht. ZACK.

Zu ihrer großen, angenehmen Überraschung hatte sich eine blutende Wunde im Gesicht ihres Angreifers geöffnet. Mit der Schweißnaht des Balles war offenbar nicht zu spaßen.

Den Schmerz registrierte Heuser nicht sofort, aber sehr wohl das Blut, das ihm übers Gesicht lief.

Wieder holte sie aus. ZACK. Ihr nächster Schlag mit dem Sitzball brachte Heuser zu Fall. Sie stellte sich breitbeinig über ihn und schlug weiter zu.

»Ich!«, schrie sie. ZACK.

»Werde!« ZACK.

»Nie!« ZACK.

»Wieder!« ZACK.

»Opfer sein!«

***

Wolf drehte sich wieder zur Tür, obwohl Aslam ihm noch nicht die Erlaubnis erteilt hatte. »Nun hören Sie schon auf mit dem Gefummel!«, herrschte er ihn an.

»Sorry, ich mach das ja nun auch nicht jeden Tag! Bin doch kein Schlüsseldienst.«

»Sie sehen mir ziemlich kräftig aus, und über mich sagt man, ich wäre kräftig gebaut. Ich würde sagen, auf drei werfen wir uns beide –«

»Drei!«, rief Aslam und warf seinen kleinen, aber kräftigen Körper gegen das Holz, das sofort aus den Angeln sprang. Er fiel mit der Tür in die Wohnung.

Wolf eilte zu Hilfe. »Warum haben Sie nicht auf mich gewartet?«

»Dieses ewige Gequatsche«, murmelte Aslam, das Gesicht noch halb im Teppich.

***

Heuser war nur mehr schwerlich als er selbst zu erkennen, doch irgendwo in der blutigen Masse seines Gesichts warf sein Atem noch Blasen. Vor dem nächsten ZACK hielt sie inne. Da war ein Rumoren in der Wohnung, für das weder sie noch ihr ehemaliger Angreifer verantwortlich waren.

Wolf rief: »Holly, es reicht!« Er und Aslam kamen ins Wohnzimmer gestürmt. Aslam zog seine Dienstwaffe, richtete sie auf die Frau über dem Mann am Boden.

»Holly kann gerade nicht!«, fauchte Harriet.

»Lassen Sie sofort den Sitzball fallen!«, befahl Aslam.

Mit einem wilden Schrei wirbelte sie ihn in Richtung der Eindringlinge. Aslam schoss. Der Schuss war ziemlich laut. Die Explosion des Sitzballs war lauter. Gummifetzen regneten auf Wolf und Aslam. »Ich hasse die Dinger«, zischte der Kommissar.

»Ich mag sie selbst nicht«, gab Wolf zu, »aber Ihre Maßnahme wirkte auf mich etwas extrem.«

»Reflex.«

»Wir haben auch einen zu Hause, falls Sie möchten ...«

Inzwischen hatte Harriet sich das Messer geschnappt, mit dem Heuser zuvor sie angegriffen hatte.

Aslam zielte wieder auf sie. »Holly, lassen Sie das Messer fallen.«

»Wie oft denn noch? Ich. Bin. Nicht. Holly!« Sie verpasste Heuser ein paar Schläge mit dem Griff des Messers. Offenbar war noch genug Holly in Harriet, um nicht gleich die Klinge zu benutzen.

Aslam folgte mit dem Lauf seiner Waffe den Bewegungen der Frau, die behauptete, nicht Holly zu sein.

»Können Sie nicht irgendwas tun?«, fragte Wolf.

»Ich würde so ungern Ihre Nachbarin erschießen.«

»Erschießen? Würde nicht anschießen reichen? Irgendwo, wo es nicht so wehtut und leicht verheilt?«

»Meinen Sie, das ist so eine exakte Wissenschaft, der Unterschied zwischen an- und erschießen?«

»Exakte Wissenschaft vielleicht nicht direkt, aber ein präzises Handwerk, hätte ich gedacht.«

»Vielleicht für die eleganten, hochbegabten, halb autistischen Auftragskiller in Ihren Thrillern ...«

»Ich schreibe keine Thriller ...«

»... aber ob Sie's glauben oder nicht, ich fuchtele nicht jeden Tag mit der Waffe rum. Nicht mal in Hasenbergl.«

»Beim Sitzball haben Sie auch nicht lange gefackelt.«

»Beim Sitzball war mir egal, ob ich ihn anschieße oder erschieße.«

Heuser sah immer schlimmer aus, immer weniger wie Heuser. Wolf überlegte. Er überlegte schnell. Er fasste einen Plan. Endlich einmal war es ihm gelungen, schnell einen Plan zu fassen. »Ich weiß, Harriet. Ganz ruhig, Harriet«, redete er beschwichtigend auf die blutverschmierte Frau mit dem rot tropfenden Messer ein. Er redete so langsam, als müsste er einem Außerirdischen, der vermutlich eh kein Wort Irdisch verstand, die menschliche Zivilisation erklären. Dabei kam er näher. So behutsam, dass sie es hoffentlich gar nicht merkte. Das Smartphone hinter seinem Rücken. »Mein Name ist Amadeus Wolf. Ich bin ein Freund.«

»Komm nicht näher!«

Aber da war er schon herangepirscht, hatte die Lautsprecher seines Handys voll aufgedreht und hielt es ihr ans Ohr.

Der süße Klang raschelnder Plastiktüten umhüllte sie, und augenblicklich entspannten sich ihre Züge. Sie war wieder ein Kind. Sie war wieder in dem unbeschwerten Teil ihrer Vergangenheit.

Wolf zog das Volumen gerade genug herunter, um mit seiner Stimme durchzudringen. »Harriet, ich möchte mit Holly sprechen. Ist sie da drin? Darf sie kurz herauskommen? Ich tue ihr nichts.«

Sie schaute ihn verwirrt an. Ihre Verwirrung wandelte sich innerhalb von Sekundenbruchteilen in Belustigung. »Dachtest du etwa, Harriet Hammer wäre so was wie meine gespaltene Persönlichkeit?«

»Ich? Neeeiiin!«

»Stimmt aber. Irgendwie. Das heißt allerdings nicht, dass ich von dem Wechsel nichts mitbekäme oder so. Ich bin ja nicht verrückt!«

»Natürlich nicht …«

»Ich habe nur … ein paar … Probleme …«

Sie atmete schwer. Sie legte nicht die glaubhafteste physische Manifestation geistiger Ausgeglichenheit an den Tag, fand Wolf.

»Haben wir doch alle, Holly …«

»Ja … Holly … ich …« Holly schien tatsächlich in die Augen, die zuvor Harriet bewohnt hatte, zurückzukehren.

»Schön, dass du wieder da bist, Holly.« Wolf war kein dicker Freund der bedingungslosen Duz-Kultur, aber er fand, sie kannten sich nun gut genug.

»Finde ich auch«, sagte Holly.

»Und es was mir eine Ehre, Harriet Hammer kennengelernt zu haben.«

Holly nickte. »Danke. Sie weiß das zu schätzen.« Sie deutete auf das Smartphone in Wolfs Hand, das weiterhin sanft knisterte. »Das ist wirklich schön.«

»Boah, kann das mal jemand ausschalten?«, fragte Aslam aus sicherer Distanz, die Pistole nach wie vor auf das Geschehen vor ihm gerichtet.

Holly wirbelte zu ihm herum. Das Messer noch in der Hand, doch das Gesicht freudig überrascht. »Kommissar Aslam, Sie sind auch da! Wie schön!«

Aslam nickte, veränderte aber seine Position und Stellung nicht.

Holly sagte zu Wolf: »Er hat eine Waffe. Tun Sie besser, was er sagt.«

Wolf fragte sie, ob sie das wirklich wolle. Sie nickte. Er stellte die App aus.

Erst jetzt schien Holly bewusst zu werden, dass sie mit einem blutigen Messer, blutigem Gesicht und blutigen Kleidern über einem Körper stand, aus dem das Blut offenbar stammte und dessen durchaus vorhandene Lebenszeichen aus der Ferne womöglich kaum auszumachen waren. »Es ist nicht das, wonach es aussieht«, sagte Holly entschuldigend.

Aslam sagte untypischerweise nichts.

»Gut, wahrscheinlich ist es schon das, wonach es aussieht«, gab Holly zu. »Nur nicht so, wie Sie denken. Es war Notwehr.«
»Selbstverständlich war es das«, sagte Aslam beschwichtigend. »Vielleicht könnten Sie jetzt das Messer ablegen.«
Sie ließ es fallen und legte die Hände hinter den Kopf.
»Das ist nun auch wieder nicht nötig.«
Holly rührte sich. »Entschuldigung. Ich dachte, das sei so üblich.«

Aslam versicherte, dass er nicht davon ausging, dass Holly noch eine Bedrohung für ihn und Wolf darstellte. Er bat sie, von dem Verwundeten wegzutreten, was sie tat. Aslam holte seine Einsatztasche, die er vor der Tür abgestellt hatte, stellte mit Handschuhen und Druckverschlussbeutel das Messer und ein paar Sitzballfetzen sicher, dann rief er einen Krankenwagen für Heuser. Hätte man auch andersrum machen können, fiel ihm hinterher ein. Aber hinterher ist man ja immer schlauer. Er sah sich weiter in der Wohnung um und fotografierte mit seinem Handy verschiedene Einzelheiten für nachträgliche Analysen.

Aus dem weiterhin offenen Eingang donnerte eine Stimme. Sie klang nicht nach Sanitäter. »Was ist denn hier für ein Krach?«

»Frau Loibl!«, riefen Holly und Wolf wie aus einem Mund.

Frau Loibl kam schnellen Schrittes in die Wohnung.

»Mann, sind Sie gut zu Fuß!«, staunte Holly.

Frau Loibl hielt ihre starren Hände hoch. »DIE sind mein Problem! Untenrum funktioniert bei mir alles tipptopp.«

Holly und Wolf warfen sich einen vielsagenden Blick zu, sahen dann peinlich betreten zu Boden.

Frau Loibls Blick folgte ihrem. Als sie den stark blutenden Schwerverletzten auf dem Boden sah, war sie überrascht, aber wirkte kaum erschrocken. »Anton?«, sagte sie.

Heuser röchelte: »Mutter?«

Wolf und Holly riefen: »*Mutter?*«

»Ich habe es mir gleich gedacht, dass es mal so enden würde ...«, sagte Frau Loibl ohne allzu große Anteilnahme am Schicksal ihres mutmaßlichen Sohnes. »Einer alten Frau die Haschischtabletten zu stehlen …«

»Keine Sorge, Ihr Sohn endet nicht«, sagte Aslam. »Und passen Sie bitte auf, dass Sie den Tatort nicht kontaminieren.«

Sie wandte sich an ihn. »Ach, der Herr Kommissar Ashram vom Morddezernat Klein-Istanbul ist auch da.«

Wolf sagte: »Frau Loibl, ich finde das nicht in Ordnung, dass –«

Sie winkte ab. »Papperlapapp, ich mach doch nur Spaß. Hatte selbst schon mal einen Türken.« Sie schlug Aslam auf die Schulter. »Nichts für ungut.«

Aslam ließ sich nicht anmerken, was er von diesem Austausch hielt. Er sagte: »Sie sind also die Mutter des Verdächtigen.«

»Verdächtigen?«, fragte sie.

»Aber er heißt gar nicht Loibl!«, warf Wolf ein, in einem beleidigten Tonfall, als seien sie und ihr Sohn Spielverderber, die sein kriminalistisches Puzzle unnötig erschwert hatten.

»Heuser war sein Vater«, stellte Frau Loibl klar. »Er ist bei ihm aufgewachsen. So was soll ja vorkommen, Herr Wolf. Vielleicht können mein Sohn und Ihre Tochter später mal eine Therapiegruppe gründen.«

»Immerhin hatte ich meine Firma nach dir benannt …«, wisperte Heuser.

»L-Walker!«, riefen Holly und Wolf. »Loibl!«

»Linda«, korrigierte Frau Loibl.

»Linda Loibl?«, fragte Wolf. »Eine Alliteration. Interessant. Herr Heuser hat Ihnen also die BC … CD … die Hanftabletten gestohlen, die Sie zur Schmerz- und Entzündungslinderung in Harry's Hanf-Shop gekauft haben?«

»So ist es. Der Jens ist ein feiner Bub. Hat mir immer die größere Packung zum Preis der kleineren gegeben. Mit meinem bisschen Rente kann ich ja auch keine allzu großen Sprünge machen …«

»Ich heul gleich …«, blubberte es aus ihrem Sohn auf dem Boden.

»Klappe!«, riefen alle Stehenden wie aus einem Mund. Holly trat Heuser in die Seite. Der jaulte auf.

Aslam sagte: »Holly, lassen Sie das. Sie haben ihn genug gestraft.«

»Das war für Jens«, sagte sie.

»Welcher Jens?«, röchelte Heuser.

Holly schaute in das geschwollene Gesicht auf dem Boden.

»Das wissen Sie genau. Hanf-Harry. WFH Boi. Jens eben. Sie haben ihn als unliebsamen Zeugen aus dem Verkehr geschafft.«

»Ich weiß nicht, wovon Sie reden ...«

Ihm musste klar sein, dass weitere Lügen nur weitere Torturen provozieren würden. Also röchelte er wohl die Wahrheit. Holly wirbelte herum zu Aslam. Ihre Augen verengten sich. »Sie!«, fauchte sie.

Aslam rief: »Wolf, schnell, rascheln Sie!«

Wolf fummelte mit seinem Smartphone, schaffte es in der Aufregung aber nicht, seine PIN korrekt einzugeben.

»Sie waren es! Wegen Ihnen hat der Laden geschlossen!« Holly begann, im Takt ihrer Worte mit ihrem Zeigefinger auf Aslams Brust einzustechen. »Was haben Sie mit Jens gemacht?«

»Herrje, ich habe ihn bloß verwarnt. Der malt jetzt ein paar Tunnel aus, dann macht der den Laden wieder auf.«

»Sie haben ihm nichts angetan?«

Aslam lachte. »J-Dog? Wir haben *beef* seit der Sandkiste, aber letztendlich ist das nur unsere Form von *respect*.«

»*Word*«, sagte Wolf.

Aslam und Holly sahen ihn gleichzeitig an, sagten: »Nicht.«

Frau Loibl sagte: »Das ist wie bei mir und dem Kümmel-Kommissar. Wir albern nur rum.«

Aslam sagte zu ihr: »Nein, ist es nicht. Vielleicht sollten wir mal Ihre Wohnung durchsuchen. Schließlich waren Sie Stammkundin bei einem stadtbekannten Dealer ...«

»Ehemaligen Dealer!«

»... der Sie nach Ihrer eigenen Aussage stets bevorzugt behandelt hat.«

Sie schnaubte. »Bei mir finden Sie nur völlig legale Hanfprodukte zur medizinischen und therapeutischen Anwendung, streng nach EU-Richtlinien. Was anderes habe ich schon seit Jahren nicht mehr angerührt.« Sie hielt wieder ihre Finger hoch, ihre Entschuldigung für alles. »Wie soll ich denn mit denen Joints drehen?«

»Es gibt ja auch noch Bongs«, schlug der Kommissar vor.

»Hab ich nie gemacht.«

»Und wenn Sie nicht so ein alter Drachen wären, der Schuhe klaut und Ausländer beleidigt ...«, begann Holly.

»Ich bin kein Ausländer«, warf Aslam ein. »Meine Familie lebt seit vier Generationen in München. Damit bin ich sogar nach Stammtisch-Regel ein offizieller Bayer.«

»... Menschen mit mal mehr, mal weniger weit zurückliegendem Migrationshintergrund beleidigt«, nahm Holly ihren Faden wieder auf, »dann würde Ihnen vielleicht sogar jemand beim Joints-Drehen unter die Arme greifen. Nachbarschaftshilfe.«

Mutter Loibl fuchtelte vor Wolf und Holly herum. »Sie beide müssen mir nun wirklich nichts über Nachbarschaftshilfe erzählen. Viel Spaß bei eurer Dreiecksbeziehung.«

Wolf war viel zu fasziniert von einem anderen Aspekt von Frau Loibls Tiraden, um auf diese infame Unterstellung einzugehen. Ungläubig fragte er: »Sie haben früher Haschischzigaretten geraucht?«

Sie zuckte mit den Schultern. »Ich war schließlich auch mal jung. Meinen Sie, die GIs hätten damals nur Kaugummi und Schokolade mitgebracht?«

»Wie alt sind Sie eigentlich genau?«, fragte Wolf, ohne allerdings eine Antwort zu erhalten.

»Sie waren bestimmt in Woodstock dabei«, sagte Holly, die jetzt wieder eher freundlich-fasziniert von der Vorstellung einer jungen Frau Loibl war als verstimmt über den heutigen Ist-Zustand.

»Woodstock? Neumodischer Quatsch«, murrte die Alte.

Wolf nickte aus Reflex, obwohl er die Woodstock-Ära gerade noch so durchgehen ließ. Zeitlich, nicht unbedingt kulturell.

Aslam sagte zu Frau Loibl: »Ich darf das als Polizist eigentlich nicht sagen, aber vielleicht sollten Sie mal öfter wieder einen durchziehen. Möglicherweise hilft das gegen diesen ganzen rassistischen Scheißdreck, den Sie so von sich geben.«

»Shit gegen Shit«, erläuterte Wolf, stolz auf eines seiner besseren slangbasierten Wortspiele.

Frau Loibl plusterte sich auf. »Ach, wird man jetzt etwa schon als Rassist abgestempelt, nur weil man hin und wieder ein paar Türkenwitze macht?«

Alle (außer ihrem Sohn Anton) sahen sie entgeistert an und sagten gemeinsam: »Ja! Natürlich!«

»Neumodischer Quatsch.«

Nicht mal Wolf nickte.

Frau Loibl ging, ohne sich von irgendjemandem zu verabschieden. Diesmal wieder mit einer demonstrativen, zittrigen Langsamkeit, die ihr diesmal keiner abnahm.

***

Nachdem die Sanitäter Heuser abtransportiert hatten und Aslam die Kollegen von der Spurensicherung informiert hatte, schlug er vor, sich zur Besprechung an einen weniger blutverschmierten Ort zurückzuziehen.

»Das können wir bei mir machen«, sagte Wolf. »Aber wir müssen leise sein.«

»Weil das Kind schläft«, erläuterte Holly.

»Auch«, sagte Wolf. »Und meine Frau.«

»Alter!«, meinte Aslam, Wolfs Männlichkeit in Frage stellend.

Während Aslams Kollegen in Hollys Wohnung ihrer peniblen Arbeit nachgingen, versammelten er, Holly und Wolf sich in dessen Wohnzimmer. Auf Silkes Schlaf mussten sie keine Rücksicht nehmen, denn sie hatte keinen gefunden. Sie saß entfernt von den anderen in der Essecke. Weit genug, um sich demonstrativ von ihnen zu distanzieren. Nah genug, um alles mitzubekommen und gelegentlich einen gehässigen Kommentar beitragen zu können.

Aslam hatte gerade Holly, die wegen ihrer Blutverschmiertheit auf Silkes Sitzball sitzen musste, seine inzwischen weitgehend widerlegte Theorie unterbreitet, dass sie und Wolf Herrn Niedermeyer umgebracht hätten, weil entweder er hinter ihre Affäre gekommen war oder sie sich seine Wohnung als Liebesnest unter den Nagel reißen wollten.

»Wieso verdächtigen eigentlich immer alle mich?«, echauffierte sie sich.

»Nun, in erster Linie haben mich diese Harriet-Hammer-Romane darauf gebracht«, meinte der Kommissar.

»Übles Zeug«, pflichtete Wolf ihm bei. Holly warf ihm einen bösen Blick zu. »Aber die muss man im biografisch-pathologischen Gesamtzusammenhang lesen«, führte er aus. »Mich hat der Kommissar ja auch verdächtigt.«

Aslam sagte zu ihm: »Machen wir uns nichts vor: Als treibende Kraft hatte ich schon Frau McRose in Verdacht. Ihnen hatte ich das irgendwie nicht zugetraut.«

»Ich weiß nicht, ob das eine Beleidigung oder ein Kompliment ist«, meinte Wolf.

»Ich auch nicht«, sagte Holly. Sie gähnte. »Ihr werdet es nicht glauben, aber trotz allem bin ich jetzt ziemlich müde.«

»Wegen allem, nicht trotz«, sagte Aslam. »Ist normal. Ist menschlich.«

»Ich könnte ein Bier vertragen«, sagte Wolf. Als alle ihn anstarrten, als wäre er schrecklich aus der Rolle gefallen, sagte er: »Hin und wieder trinke ich durchaus mal ein Bier! Ein gepflegtes Pils zum Abendessen oder ein schönes Helles …«

»… wenn die Nachbarin gerade mit einem Sitzball einen mutmaßlichen Mörder zu Klump geschlagen hat«, ergänzte Aslam. »Schon klar. Auch nur menschlich.«

»Sie sagen das immer noch so, als wäre ich die Aggressorin hier«, fand Holly. »Der Heuser hat angefangen.«

»Ich weiß«, sagte Aslam. Er sah Holly in die Augen. »Sie haben das Richtige getan. Sie waren sehr mutig.«

Holly wusste, dass er es ernst meinte. Zu Wolf sagte sie: »Ich könnte auch noch ein Bier vertragen, bevor ich mich aufs Ohr haue. Ich hatte sogar gerade welches gekauft. Dürfte jetzt allerdings ziemlich durchgeschüttelt sein. Müssen wir ein bisschen aufpassen.«

»Vergessen Sie das«, sagte Aslam. »Sie können heute nicht mehr in Ihre Wohnung zurück. Dürfen Sie gar nicht.«

Silke sagte: »Herrgott, nehmt euch halt alle ein Bier aus dem Kühlschrank!« Sie stand auf. »Ich hole es sogar!« Kurz darauf brachte sie eine Flasche Tegernseer Hell für jeden, inklusive sich selbst. Aslam reichte sie nur zögerlich eine. »Ich weiß nicht, Herr Kommissar, ob Sie überhaupt ... so als ...«

»Weil ich im Dienst bin?«, gewährte Aslam ihr Gnade. Er sah auf die Uhr, ohne die Uhrzeit wahrzunehmen. »Der ist zufälligerweise gerade vorbei.«

Silke setzte sich zu ihnen. Sie hatte den Flaschenöffner vergessen und absichtlich keine Gläser mitgebracht. Dies schien sogar ihr eine Keine-Gläser-Situation. Aslam öffnete seine Flasche mit seinem Feuerzeug, reichte es Holly, die es ihm gleichtat. Wolf hatte damit gewisse Schwierigkeiten, weshalb Holly ihm half. Silke stellte sich überraschend anständig an. Sie tranken eine Weile stumm. Dann sagte Wolf zu Holly: »Du kannst heute Nacht bei uns schlafen.«

»Nein«, sagte Silke.

Holly sah die beiden hoffnungsvoll an: »Das wäre wirklich großartig. Meinetwegen auch auf dem schrecklichen Sofa.«

»Das Sofa habe *ich* ausgesucht«, informierte Silke.

»Ich weiß.«

Silke blieb unnachgiebig. Wolf sagte: »Am Moosacher Bahnhof gibt es ein sehr akzeptables Boutiquehotel. Da bin ich für ein paar Nächte untergekommen, als wir auf Wohnungssuche waren.«

Holly schaute zu Boden. »Ich kann heute Nacht nicht allein sein.«

»Ich komme mit«, sagte Wolf, ohne nachzudenken.

Silke verließ das Wohnzimmer. Als sie es wieder betrat, hatte sie eine prall gefüllte Tragetasche in der Hand und das Kind vor der Brust, vorschriftsmäßig vertäut, wie Wolf ihr zugestehen musste.

»Kommst du auch mit?«, fragte er.

»Das wäre wirklich nicht nötig gewesen«, versicherte Holly aufrichtig.

»Ich gehe zu meinen Eltern«, sagte Silke.

»Vielleicht eine gute Idee«, meinte Wolf.

»Ich nehme Maxine mit.« Die Tatsache, dass sie diesen offensichtlichen Umstand extra betonte, musste bedeuten, dass sie sich auf mehr als nur eine Übernachtung einrichtete.

Wenn dies wieder in eine ihrer »Dienstreisen« ausarten würde, wollte Wolf sich nicht darauf einlassen. »Nein«, sagte er.

Silke zeigte mit vorgestelltem Kinn auf Holly. »Soll sie zwischen dir und der Rothaarigen im Bahnhofshotel schlafen?«

»Bahnhofshotel ist ja nun ein wenig ungerecht«, setzte Wolf an, die Bleibe zu verteidigen. »Das ist ein sehr gepflegtes –«

»Meinetwegen gerne«, ging Holly gut gelaunt dazwischen. »Ich werd's heute eh nicht mehr lange machen, so kaputt, wie ich jetzt schon bin.«

Wolf nickte. »Das klappt schon.«

»Das ist zu gefährlich«, befand Silke. »Sie braucht ein Babybett. Meine Eltern haben eines.«

Warum haben die ein Babybett, fragte sich Wolf. War da etwa etwas von langer Hand geplant? »Das ist nicht so gefährlich, wie es uns die Babybettenindustrie weismachen möchte. Man rollt sich da nicht einfach drüber. Menschlicher Instinkt.«

»Mit wie vielen anderen Frauen hast du denn zwischenzeitlich dieses Rumrollen geprobt?«, wollte Silke wissen.

»Mit keiner, und das weißt du.«

Sie seufzte. »Ja, das weiß ich.«

Offenbar fand sie die Wahrheit, dass ihr Mann sich nicht mit anderen Frauen im Bett herumrollte, mindestens genauso unbefriedigend, wie sie die Vorstellung, er täte das sehr wohl, inakzeptabel fand. Wie man's macht …, dachte Wolf. »Ich möchte nicht, dass Maxine längere Zeit bei deinen Eltern verbringt. Die sind … seltsam.«

Silke sah sich um. »Das hier ist kaum die richtige Umgebung

für ein Baby.« Sie meinte wohl eher den Umgang als die Wohnung, die in erster Linie ihre äußerst geschmackvolle Handschrift trug.

»Sie sollten mal meine Wohnung sehen«, witzelte Holly wenig hilfreich.

Trotzdem sagte Silke nur: »Okay«, schnallte Maxine ab und überreichte sie Wolf. »Wir reden später«, sagte sie zum Abschied.

Wolf war froh, dass seine Tochter wieder bei ihm war. Aber er war enttäuscht, dass ihre Mutter nicht leidenschaftlicher um sie gekämpft hatte.

Aslam sah sich Holly an. Sie hatte sich das Gesicht und die Hände gewaschen, aber ihre Kleidung war noch voller Blut. Er sagte: »Sie sollten sich einen neuen Schlafanzug anziehen.«

»Das ist kein Schlafanzug«, sagten Holly und Wolf gleichzeitig.

23

Freunde in der Nacht

Zuvor bei »Ein Toter lag im Treppenhaus« (für alle, die ängstlich das letzte Kapitel übersprungen haben): Nachdem Anton Heuser, der mutmaßliche (und, ehrlich gesagt, tatsächliche) Mörder von Herrn Niedermeyer, Holly McRose bedroht hatte und sie ihm, befeuert von einem Trauma-Flashback, ein paar blutige Backpfeifen mit einem Sitzball sowie mit der glücklicherweise falschen Seite eines auf der richtigen Seite recht scharfen Küchenmessers verpasst hatte, blieb unseren Helden (besagter Holly McRose, ihrem Nachbarn Amadeus Wolf und dem Kommissar Cem Aslam) nur noch übrig, Niedermeyers Vanessa-Box aus Heusers Haus zu bergen, um mit ihrer Hilfe an die Informationen zu gelangen, die Heusers Schuld beweisen würden. Doch vorher brauchten sie alle dringend eine Mütze Schlaf. Kommissar Aslam bei sich zu Hause, Holly, Wolf und Maxine in einem Hotel am Moosacher Bahnhof. Komplizierte Situation. Vielleicht lesen Sie doch die letzten drei Seiten des vorangegangenen Kapitels. Seien Sie unbesorgt, da ist das Schlimmste schon vorbei.

***

Das Hotel war wirklich akzeptabel, musste Holly feststellen. Sie hatten sich für diese eine Nacht eine etwas größere Suite mit einem etwas größeren Bett geleistet, um physischen Kontakt, soweit es ging, zu vermeiden. Holly hatte in ihrer Wohnung ihre blutige Kleidung der Spurensicherung übergeben, einen Schwung äußerst legerer Wechselkleidung eingepackt, im Hotel geduscht und lag nun auf der linken Seite des großen Bettes, mit Wolf auf der rechten und der schlafenden Maxine dazwischen. Die beiden Erwachsenen wünschten jeder im Stillen sich und ausdrücklich einander eine gute Nacht, dann schaltete Wolf das Licht aus. Ein blauer Schimmer von den Beleuchtungen der umliegenden Gastronomie verhinderte Stockdunkelheit. Das war Holly nur recht.

»Du musst mit Silke sprechen«, sagte sie ins Halbdunkel.

»Ich weiß«, sagte Wolf.

»Ich meine: wirklich mit ihr sprechen.«

»Ich weiß.«

»Ich bin nicht ihr größter Fan, aber das alles kann nicht einfach für sie sein. Eine Mutter und Ehefrau verlässt nicht so mir nichts, dir nichts ihr Kind und ihren Mann unter fadenscheinigen Ausreden. Ein Vater und Ehemann würde das auch nicht tun.«

»Natürlich nicht.«

»Sie wird sich die Entscheidung nicht leicht gemacht haben. Da hängt ein ganzer Rattenschwanz an Psycho-Zeugs dran, den ihr gemeinsam aufarbeiten müsst. Glaub mir, mit Psycho-Zeugs-Rattenschwänzen kenne ich mich aus.«

»Danke, dass du so verständnisvoll bist, obwohl sie nicht gerade nett zu dir war.«

»Damit kann ich leben. Silke hat einen scheiß Sofageschmack. Trotzdem ist sie nicht die Böse in diesem Szenario.«

»Ich weiß.« Er wusste das alles. Aber es von einer Freundin zu hören, machte es erst wirklich, unausweichlich und unaufschiebbar wahr. »Ich habe ein schlechtes Gewissen, dass ich sie heute einfach im Stich gelassen habe.«

»Das musst du nicht. Sie hat dich zuerst im Stich gelassen, und zwar für weitaus längere Zeit. Du bist morgen wieder bei ihr. Dass du Verständnis für sie zeigen sollst, heißt nicht, dass du ihr bedingungslos alles nachsiehst und nur nach ihrer Pfeife tanzt. Ihre Taten haben Konsequenzen. Das muss sie verstehen.«

Zwischen ihnen regte sich Maxine. Sie gähnte mit nach wie vor geschlossenen Augen und warf die Stirn in Falten.

Dass man eine so kleine Stirn schon in Falten werfen kann, dachte Holly und fand, dass das Kind in diesem Moment seinem Vater besonders ähnlich sah. »Was macht sie denn jetzt? Das ist ja total süß!«, flüsterte sie.

»Das macht sie immer, kurz bevor sie aufwacht«, antwortete

Wolf. »Und wenn sie um diese Zeit aufwacht, bleibt sie auf. Dann hilft nur: Kinderwagen und Spaziergang.«

»Oh nein«, seufzte Holly. »Gerade jetzt, wo ich schlafen wollte.«

»Aber noch ist es nicht so weit. Noch ist Zeit für die Geheimwaffe.« Wolf langte nach seinem Smartphone auf dem Nachttisch. Bald erfüllte das dröhnende Staubsaugerrauschen das Hotelzimmer. Maxines Züge entspannten sich sofort. Wolf gähnte. »Tut mir leid, dass es nicht die raschelnden Plastiktüten sind«, rief er über das Rauschen. »Aber die funktionieren bei Maxi und mir nicht.«

»Kein Problem«, sagte Holly. »Ich werde mich dran gewöhnen.« Doch verloren sich ihre Worte zum einen im Rauschen. Zum anderen war Wolf bereits eingeschlafen.

Holly lag noch eine Weile wach, dann fand auch sie Schlaf. Sie hatte sich an die Geräuschkulisse tatsächlich gewöhnt. Sie hatte sich im Leben schon an ganz andere Sachen gewöhnt.

24

Gangsta-Rap

Holly McRose, Amadeus Wolf und Maxine Wolf-Pfeiffer nahmen ihr Frühstück in einer Kettenbäckerei im Einkaufszentrum Meile Moosach ein, das sich in der Nähe des Hotels befand. Wolf weigerte sich, eine Potato-Semmel mit Bacon zu bestellen, obwohl er wirklich großen Appetit auf eine Kartoffelsemmel mit Speck gehabt hätte. Holly bot sich an, an seiner statt die Bestellung aufzugeben, doch Wolf meinte, er wolle dieses System nicht mal indirekt unterstützen. Also bestellte Holly eine für sich selbst, und Wolf hielt sich an ein Körnermüsli, dessen Beschreibung in der Speisekarte ohne Anglizismen auskam. Es war gar nicht schlecht, doch er hätte viel lieber etwas Herzhaftes gehabt.

Kurz bevor sie ihr Frühstück beendet hatten, erhielten sie eine Nachricht von Kommissar Aslam. Er bot ihnen an, sie am Hotel abzuholen und mit ihnen gemeinsam die Vanessa-Box in Heusers Haus zu suchen und ihr ihre Geheimnisse zu entlocken. Das sei er ihnen letztendlich schuldig, wo sie sich als so hilfreich bei der Lösung seines Falls erwiesen hatten.

Aslam fuhr in einem schmucklosen Kleinwagen vor, von dem Holly und Wolf gleichermaßen enttäuscht waren. Sie hatten einen Streifenwagen erwartet, und wenn schon keinen Streifenwagen, dann zumindest ein Fahrzeug, das ein wenig mehr Klasse und Mysterium versprühte. Aslam erklärte ihnen, dass auffällige Dienstwagen der polizeilichen Arbeit eher abträglich waren.

Holly nahm auf dem Beifahrersitz Platz. Zum einen, weil sie das Privileg als Erste armwedelnd für sich reklamiert hatte, zum anderen, weil Wolf mit dem Baby ohnehin hinten sitzen musste.

Er lieferte Maxine bei Silke ab. Die Atmosphäre zwischen ihnen war weiterhin angespannt, die Stimmung gedrückt unter der Last ungesagter Worte. Immerhin waren in der Wohnung keine gepackten Koffer oder Taschen mehr zu sehen, fiel Wolf auf. Für den Rest der Fahrt konnte er Holly überzeugen, mit ihm die Plätze zu tauschen. Angesichts seiner relativ hochgewachsenen Gestalt machte er die sonst stark eingeschränkte Beinfreiheit geltend.

Ohne Baby an Bord drehte Aslam seine bevorzugte Autofahr-Musik auf. Beziehungsweise seine bevorzugte Musik überhaupt. Wolf konzentrierte sich eine Weile auf die Texte und musste sich doch sehr wundern. »Sie hören Gangsta-Rap?«

Aslam grinste. »Sie meinen: ich als verhältnismäßig junger, männlicher Deutsch-Türke? Unvorstellbar!«

»Ich meinte: Sie als für einen verhältnismäßig jungen ... Mann ... Menschen verhältnismäßig hochrangigen Polizisten.« Wolf hatte keine Ahnung von polizeilichen Dienstgraden, er war schließlich kein Krimiautor, aber »Kommissar« klang nach was.

»Ich dachte, da hat man ein eher gespanntes Verhältnis zu Texten, die Gewaltverbrechen, Drogenhandel und eine allgemeine Verwahrlosung von Sitte und Anstand verherrlichen.«

»Verherrlichung liegt ja nun im Ohr des Zuhörers. Finden Sie so etwas herrlich?«

»Nein, aber ... Sie wollen mir doch nicht sagen, dass diese Texte in Wirklichkeit kritische Auseinandersetzungen mit diesen Themen sind?«

»Nee, die sind in erster Linie gute Unterhaltung.«

»Das meine ich. Wie können Sie als ein Mann des Gesetzes diese Lyrik gutheißen, die Gesetzlosigkeit propagiert?«

»Lassen Sie es mich so sagen: Sie kennen bestimmt Hannibal Lecter und Al Bundy.«

Wolf gluckste. »Ein drolliger Fehler. Aus dem Zusammenhang würde ich raten, Sie meinen *Ted* Bundy.«

Aslam verzog das Gesicht. »Diesen hässlichen, überschätzten Serienmörder? Den hat's doch wirklich gegeben. Nein, ich meine Al Bundy, den Schuhverkäufer aus dem Fernsehen.«

»Ja, kenne ich. Ich bin ja nicht von gestern.«

Holly rief überrascht von der Rückbank dazwischen: »Nein?«

Die Serie »Eine schrecklich nette Familie« war zwar eindeutig der Neumodischer-Quatsch-Ära zuzuordnen, aber fürs Fernsehen tickten die Uhren und wirbelten die Kalenderblätter ein bisschen anders. Wolf konnte nicht leugnen, in seiner Kindheit die eine oder andere Folge gesehen zu haben, die ihm in schwachen Momenten das eine oder andere Schmunzeln hatte abringen können.

»Sehen Sie?«, sagte Aslam. »Hannibal Lecter und Al Bundy sind Figuren, die als Fiktionen gar nicht unsympathisch sind, während man im echten Leben einen großen Bogen um sie machen würde. Natürlich gab es damals die Deppen, die Al Bundy tatsächlich vergöttert haben und entsprechende Jux-T-Shirts trugen. Das sind halt heute die, die an eine von Bill Gates gesteuerte Schattenregierung außerirdischer Echsenmenschen glauben. Die sind zu vernachlässigen, wenn wir über die Menschheit als Konzept sprechen.«

»Verstehe. Sie wollen sagen: Die meisten Menschen können zwischen Fiktion und Wirklichkeit unterscheiden.«

»Ja, aber nicht nur das. Sie können auch unterschiedliche moralische Systeme für Fiktion und Wirklichkeit anlegen. Niemand wird es im wirklichen Leben gutheißen, unsympathische Menschen einfach aufzuessen, wie es Hannibal Lecter tut. In der Fiktion jedoch hat man damit nicht nur keine Probleme, sondern applaudiert sogar noch. Genauso wie man Al Bundys stumpfes Weltbild im Rahmen der Fiktion unterhaltsam findet, den eigenen Loser-Schwager aber lieber nicht allzu lang mit den Kindern alleine lässt. Und diese Unterscheidung ist auch gut so. Ich möchte sogar sagen: Sie ist gesund.«

»Was Sie sagen, ist nicht komplett verkehrt. Mit der Gleichsetzung von Rap-Texten, deren Verfasser meist einen Anspruch auf Authentizität propagieren, und reiner Fiktion habe ich trotzdem meine Probleme.«

»Welcher Literat beansprucht für seine Werke denn keine Authentizität? Sie doch auch, Sie authentischer Bielefelder!«

»Na ja, ich komme von der Literatur, erzähle Geschichten …«

»Rapper auch. Für einen Geschichtenerzähler sollte es doch egal sein, ob er das mit einem Mikrofon und ein paar Plattenspielern macht oder es mit Gänsekiel und Büttenpapier tut.«

»Gänsekiel, lächerlich. Ich habe längst Word 95. Ihre Argumentation hinkt trotzdem. Hannibal Lecter und Al Bundy sind fiktive Konstrukte. Die Gangsta-Rapper, die Sie hören, sind hingegen echt. Wenn Sie das eine mit dem anderen gleichsetzen, machen Sie sich etwas vor.«

Aslam zeigte durch die Scheibe auf Straßennamen und Hausnummern. »Sehen Sie nur. Wir sind da.«

»Ja, ja – lenken Sie ruhig ab. Nun, da Sie merken, dass Ihre Argumentation riesige Löcher hat.«

»Mensch, meinen Sie, Ice-T hat wirklich irgendwann mal irgendeinen Bullen abgeknallt? Oder ist auch nur mit der festen Absicht und einer abgesägten Schrotflinte auf dem Schoß durch die Hood gecruist? Der Typ ist ein Geschichtenerzähler wie Frau McRose und Sie.«

»Das ist ein ziemlich großer Topf. Ich weiß nicht, ob ich da drin sein möchte.«

»Dass viele Leute das, was Ice-T erzählt, so ernst nehmen, bestätigt nur, dass er ein verdammt guter Geschichtenerzähler ist.«

»Wie Wolf und ich«, sagte Holly stolz.

Wolf deutete durch die Windschutzscheibe. »Sehen Sie nur, da vorne ist ein Parkplatz.«

***

»Bin mal gespannt, wie es bei so einem Psychopathen zu Hause aussieht«, sagte Holly und rieb sich die Hände, als sie auf das Reihenhaus zusteuerten, in dem Anton Heuser wohnte.

»Wir wissen noch nicht, ob es sich bei Heuser um einen klinischen Psychopathen handelt«, gab Wolf zu bedenken. »Nicht jeder Verbrecher ist gleich ein Psychopath.«

»Also, eine Klatsche hat der sicher, wie wir bei der Polizei sagen«, meinte Aslam, als er die Tür mit dem Schlüssel aufschloss, den er beim Verdächtigen sichergestellt hatte.

Der Flur war unverdächtig. Schuhe, Mäntel, Schränke. Im Wohnzimmer stockte allen der Atem.

»Hier sieht es aus ...«, sagte Wolf und merkte, dass er nicht genau sagen konnte, wie es aussah.
»Hier sieht es aus wie bei euch«, half Holly aus.
»Typisches Psychopathen-Wohnzimmer«, befand Aslam. »Besonders das Sofa.«
»Wir haben das gleiche Sofa«, sagte Wolf mit nur leichtem Protest in der Stimme.
»Das meinte er«, flüsterte Holly ihm ins Ohr.
»Unseres hat Silke ausgesucht«, verteidigte sich Wolf und hatte sogleich ein schlechtes Gewissen, weil er die Frau, mit der er seine Beziehung zu kitten versuchte, so leichtfertig vor den Bus schubste.
»Heuser lebte, soweit wir wissen, alleine«, erläuterte Aslam.
»Dann hat er sich das Sofa höchstwahrscheinlich selbst ausgesucht«, mutmaßte Holly.
»Psycho«, sagte Aslam.

Bei genauerer Betrachtung gab es doch subtile Unterschiede zwischen den Wohnzimmern. Obwohl Silke Wolf nicht erlaubt hatte, viele Bücher in ihrem unterzubringen, so waren die, die dort platziert waren, einigermaßen vorzeigbar. Die literarisch anspruchsvollsten Werke, die Heuser in seinen wenigen, kaum bestückten Bücherregalen untergebracht hatte, waren mehrere Jahrgänge von »1000 ganz legale Steuertricks« in einem exklusiven Geschenkschuber.

Die Vanessa-Box stand auf dem niedrigen Tisch vor der schrecklichen Couch. Holly, Wolf und Aslam versammelten sich um sie wie um ein religiöses Artefakt, das sie am Ende einer aufreibenden archäologischen Expedition gefunden hatten.

Aslam sah Wolf an. »Dann sagen Sie mal Ihren Zauberspruch auf.«

Wolf war von Tobias mit den Worten ausgestattet worden, die Vanessa ihre Geheimnisse entlocken sollten. Zunächst musste sie durch eine individuelle Ansprache aktiviert werden, dann mussten die Codewörter gesprochen werden, die Zugriff auf das Archiv aller gespeicherten Audiodateien aus ihrem Umfeld erlaubten.

Dennoch war Wolf verblüfft, dass ausgerechnet er dazu auserkoren war, die Magie zu wirken. Er hatte die entsprechenden Passwörter längst an Aslam übermittelt. »Ich? Wieso ich?«, sagte er. »Sehen Sie es als eine Ehre.«
»Ich spreche nicht gerne zu Maschinen.« Das entsprach der Wahrheit, wenn es auch nicht die ganze war. Er sprach nicht mal gerne zu Maschinen, wenn am anderen Ende Menschen waren.

Wolfs Kritikpunkte an Smartphones und artverwandten Geräten mochten mehr Enzyklopädie-Bände füllen als sämtliche Jahrgänge von »1000 ganz legale Steuertricks« in Geschenkschubern, doch er hieß durchaus einiges an dieser neuen Ära der Fernkommunikation gut. Das Telefonieren war tot, und er tanzte auf seinem Grab. Er musste nie wieder über unsinnliche Plastikgeräte an seinem Gesicht mit körperlosen Stimmen im Elektro-Äther sprechen.

Er würde sich lieber einen Nachmittag lang auspeitschen lassen, als jemals ein Emoji oder eine textnachrichtentypische Abkürzung zu verwenden, um beispielsweise Verwunderung oder großes Vergnügen auszudrücken, doch das sogenannte Texten an sich hielt er für einen Zugewinn an Zivilisation, eine weitaus vornehmere Art der Kommunikation als das aufdringliche, barbarische Telefonieren des letzten Jahrhunderts. Er hatte stets angenommen, dass es allen so ging. Dass alle das weltweit reduzierte Gequatsche begrüßen würden. Als dann plötzlich alle anfingen, mit elektronischen Geräten ganz ohne echte Menschen am anderen Ende zu quatschen, zerbrach etwas in ihm. Nun wusste er: Er lebte in einer Quatsch-Welt, und wer nicht unentwegt mit irgendjemandem oder irgendetwas über irgendetwas quatschte, der war in dieser Welt ein Außenseiter.

»Geben Sie sich einen Ruck«, sagte Aslam. Nicht ahnend, wie groß dieser Ruck sein musste.

»Grüß Gott, Vanessa«, begann Wolf, wie Tobias ihn instruiert hatte. Dann sagte er die Codewörter korrekt auf.

Nichts. Nicht mal ein Leuchten, das die Bereitschaft der Hardware signalisieren mochte.

»Vielleicht ist der Akku leer«, sagte Wolf.

Aslam zeigte auf das Kabel, das aus der Box herauskam und am anderen Ende in einer Netzsteckdose endete. »Vielleicht gefällt Niedermeyers Box einfach Ihr Ton nicht.«

»Ich habe Ihnen doch schon gesagt, dass ich nicht von hier komme.«

»Bielefeld«, sagte Aslam, als wäre das ein Vorwurf.

»Wolfs Stimme und sein Akzent sind Niedermeyers offenbar zu unähnlich, um die Box zu aktivieren«, sagte Holly.

»Vielleicht sollten wir die Hacktivisten von Hallbergmoos bitten, eine Simulation seiner Stimme zu erstellen«, schlug Wolf vor. »Einen Deepfake. Mit KI geht das bestimmt.« Er warf alle Begriffe in den Raum, die er in diesem Zusammenhang irgendwann einmal gehört zu haben glaubte.

Aslam zupfte sich die Kinnbartstoppeln. »Das könnte klappen …«

Wolf war begeistert. »Ich mache mich sofort auf den Weg.«

»… wenn wir ein paar Monate Zeit, Aufnahmen von Niedermeyers Stimme und einen ganz, ganz festen Glauben an unsere magischen Kräfte hätten. Denn wenn man ganz, ganz fest an sich selbst glaubt, dann kann man alles schaffen.«

»Schon klar. Ich bleibe hier.«

»Ich werde es versuchen«, sagte Holly. »Vanessa«, wandte sie sich an das renitente Stück Unterhaltungselektronik. Mit dunkler Stimme, imitiertem Dialekt, breiten Beinen und krauser Stirn bat sie es, alle aufgenommenen Sprachdateien des bestimmten Zeitraums wiederzugeben.

Nichts.

Aslam und Wolf schauten sie entgeistert an.

»Vielleicht weil ich eine Frau bin«, sagte Holly entrüstet.

»Vielleicht weil du als Frau noch weniger nach Niedermeyer klingst als ich als Bielefelder«, sagte Wolf.

Aslam sagte: »Nicht nur als Frau. Was war das denn für ein seltsamer Akzent?«

Holly belehrte ihn: »Das war kein Akzent, das war bayrischer Dialekt.«

Wolf erläuterte: »Viele verwechseln das oder setzen es irrtümlicherweise gleich. Ein Akzent ist, wenn –«

Aslam schnitt ihm das Wort ab. »Das war alles, nur kein Bayrisch. Das klang wie ein frisch Zugezogener, der aus Gefallsucht oder Spott bayrischen Dialekt imitiert.«

Holly sah zu Boden. »Gut, ich bin auch nicht von hier.«

»Dabei spuckst du immer Töne, als hätte deine Familie Moosach gegründet!«, rief Wolf.

»Ich fühle mich halt dem Ort sehr verbunden! Außerdem lebe ich schon seit meiner Kindheit hier. Aber anscheinend stimmt es, was man sagt. Dass man erst nach drei Generationen richtiger Bayer ist.«

»Und ganz ehrlich: Was war denn mit Ihrem Gesicht und Ihren Beinen los?«, fragte Aslam.

»Was soll damit los gewesen sein?«

Aslam führte ihr ihr eigenes Gebaren vor. Allenfalls ein ganz kleines bisschen übertrieben, weil es da nun wirklich nicht viel zu übertreiben gab.

»Ich wollte halt einen Mann darstellen. Ich musste mich ganz in die Rolle reinversetzen, auch wenn mir bewusst ist, dass es letztendlich nur auf die Stimme ankommt.«

Der Kommissar mochte vom Thema nicht lassen. »Entschuldigung, aber das ist eine dieser Sachen, über die ich mich schon immer aufregen konnte.«

»Noch so einer«, seufzte Holly leise.

»Diese ganz alte Schmierentheaterschule. Schnurrbart ankleben und mit tiefer Stimme rumwackeln wie ein gehbehinderter Pinguin. Seit Jahr und Tag versuchen Frauen im Theater oder beim Fasching, auf diese Weise Männer darzustellen. Als ob sie noch nie einen Mann in freier Wildbahn gesehen oder gehört hätten.«

Wolf nickte eifrig. Ihm war das ebenfalls schon seit diesen unsäglichen Kindertheaterausflügen ein Graus, zu denen er in der Schule gezwungen worden war.

»Na, dann machen Sie es halt besser«, schlug Holly vor.

»Mache ich auch.« Aslam sprach in die Box: »Ey, Vanessa, alte Schachtel.« Nichts.
Holly verschränkte die Arme vor der Brust. »War ja klar.«
Wolf nahm die Box in die Hand und betrachtete sie von allen Seiten. »Vielleicht sollten wir sie einmal aus- und wieder einschalten.« Er drehte und wendete sie, fand aber keinerlei Bedienarmaturen. Er stellte das Gerät wieder auf den Tisch.
»Ich rede mich doch gerade erst warm«, sagte Aslam. Und dann in das Mikrofon der Box: »Grüß Gott, Vanessa.«
Etwas an seiner Stimme war nun anders. Die Box spürte das. Der LED-Ring, der ihren schwarzen Deckel bislang wie totes Plastik umrundet hatte, erwachte zum Leben, leuchtete in allen Regenbogenfarben.
»Wie kann ich dir zu Diensten sein, ehrenvoller Gebieter?«, hauchte eine rauchige Frauenstimme aus dem Lautsprecher.
»Das sind bestimmt nicht die Werkseinstellungen«, sagte Wolf.
»Niedermeyer ...«, sagte Holly nur.
»Klappe jetzt!«, herrschte Aslam sie an. Dann sagte er der Box die richtigen Codewörter, im authentischen Dialekt.
»Die Aufnahmen welches Datums möchtest du hören, mein großer Starker?«, raunte die Box.
»War ja klar: Der Türke ist der einzige echte Bayer im Raum«, triumphierte der Kommissar.
»Sie sind doch kein Türke«, sagte Wolf in einem gönnerhaften Ton, der Aslam zu einem wenig gönnerhaften Blick anstachelte, welcher sofort weitere Erklärungen Wolfs zu Aslams Identität unterband.
Aslam gab Daten ein, und die drei hörten zu. Was sie hörten, war zunächst schwer verständlich. Es waren weniger Gespräche als Geräusche. Animalische Geräusche. Grunzen und Kreischen.
»Ich glaube, das ist Niedermeyer, der da grunzt«, sagte Wolf. »Es scheint ihm wirklich nicht gut zu gehen.«
»Ich fürchte, es geht ihm zu gut«, sagte Aslam.
Holly schluckte. »Ich glaube auch. Ich weiß, wer da kreischt.«
»Frau Loibl«, sagten Wolf und Holly gleichzeitig.

Sie hörten eine viel zu lange Weile zu, bis Holly sagte: »Ich weiß nicht, ob wir das alles hören müssen ...«

Aber sie konnten nicht anders. Bis Aslam sagte: »Ich spule mal vor.«

Schließlich kamen sie zu Niedermeyers Gesprächen mit Heuser.

»Ich hoffe, die beiden hatten nicht ebenfalls eine Affäre«, sagte Wolf.

»Schwulenfeindlich sind Sie wohl auch noch«, murmelte Aslam.

»Ich und schwulenfeindlich? Haben Sie die Bücher in meiner Wohnung gesehen?«

»Da waren Bücher?«

Holly lachte, Wolf fand den Witz nicht. »Ja, da waren Bücher.«

»Aber nicht so viele wie bei Frau McRose.«

»Auf die Menge kommt es ja wohl nicht an! Sie messen doch die Qualität eines Schriftstellers auch nicht an der Anzahl der Bücher, die er – oder sie! – pro Quartal raushaut, sondern an deren Gehalt.«

»Nun ja ... wenn eine pro Quartal mehrere Romane raushaut und eine – oder einer! – seit Jahren gar nichts mehr rausgehauen hat, dann kann ich zumindest ermessen, wer von den beiden eher ein Schriftsteller ist. Oder eine Schriftstellerin!«

Dieses Thema wurde Wolf zu heiß. »Und wieso überhaupt ›auch noch‹ schwulenfeindlich? Welche Feindlichkeit haben Sie denn ansonsten bei mir diagnostiziert?«

»Lasst es gut sein«, sagte Holly.

Aber Wolf ließ es nicht gut sein. »Und Sie«, er meinte Aslam, »müssen mir gerade etwas über Schwulenfeindlichkeit erzählen! Gerade Sie als ...«

Aslam ging in Breitbein- und Fäuste-in-den-Hüften-Stellung. »Jetzt bin ich aber mal gespannt.«

»... Sie als Hip-Hop-Fan!«

»Muss ich Ihnen das mit dem fiktionalen Ich wirklich schon wieder erklären? Ihnen als Ex-Schriftsteller?«

»Klappe jetzt!«, rief Holly. Sie wandte sich an Wolf: »Der Herr Kommissar meint es nicht so. Diese Sticheleien sind seine Art, Zuneigung zu demonstrieren. Er ist es nicht gewohnt, offen seine Gefühle zu zeigen. Sie wissen schon, so kulturell, als …«

»… Polizist«, ergänzte Wolf.

»Genau«, sagte Aslam und sah zu Boden. »Sie beide sind mir in den letzten Tagen ans Herz gewachsen. Und selbstverständlich habe ich Ihre Bücher bemerkt, Herr Wolf. Sie haben recht, da sind ziemlich viele ganz schön schwule dabei.«

»Vielen Dank«, sagte Wolf.

Aslam sah noch immer nicht auf. »Vielleicht bin ich ja nur neidisch. Ich bin nämlich auch ein Leser, aber so viele schwule Bücher wie Sie habe ich nicht.«

»Ich weiß. Sie lesen eher Iceberg Slim.«

Aslam sah auf. Er bemühte sich um feucht glänzende Augen, doch so ein guter Schauspieler war er auch wieder nicht. »Das wissen Sie noch? Das bedeutet die Welt für mich!« Er breitete seine Arme aus. »Umarmung?«

Wolf grummelte: »Verarschen kann ich mich selbst, wie man in Ihrem Milieu sagt. Polizei-Milieu, meine ich.« Immerhin grummelte er es mit einem Lächeln, das unter seinem Bart kaum auszumachen war. Dem Adlerauge des Kommissars war es nicht entgangen.

»Herrlich!«, jauchzte Holly und klatschte in die Hände. »Nachdem wir uns jetzt alle wieder vertragen haben, können wir uns vielleicht wieder um dieses wichtige Beweisstück vor uns kümmern?«

Aslam sagte: »Nein, das werden wir nicht.« Er gab Vanessa den Befehl, zu schweigen. Sie gehorchte aufs Wort. »Nun, da wir wissen, dass wir Zugriff haben und sich mit Sicherheit verwendbare Informationen über das Gerät abrufen lassen, werde ich es den Kollegen im Büro übergeben.«

Holly zog einen Schmollmund. »Schade«, sagte sie.

»Und dafür haben Sie uns extra hierhergebracht?«, fragte Wolf, hörbar ähnlich enttäuscht wie Holly.

»Mensch!«, sagte Aslam. »So viele Kinder wären dankbar, wenn sie mal in einem Polizeiauto mitfahren dürften!«

»Es ist ja noch nicht mal ein richtiger Streifenwagen«, maulte Wolf, als habe er tatsächlich gerade das bockige Kind in sich entdeckt.

»Alle raus jetzt, sonst dürft ihr alleine nach Hause fahren!«, drohte der Kommissar.

Als alle saßen, startete Aslam seinen für Zivilisten enttäuschenden Dienstwagen und drehte »Cop Killer« lauter. Nicht laut genug, um Wolfs Kommentare zu übertönen.

»Oh, sie spielen unser Lied«, murrte er.

»Bei ›Cop Killer‹, musikalisch gesehen übrigens eher Metal als Hip-Hop«, erläuterte Aslam, »muss man natürlich zwischen den Zeilen lesen.«

»Wie bei vielen von Geschichtenerzählern erzählten Geschichten«, belehrte Holly.

»Wie bei allen«, verbesserte Wolf. »Die Unterhalter, denen am schärfsten zu misstrauen ist, sind die, die behaupten, reine Unterhaltung zu produzieren.«

»Und doch haben Sie solche Schwierigkeiten, dieses einfachste Prinzip der literarischen Rezeption auf Rap-Texte anzuwenden«, sagte Aslam.

»Metal-Texte«, verbesserte Wolf.

»Punkt für Sie. Ändert nichts daran, dass ich recht habe.«

»Punkt für Sie«, lenkte Wolf ein. »Und was entgeht mir nun zwischen den Zeilen von … ›Cop Killer‹?«

»Es handelt sich offensichtlich in erster Linie um eine kritische Auseinandersetzung mit Polizeibrutalität.«

»Jetzt, wo Sie es sagen. Das scheint mir besonders subtil in oder zwischen der Zeile ›*Fuck police brutality!*‹ umgesetzt.«

»Sehen Sie? Es geht doch, wenn Sie sich nur Mühe geben.«

»Und so was hören Sie?«, wunderte sich Wolf. »Sie als … Sie wissen schon …«

»Brutalinski? Ob Sie es glauben oder nicht, ich bin total gegen Polizeibrutalität.«

»Ich auch!«, sagte Holly.

Wolf nickte.

»Zumindest gegen allzu überzogene. Außer vielleicht gegen Nazis«, spezifizierte Aslam.

»Natürlich«, sagte Holly.

»Nazis, das ist was anderes«, meinte Wolf und nickte energischer.

Als sie in der Feldmochinger Straße eintrafen, setzte Kommissar Cem Aslam Holly McRose und Amadeus Wolf vor ihrem Wohnhaus ab und brachte dann die Vanessa-Box zu den Experten auf dem Polizeirevier. Und bald war Heusers Schuld zweifelsfrei bewiesen und der Fall Niedermeyer, der anfangs gar kein Fall gewesen war, abgeschlossen.

Cem Aslam musste einigen Spott wegen seiner ursprünglich falschen Einschätzung des Falls über sich ergehen lassen. Doch die überschwänglichen Lobeshymnen, wie er ihn schließlich doch noch gelöst hatte, überwogen.

Epilog
Friede in Moosach

Nachdem Holly und Wolf sich von Kommissar Aslam und danach voneinander verabschiedet hatten, kehrte Holly in ihre Wohnung zurück, um endlich an ihren nächsten beiden Romanen zu arbeiten, und Wolf in seine, um zu sehen, was aus seiner Ehe geworden war.

Silke saß auf dem Sofa, das sie ausgesucht hatte, ihre Tochter auf dem Schoß. Das Bild von Mutter mit Kind wirkte natürlicher, als Wolf es in Erinnerung hatte.

»Siehst du?«, sagte Silke, nicht unfreundlich. »Man kann ohne Weiteres darauf sitzen, ohne zu rutschen.«

Er sah plötzlich wieder das verschmitzte Gesicht, das ihm sofort sympathisch gewesen war an jenem Abend vor vielen Jahren, als er als nervöses Wrack auf seinen Auftritt bei dem Festival für Nachwuchsautoren im Muffatcafé gewartet hatte, das von Buystuff.com gesponsert worden war. BS verstand sich damals noch in erster Linie als Buchhändler. Silke hatte gerade in der PR-Abteilung des Unternehmens angefangen und war bei dieser Veranstaltung eingeteilt, nett zu nervösen oder bockigen Jungautoren zu sein. Zu einem war sie bald besonders nett. Nicht aus PR-Gründen, sondern weil er so nett zu ihr war und weil er so süß hilflos wirkte. Das Mütterliche war ihr nie völlig fremd gewesen.

»Das Sofa ist nicht das Problem«, sagte Wolf. Und das Problem des Sofas ist nicht nur, dass es rutschig ist, dachte er. Doch das würde nur vom eigentlichen Thema ablenken.

»Ich weiß.«

»Wir müssen reden.«

»Aber nicht jetzt«, sagte seine Frau lächelnd.

Er setzte sich zu ihr, legte einen Arm um ihre Schultern. Sie ließ ihn dort. Sie hatte recht. Sie hatten Zeit. Jetzt, da kein Mordfall mehr aufzuklären war und nie wieder einer aufzuklären sein würde (ganz ehrlich: Wie hoch war schon die Wahrscheinlichkeit?), hatten sie alle Zeit der Welt.

ENDE

Amadeus Wolf und Holly McRose kehren zurück in »Ein toter Highlander auf der Herrentoilette«.

Anmerkungen & Danksagungen

Ich stimme nicht mit allen Ansichten Wolfs überein (höchstens mit circa achtzig Prozent), doch unsere Einstellung zu sogenannten »Spoilern« gehört in diese Schnittmenge (siehe S. 177 f.). Dennoch akzeptiere ich, dass andere Menschen das anders sehen. Daher warne ich: Dieses Nachwort verrät leichtfertig gewisse Handlungsdetails des Romans, die gewisse Leser*innen vielleicht lieber durch dessen Lektüre erfahren würden. Wer die liebenswürdige und verständliche Angewohnheit hat, Nachworte vor den Primärtexten zu lesen, aber gleichzeitig sensibel auf Spoiler reagiert, sollte diesmal von seiner Angewohnheit ablassen.

Vor ungefähr neun Jahren, rein zufälligerweise, als unsere Tochter noch ein Baby war, vertraute meine Frau mir strahlend an: »Ich habe eine gute Idee für ein Buch! Warum schreibst du nicht mal was über einen Privatdetektiv, der überall sein Baby mit hinnehmen muss? Dann schreit es natürlich immer, wenn er gerade heimlich jemanden überwacht, oder er muss in den ungünstigsten Momenten die Windel wechseln …«

Weil bei jungen Eltern die Nerven oft ohnehin blank genug liegen, sagte ich das einzig Richtige in dieser Situation: »Phantastische Idee, Schatz! Ich mache mich sofort an die Arbeit!« Dabei dachte ich insgeheim das, was wir Professionellen immer denken, wenn uns Amateure unverlangt mit guten Ideen für Bücher kommen: langweilig, abgedroschen, vorhersehbar, bestimmt schon tausendmal da gewesen (auch wenn mir gerade kein Beispiel einfällt).

Weil ich aber nun leider meine Frau nicht anlügen mag, machte ich mich tatsächlich sofort an die Arbeit. Zu meiner Überraschung ließ sich die Idee mit ein paar bislang heimatlosen Figuren und halb angedachten Plot-Ideen kombinieren, die mich schon länger begleiteten. Bald hatte ich eine Story und ein paar Seiten Prosa, die mir recht gut gefielen.

Also schloss ich das Ganze weg und sah es mir jahrelang nicht mehr an. Das Leben passierte, und zum Leben gehörten andere Bücher, die ebenfalls geschrieben werden wollten und denen ich mehr vertraute. Ich vergaß den »Manduca-Detektiv« nicht, wie wir das Projekt familienintern nannten, aber die alten Zweifel kamen zurück, und ich verbannte das Fragment in die Hirnschublade für Schnapsideen, gleich neben die techno-erotische Riesenroboter-Space-Opera, die ich kurz vorher angefangen hatte, als mir die neue Freiheit als freier Autor ein wenig zu Kopf gestiegen war.

Bis meine Frau geraume Zeit später, als gerade »The Mandalorian« im Fernsehen lief, fragte: »Was ist eigentlich aus dem Manduca-Detektiv geworden?«

Da ich gerade viel Zeit in einige Buchprojekte investiert hatte, vor denen ein Verlag nach dem anderen schreiend davongelaufen war, dachte ich mir: Auf eins mehr oder weniger kommt es jetzt auch nicht mehr an. Allerdings machte ich nicht die Schnapsideen-Schublade wieder auf, denn Schnapsideen wollte ich ja nicht. Ich schrieb komplett neu, befeuert von Einfällen, von denen ich überzeugt war, sie zum ersten Mal zu haben.

Als ich genügend Seiten rausgehauen hatte, war ich selbstbewusst genug, sie mit meinen alten Aufzeichnungen zu vergleichen. Es stellte sich heraus, dass ich im Abstand von rund sieben Jahren zweimal fast wortgenau dasselbe geschrieben hatte. Vielleicht hatte die neuere Version ein paar kompetentere Netflix-Witze, aber das war es dann auch schon. Möglicherweise war ja von Anfang an etwas an der Sache dran gewesen …

Zum Glück schlossen sich meine Agentin Aenne Glienke und Stefanie Rahnfeld von der Emons-Verlagsgruppe meiner Einschätzung an. Ich bedanke mich bei beiden, dass sie sich so schnell handelseinig wurden, nachdem ich so lange gezaudert hatte.

Herzlich bedanke ich mich auch bei Lothar Strüh für sein verständnisvolles Lektorat, das aus meinem Buch kein ganz anderes Buch gemacht hat, aber sehr wohl ein besseres.

Ein ebenso aufrichtiges Dankeschön an alle Mitarbeiter*innen von Emons und Grafit, die mich mit Fragen gelöchert haben, die letztendlich meine eigene Perspektive auf meine Geschichte und meine Figuren geschärft haben, die eine so ansprechende Gestaltung für das Buch geschaffen haben und die mich gezwungen haben, endlich mal wieder neue Autorenfotos zu schießen. Fürs geduldige Schießen danke ich Ken Ulrich Paasche.

Valentina Wutz und Christopher Polzar haben mir geholfen, meine München-Erinnerungen ein wenig aufzufrischen. Eventuelle Fehler gehen natürlich vollständig auf mein Konto.

Einige der Handlungsorte in und um München gibt es wirklich, andere sind frei erfunden. Selbst die real existierenden Orte habe ich im Dienste meiner Geschichte fiktionalisiert. Die Polizeiinspektion 44 habe ich nie von innen gesehen. Den Alten Wirt umso öfter. Ein Hirschzimmer gibt es dort meines Wissens ebenso wenig wie eine geschwätzige Bedienung namens Ursula.

Cannabidiol hat tatsächlich den Blutdruck senkende Eigenschaften. In den meisten Anwendungsfällen dürfte das ein wünschenswerter Effekt sein. Ob man mit CBD unter ungünstigen Vorzeichen auch jemanden umbringen kann, weiß ich nicht. Müsste jeder Interessierte mal selbst ausprobieren.

Über das Kapitel mit den »Magic«-Spielern hätte ich vielleicht einen Sensitivity Reader drüberlesen lassen sollen. Ich hoffe, dass die meisten Mitglieder der »Magic«-Gemeinde es trotzdem untraumatisiert verkraften. Ich habe ja wirklich versucht, ihr Spiel zu verstehen, doch wurde es mir bereits nach zwei von fünf Online-Tutorials zu hoch. Und dann bleibt solchen Typen wie mir nur eins: sich gehässig über alles lustig machen, was sie nicht kapieren.

Mein abschließender und herzlichster Dank gilt natürlich meinen Leser*innen. Schade, dass man denen nicht SECHS Sterne geben kann. Hoffentlich bis bald mal wieder.

Tokio, im Dezember 2023